浅俗中的禅影

明清世情小说佛教书写研究

QIANSUZHONG
DE
CHANYING

杨程远 著

陕西新华出版传媒集团
陕西人民出版社

图书在版编目(CIP)数据

浅俗中的禅影：明清世情小说佛教书写研究 / 杨程远著. — 西安：陕西人民出版社，2022.6

ISBN 978-7-224-14572-4

Ⅰ. ①浅… Ⅱ. ①杨… Ⅲ. ①古典小说—佛教文学—小说研究-中国-明清时代 Ⅳ. ①I207.419

中国版本图书馆 CIP 数据核字(2022)第 091847 号

策划编辑：张孔明
责任编辑：彭　莘
封面设计：大　海
内文设计：赵文君

浅俗中的禅影
——明清世情小说佛教书写研究

作　　者　杨程远
出版发行　陕西新华出版传媒集团　陕西人民出版社
（西安市北大街 147 号　邮编：710003）
印　　刷　西安市建明工贸有限责任公司
开　　本　787 毫米×1092 毫米　1/16
印　　张　13.25
字　　数　200 千字
版　　次　2022 年 6 月第 1 版
印　　次　2022 年 6 月第 1 次印刷
书　　号　ISBN 978-7-224-14572-4
定　　价　35.00 元

前言

小说，特别是白话小说，在古代文学中的地位向来是较低的，被称为"稗官野史"，无论其内容还是形制，都常常被冠以"浅俗"之名。但在这浅俗之中，却往往可能包含着并不浅俗的文化底蕴。以明清世情小说而言，其中存在着相当数量的与佛教相关的内容，这些涉及佛教的书写不仅对于小说的艺术成就如结构安排、人物塑造、主题表达等方面有重要意义，而且是今天认识了解明清佛教实况的宝贵文化资料。这种"浅俗中的禅影"，是我们今天回顾明清世情小说这一庞大的创作内容时所不应忽视的。

本书思路大体是两条路径相辅相成：一条是"文化—文学"的，即以书写的文学性为视角，观照世情小说中的佛教书写有哪些作者的主观色彩、文学加工。从这个角度观察，我们主要看到的是"小说家笔下的宗教"，即文学化、主观化了的宗教内容，它们往往已经成为构建作品艺术世界不可或缺的一环。而另一思路是"文学—文化"的，即以书写的描述性为视角，观照世情小说中的佛教描写可以为我们了解明清史，尤其是明清宗教史、文化史提供哪些资料，从中可以觇见当时的宗教生态和宗教样貌等，如《金瓶梅》《醒世姻缘传》中为数众多的丧葬仪式、佛道法事的描写，对宫观院宇的写实描摹。或者说，两种视角，一为文学视角，一为文化视角。除绪论外，本书共分五章。

第一章，简要勾勒了明清时期的佛教概况。第一节梳理了明、清两代帝王对佛教的态度及其重要的佛教政策，特别指出了对于世情小说中佛教书写有较为直接影响的那些措施。第二节勾勒了明清佛教的概况和整体面貌，揭示明、清两代的佛教以世俗化为整体倾向，而居士佛教的兴盛和三教合一思潮的广泛传播是最值得注意的现象。

第二章，着重解读明清世情小说中的佛教人物，因为他们是世情小说中佛教书写最直接和最鲜明的载体。前两节汇总并分析了明清世情小说中的僧人和尼姑形象的成因，主要从佛教政策、佛教现状和小说作者的创作观念、市场需求等几个层面进行分析，认为世情小说中形象复杂的僧尼形象是主客观因素合力所产生的结果。第三节分析了僧尼形象的艺术作用，从这类形象对世情小说的主要人物、情节叙述、作品主题所产生的作用这三个方面进行解读。第四节分析了明清世情小说中普遍存在的“超情节僧道”形象，认为这类形象既是历史和现实宗教状况使然，又是体现小说作者思路与精神的化身。

第三章，分析了明清世情小说中以因果轮回为结构故事的全书框架。三节分别以《金瓶梅》《醒世姻缘传》和《红楼梦》这三个阶段的三部代表作品为主要研究对象，认为因果报应框架是明清世情小说存在较为普遍的情况，从历史背景和作者创作心态追溯其成因，认为从《金瓶梅》到《醒世姻缘传》再到《红楼梦》，经历了因果报应观念渗入主旨、成为总体框架和实现创新的过程。

第四章，分析了明清世情小说中的佛教活动及其体现出的佛教观念。第一节分析了世情小说中寺院尼庵的作用和反映出的历史信息。第二节以明、清两代常见的两种佛教活动——水陆法会和宣卷为例，阐释了明清世俗化的佛教深入民间的情况和在小说中的体现及其作用。第三节剖析了小说中所体现出的民众信仰佛教但又厌恶僧尼的复杂矛盾心态，认为这与当时的佛教现状、思想潮流、小说创作观念以及时人的阅读心理均有关联。

第四节以《红楼梦》为主要对象，分析了经典性的世情小说中以禅语和禅境、禅意和主旨、谈禅情节三个层面为代表的涉禅情节，从禅宗的主要观念和明清时期的特色论述了小说中相关情节的成因。

第五章，作为总结性章节，从总体上对明清世情小说的佛教书写进行了对比观照。第一节通过与明、清两代其他题材代表性的长篇小说比较，归纳出世情小说中佛教书写的主要特征。第二节分别从积极和消极两个层面切入，总结了明清世情小说佛教书写的价值和意义。

目录

绪 论

第一节 缘 起

宗教是社会特殊意识形态领域的重要表现之一。关于宗教的定义，一直以来众说纷纭，正如宗教学研究的奠基人、德国学者麦克斯·缪勒所说，宗教的定义的数量几乎和宗教本身的数量等同，而“坚持不同宗教定义的人们间的敌意，几乎不亚于信仰不同宗教的人们”，因此“给宗教下定义无疑是困难之极”。①不同的学者对宗教定义的着眼角度也各有差异，如：哲学家黑格尔认为“宗教是人类最终、最高的境地”②；人类学家弗雷泽的定义是“对能够指导和控制自然与人生进程的超人力量的迎合或抚慰”；马克思和列宁则认为“宗教的苦难既是现实苦难的表现，又是对这种现实苦难的抗议。宗教是被压迫生灵的叹息，是无情世界的感情，正像它是没有精神的状态的精神一样”，“宗教是一种精神上的劣质酒”。③不一而足。虽然各家说法互有出入，但也自有其共同特征。第一，拥有为信徒所供奉景仰的超自然偶像，这个偶像可能是虚构的，也可能有历史或现实中的原型在人们精神领域中虚幻而变形的反映。第二，拥有必备的现实组织，如罗素认为，代表性的、规模较大的宗教都具有三个方面的支配性要

① [德]麦克斯·缪勒著：《宗教的起源与发展》，金泽译，上海人民出版社，1989年版，第7页。

② [德]黑格尔著：《黑格尔著作集》第16卷《宗教哲学讲演录》，燕宏远、张国良译，人民出版社，2015年版，第15页。

③ [德]卡尔·马克思著：《黑格尔法哲学批判》，中共中央马克思恩格斯列宁斯大林著作编译局译，人民出版社，1962年版，导言第2页。

素:（1）教会,（2）教义,（3）个人道德法规。①第三，从外在来说，这种“支配着人们日常生活的外部力量”的表现形式是超人间、超常规的，因而具有神异色彩和相应的法术、法事。第四，从内在来说，宗教的存在乃是为了满足人类特定的内在需求，如《宗教心理学》中所指出的，“宗教的功能有一部分是为了满足个人自我中心的需要，这些利己的需要包括身体的或肉体的内驱力，以及它们起源时的心因性需要，人处于其中的那个社会体系产生出来的需要”②。宗教定义的大端于此四点当能看出。不难发现，宗教所具有的神秘性、浪漫性使其与文艺有着天生的、千丝万缕的联系，正如黑格尔所说，“最接近艺术而比艺术高一级的领域就是宗教”③。文学作为文艺的分支，与宗教的关联是文学研究中的一个重要领域；而作为古典文学中的有机组成部分，宗教在古代小说中有着为数众多的描写与重要的文学价值，美国学者克里斯蒂安·乔基姆在《中国的宗教精神》一书中甚至说“所有的中国通俗小说中均包含着宗教的主题”④。应该说，这一说法并不夸张。与宗教无关的诗词散文或可找出不少，但与宗教全不相干的通俗小说则几乎没有。对很多通俗小说而言，宗教的影响不仅在于题材选择和情节关联，甚至已经成为基本缘起和总体结构的发端，其中尤以佛教对中国人的精神与物质世界影响最为显著。白化文《三生石上旧精魂》指出，自东汉佛教传入中土以后，它就对华夏民族的物质与精神生活方式产生了巨大的影响。以小说创作而言，为数众多的中国古代小说正是在佛教及与之相关的种种外来思想影响下所产生的，“例如：‘轮回’与‘三生’，加上‘神通变化’、‘化身’等等思想及其故事性例证的传入，就给中国小说家大开眼界，中国人学习外来思想向来很快，而且学了就要

① ［英］罗素著:《宗教与科学》，徐奕春、林国夫译，商务印书馆，2010 年版，第 2 页。
② ［美］玛丽·乔·梅多、理查德·德·卡霍著:《宗教心理学》，陈麟书等译，四川人民出版社，1990 年版，第 7 页。
③ ［德］黑格尔著:《美学》第一卷，朱光潜译，商务印书馆，1997 年版，第 132 页。
④ ［美］克里斯蒂安·乔基姆著:《中国的宗教精神》，王平等译，中国华侨出版公司，1991 年版，第 139 页。

用，从而使之化为自己的东西”①。

这样的影响是显而易见的，其表现之一就是大量研究成果的出现。从古代小说研究的开山之作——鲁迅的《中国小说史略》开始，学者的眼光就始终没有放弃过对古代小说与宗教关系的研究。如从大的分类来说，或许现代的研究专著可以分为两大类：一是对宗教题材小说或神怪类小说的研究，这样的研究主题是鲜明集中的，他们与宗教的联系显而易见，其中也诞生了许多经典的作品，如李剑国的《唐前志怪小说史》、吴光正的《中国古代小说的原型与母题》等；二是研究通俗小说与宗教的关联，如孙逊的《中国古代小说与宗教》、万晴川的《宗教信仰与中国古代小说叙事》等。由于宗教（主要是佛、道二教）本身的神异色彩，这些研究著作大多将关注焦点集中于神话、志怪、神魔等题材，这当然是非常必要的，因为这些题材的作品宗教内容集中、宗教观念突出，大有研究的必要性和可行性。

但关注的焦点是否还有另一种可能性？我们知道，由书场文化衍生出的三大白话长篇小说类型——历史演义、英雄传奇和神魔小说，均以人物情节的传奇性著称。而明代后期，以《金瓶梅》为代表、众多艳情小说为支流的全新的小说流派——世情小说异军突起，并在入清以后蔚为大观，产生了《醒世姻缘传》《红楼梦》《儒林外史》等皇皇巨著，遂成白话小说中与前三类并驾齐驱的又一大创作流派。世情小说的出现，不仅是创作主体由书坊主转向文人、创作模式由世代累积转向个人独创所带来的必然结果，更意味着小说内容的新变与小说观念与理论的繁荣。与之前的三大流派不同，世情小说将描写的内容转向了市井家庭，所关注的人物则聚焦于凡夫俗子，因而世情小说成为能够最鲜活、最写实地再现明清生活的小说类型。作为珍贵的文化史材料，从文学与文化的关联去研究世情小说，揭示世情小说独特的文化意蕴，显然是很有必要和价值的。

---

① 白化文著：《三生石上旧精魂——中国古代小说与宗教》，北京出版社，2012年版，第5页。

如前所说，与宗教特别是佛教毫不相干的通俗小说几乎没有，世情小说自然概莫能外。诚然，由于题材与描写对象的特殊性，世情小说中的佛教描写有时会呈现出零碎性、边缘性的特征，不如神魔小说那样专门和集中，但也正是由于题材与表现方式的特殊，其中的佛教描写无论是所呈现出的明清社会的佛教生态、作者文学化处理的得失，还是文人的宗教理念等，都有集中探讨研究的可能。此外，佛教描写在世情小说艺术世界的构建中也有着不可忽视的作用，大至小说的整体构思、创作缘起，小至人物塑造甚至细节处理，都和作者的宗教态度及相关处理方式不无关系。《红楼梦》中“太虚幻境”的幻想世界、癞僧跛道的人物设置等，《金瓶梅》的果报思想和世俗化的宗教气息，《醒世姻缘传》两世轮回的基本叙事框架、艳情小说结局模式的套路化，凡此种种均可看出世情小说与宗教千丝万缕的联系，以及整体研究两者互动关系的必要性和可行性。

上述思路大体是两条路径相辅相成：一条是“文化—文学”的，即以书写的文学性为视角，观照世情小说中的佛教书写有哪些作者的主观色彩、文学加工。从这个角度观察，我们主要看到的是“小说家笔下的宗教”，即文学化、主观化了的宗教内容，它们往往已经成为构建作品艺术世界不可或缺的一环。而另一思路是“文学—文化”的，即以书写的描述性为视角，观照世情小说中的佛教描写可以为我们了解明清史，尤其是明清宗教史、文化史提供哪些资料，从中可以觇见当时的宗教生态和宗教样貌等，如《金瓶梅》《醒世姻缘传》中为数众多的丧葬仪式、佛道法事的描写，对宫观院宇的写实描摹等。或者说，两种视角，一为文学视角，一为文化视角。但作为小说家言，其中的重点和出彩之处必然是在前者，因而本书题目选取了“书写”而非“描写”，盖因前者更凸显作者主观的、文学化的书写创作。

第二节 以往研究的简要回顾

从研究形态来看，小说评点一直是我国古代小说研究雏形阶段的重要表现。进入20世纪后，受西方学术范式直接影响下的中国学者开始了对传统文化较为系统的、富有学理性的研究，古代小说研究正是其中的重要组成部分。纵观这些研究成果，小说与佛教的研究从大体上可以分为两类，一是从整体上观照研究小说文体与宗教的互动关系，二是研究具体作品的佛教意蕴。从研究阶段来说，以20世纪70年代末为节点，大致可以划分为20世纪初至70年代末、80年代初至今两个大的时段。

一、20世纪初至70年代末

文学与宗教的比较严肃的学术研究历史并不长，如葛兆光所说，“对于中国宗教与文学之间的认真思考与深入挖掘，却最多只有不到一百年的时间”①。如前所述，这一百年时间的前一时段，是20世纪初至70年代末，其中又可根据研究特点划分为三个具体的阶段：

（一）1900年至1922年

20世纪前二十年间，小说与宗教的关系已被部分学者注意到，但数量较少且论述比较笼统，比较有代表性的只有梁启超、王国维、叶德辉等少数学者。梁启超是中国近代最早重视通俗小说社会作用的学人，他在1902年发表的《论小说与群治之关系》一文中涉及了小说与宗教的关系，“欲新一国之民，不可不先新一国之小说。故欲新道德，必新小说；欲新宗教，

① 葛兆光著：《中国宗教与文学论集》，清华大学出版社，1998年版，第12页。

必新小说……"，"吾中国人妖巫狐鬼之思想何自来乎？ 小说也"。[①]梁氏将小说的地位抬得如此之高，甚至认为国民的落后思想完全来自小说，这自然与事实不符，但他亦指出了小说这种普及性、感染力很强的文体与社会及宗教的密切关系。王国维于1904年发表的《红楼梦评论》从哲学的高度研究《红楼梦》，是近代红学研究的里程碑。一方面，该文深受叔本华的意志论哲学与美学思想的影响而多为论者所述；另一方面，该文多从"解脱""救济"角度分析《红楼梦》的色空与虚无的人生观念（"世界之大宗教，如印度之婆罗门教及佛教、希伯来之基督教，皆以解脱为唯一之宗旨""《红楼梦》之以解脱为理想"[②]），以"天眼"看待人生与艺术，体现出作者以佛教眼光审视这部小说的宗教立场。王氏不免将《红楼梦》执着与幻灭相缠绕的复杂内蕴简单化、宗教化，以今天的眼光看失之生硬，但他在20世纪初即看到了原著鲜明的幻灭主题与佛学意味，并能从佛教眼光审视评价《红楼梦》，已属难能。叶德辉于1909年为《三教源流搜神大全》所作的序言中说"至诸神履贯事迹，大都杂取小说及二氏之书，其文不见于史乘，亦不可据为典要。特六七百年，民间风俗相延之故"[③]，提及小说之于宗教的影响。要之，这一阶段论及小说与宗教关系的学者寥寥，所论也多乏深度，与新世纪伊始近代学术起步阶段的萌芽性质相一致。

（二）1923年至1949年

这一阶段以1923年鲁迅《中国小说史略》发表为标志，古代小说的研究进入了一个崭新的历史阶段。鲁迅以传统朴学方法、西方实证主义和精湛理论思辨相结合，改变了"中国小说自来无史"的现状，首次全面科学地描绘了中国古代小说运行发展的历史轨迹。此后，以鲁迅和同时期的其他文史学者为代表，中国古代小说与宗教关系研究的初步框架得以建构。

---

① 梁启超著：《梁启超集》，郑大华、王毅编注，花城出版社，2010年版，第145页。

② 王国维著：《红楼梦评论》，上海古籍出版社，2005年版，第10页。

③ 〔明〕佚名编撰：《三教源流搜神大全》，王孺童点校，中华书局，2019年版，序第4页。

其中，有人从历史溯源角度出发，研究宗教经典对小说构成的直接或间接的影响，有人从文学角度研究宗教文学、佛教描写的艺术成就，有人从功利性角度研究小说佛教描写与国民性的关系。

鲁迅本人论及小说产生的历史背景时，十分注意与该时期的宗教生态相联系，如认为六朝志怪小说受信巫传统、神仙之说和佛教的影响，明代神魔小说受道士、方士的影响。胡适《西游记考证》是早期《西游记》研究的力作，他以跨文本研究的方法，揭示了《西游记》的故事渊源、人物来源和作者等重要问题。但胡适却似乎力求剥离这部神魔小说与宗教千丝万缕的联系，认为原著“被这三四百年来的无数道士和尚秀才弄坏了……（《西游记》）至多不过是一部很有趣味的滑稽小说、神话小说，他并没有什么微妙的意思”①。此说揭示文本的人文价值可称准确，但于纠正小说与宗教关系研究之弊端一项，实有矫枉过正之嫌。陈寅恪《西游记玄奘弟子故事之演变》指出“佛教经典之体裁与后来小说文学，盖有直接关系”②，该文广引史料、佛经和印度传说阐明《西游记》三徒弟故事之三种来源方式，其思路和方法新人耳目。郑振铎《中国俗文学史》中以较长篇幅论述宝卷与宗教的密切关系。朱维之《中国文学底宗教背景——一个鸟瞰》一文提及道教对中国文学多种文体如汉代雏形小说、志怪小说、唐传奇等问题的影响。霍世休《唐代传奇文与印度故事》认为唐传奇中的梦境、幽婚、龙女等题材来源于佛经，离魂、杜子春等题材来源于印度传说。

（三）1949年至70年代末

这一阶段，正如陈洪先生所说，“20世纪的五十年代到七十年代，这个领域（宗教与文学的关联）几乎属于禁区”③。由于政治挂帅的特殊历史背

---

① 胡适著：《中国旧小说考证》，商务印书馆，2014年版，第146页。

② 陈寅恪著：《金明馆丛稿二编》，生活·读书·新知三联书店，2001年版，第217页。

③ 陈洪著：《结缘：文学与宗教——以中国古代文学为中心》，北京师范大学出版社，2009年版，第471页。

景，相关研究成果寥寥。检索于曼玲编《中国古典戏曲小说研究索引（下）》、《全国报刊文学论文索引》60至70年代，除了极少数从理论层面论述文学与宗教关系的文章（如1961年《全国报刊文学论文索引》中“文学与宗教”一节）之外，关于小说与宗教关系的相关论著几乎没有。

二、80年代初至今

70年代末80年代初，诸多的学术“禁区”被打开，小说与宗教关系研究即为其中重要一块。特别是80年代中期以后，相关的专著和文章层出不穷，取得了重要成果。其中对世情小说与宗教关系的研究受到了不少学者的关注。从研究对象的性质来看，可以分为对古代小说或某一小说类型与宗教关系的整体性研究，以及具体作品与宗教关系的专书研究。

（一）小说与宗教关系的整体性研究

多数专著和论文从整体上把握了宗教与小说的复杂互动关系。葛兆光的《中国宗教与文学论集》重新梳理了中国宗教与文学的因缘，强调研究者需要谙熟宗教与文学两方面知识，既要有充分的理论思考，又要有充足的资料发掘。孙昌武先生的《佛教与中国文学》是文学与宗教关系研究的力作之一，作者将其任务确定为“就佛教与中国文学的关系作一描述”，以思辨和综合两种范式，广泛而深入地研究了佛典的文学性质、佛教与中国文人的关系以及散文、诗歌、小说、戏曲、俗讲与变义、宝卷六种体裁的文学形式和艺术技巧所受的佛教影响。陈洪的两部专著《结缘：文学与宗教》《佛教与中国古典文学》，从诸多文体、文人经历、小说的人文色彩等多个维度深入研究了中国古代文学与宗教的密切关系，其中许多文章如《牛魔王佛道渊源考论》等具有方法论意义，在学界产生了广泛影响。马焯荣的《中国宗教文学史》全景式地勾勒了从先秦到清代的宗教文学与文学中的宗教因素，每一编都有对该时期宗教概况的简要梳理和作品宗教元素的分析归纳。孙逊与白化文有同名著作《中国古代小说与宗教》。前者较为系统，从巫与古小说始，至果报模式、转世观念对白话小说结构的影响，比较详尽地研究了古代各题材小说与宗教的互动关系；后者是论文合集，对小说中的因果报应、重要的宗教题材、人物、物象等都有涉及。万晴川的《中国古代小说与民间宗教及帮会之关系研究》《命相・占卜・谶应与中国古代小说研究》两部专著，选取民间宗教及帮会与占卜两个特殊角度来研究小说与宗教的关联。前者重新辨析了民间宗教与帮会的概念，采用综论与个案研究相结合的方法，全面考察了古代小说家视野中的教门和帮会，揭示了古代小说与民间教门及帮会之间的循环往复的互动关系；后者全方面地探讨了命相、占卜、谶应和小说的结合融通，研究了它们和小说情节、结构的关联。吴光正的《中国古代小说的原型与母题》分十二章阐述了中国宗教的基本形态及其形成的宗教故事的原型与母题，具有典范意义。

也有学者关注宗教与古典小说民族特色、人文传统的关系。张稔穰、刘连庚《佛、道影响与中国古典小说的民族特色》一文从整体上简要分析了佛道思想对中国古典小说思想结构、形象构成和表现手段的显著影响，认为宗教为作品增加了哲学玄思，使主题出现了向空灵境界升腾的趋势。陈洪《论白话长篇小说中佛教描写之人文色彩》一文指出，“小说中有关宗教的描写……也并非尽属迷信。相反，其中颇不乏优秀的篇章段落，表现出反宗教的人文主义精神”①，并以鲁智深、刹魔公主、癞头和尚等形象为例，深刻分析了佛教描写中的寄托和象征，同时也分析了小说中世俗化佛与道的形象和以幽默调侃写庄严的独特手法，体现出一定的人文主义倾向。马焯荣《明清小说里的三教合流》和冯霞、刘勇《三教共容下的同化与解构》以四大名著为对象，分析了明清时期三教合流在文人和小说中的复杂表现。杨洪承《中国古典人情世态小说的文体建构与宗教意象》认为

① 陈洪著：《结缘：文学与宗教——以中国古代文学为中心》，北京师范大学出版社，2009年版，第282页。

宗教意象对人情小说的影响是显著的，宗教观念贯穿小说纷呈的现象，使其得到统一的建构，促进了文人对人情小说结构的再思考。李根亮《关于明清小说中死亡描写的宗教解读》以《三国演义》里的关羽之死、《水浒传》里的鲁智深之死、《红楼梦》里的贾瑞之死为个案，由此分析了古人观念中死亡与天人感应、禅意和色空的密切联系。

除单篇论文外，新时期还出现了一些关于古代小说与宗教的硕、博士论文。万润保《中国古代小说与方术文化》总结了不同时期、不同题材小说与方术文化的关联，认为方术之所以大行其道，既因其本身存在某些合理因素，更是由于接受者长期积淀的顽固观念和统治者神道设教影响的结果。复旦大学申明秀的博士论文《明清世情小说雅俗流变及地域性研究》深入分析了世情小说雅俗风格与地域性因素的关联。此外还有一些硕、博论文集中研究世情小说中的人物形象。

新时期以来关于艳情小说的佛教描写的论文较少，潘建国《明清艳情小说结局模式的宗教分析》是其中较有分量的一篇。该文通过对大量艳情小说的爬梳，总结出了一男携数美入仙境、因淫受果报而入空门、淫而合礼能共享欢乐三种结局模式，通过援引三教典籍做了精当的分析，认为“儒教式结局运用的频繁程度要远远超过道教式结局或佛教式结局”，他认为这类小说在思想艺术和价值取向等方面往往更多来自受众群体和流行观念，这些往往要先于作者的主观创造，因而它们也成为研究者难得的社会史材料。黄廷富《20 世纪 80 年代以来的明清艳情小说研究》则是对 80 年代后艳情小说研究状况的综合梳理。

（二）具体作品的佛教书写

《金瓶梅》和《红楼梦》是世情小说的代表作，相比而言，这两部作品的佛教书写数量较多，艺术价值也高，因而一直是世情小说研究的重点对象。

黄吉昌《试论〈金瓶梅〉的宗教背景及宗教流行》是较早分析《金瓶

梅》宗教意蕴的论文，该文引证大量小说情节和史料，认为《金瓶梅》所描写的宗教背景处于明嘉靖时代，其特点是道教得势、佛教失势，二教同时流行而佛教流行更广泛。魏崇新《〈金瓶梅〉的宗教意识与深层结构》、孔繁华《〈金瓶梅〉与宗教》等文着重分析了宗教意识对《金瓶梅》的影响，将宏观与细节相结合，认为宗教对小说主题、人物、结构有着全方位的影响，如惩戒主旨来源于佛道的宗教伦理、人物命运受到因果律的支配，轮回循环的思维定式则造成了《金瓶梅》开放与封闭交织的叙事模式。王启忠《简论〈金瓶梅〉佛教描写中的新形态》着重分析了小说中僧尼形象所体现出的三教并衰、合流且世俗化的倾向。冯文楼《障蔽的破除与身位的开显——〈金瓶梅〉宗教伦理话语的剖示与辨析》指出原著首先表现出当时人们的良知被欲望遮蔽造成的普遍存在的道德迷失、存在迷失，为此，小说通过冷热转换的道家叙事文法、报应不爽的佛教叙事文法，企图重启人们的敬畏之心，修复社会的文化断裂。

原著的因果报应思想有着形象生动的呈现载体，施晔《玉皇庙、永福寺在〈金瓶梅〉中的作用及其宗教文化因缘》认为这一观一寺作为宗教意象的外化形式，它们在小说中参差互现，在结构上有组织情节、起结人物的双翼之效，在社会文化上则以毁僧谤道情节表现出晚明市民的复杂宗教心理。吴光正《〈金瓶梅词话〉的佛教描写与作者的艺术构思》分析了原著通过一系列有着超逸品格的宗教人物来实现悲悯救赎的宗教关怀、预设轮回的整体架构与人物设计三个层面。刘勇强《一僧一道一术士》和贺佳欢《依道点石 借佛扬波——〈金瓶梅〉超情节人物分析》将原著出现的“一僧一佛一神仙”人物形象组合称为“超情节人物”，认为这样的形象组合显然具有儒道交融的历史背景及现实基础。其存在具有相当的叙事功能作用，主要表现在果报思想和完善小说结构上。

陈思《近十五年来关于〈金瓶梅〉与宗教研究的文献综述》概括了一段时期内《金瓶梅》宗教研究的情况，认为要有进一步突破必须满足细读文本和对宗教原典熟稔两个条件。魏丕植《儒道释的沦化 势利欲的喧哗——试论〈金瓶梅〉的宗教内涵与文学意蕴》指出小说的佛教描写表现了三教在当时的明朝是如何沦落和变形的，沦落意味着道德的崩解，变形则蕴含着三种宗教新的发展可能。同时，利益和欲望在小说中又相互推波助澜并与宗教有涉，从而具有迥异于通常叙事所具备的单声部的特征，契合了巴赫金所谓“众声喧哗”的内涵。

《红楼梦》的佛教描写研究情况更盛。张之于 1981 年发表的《试谈曹雪芹对宗教的态度》是较早讨论《红楼梦》佛教描写的论文之一。文章重点分析了甄士隐、柳湘莲、妙玉、芳官、张道士等书中和宗教关系较为密切的人物及“魇魔法叔嫂逢五鬼”等相关情节，认为宗教是“吓唬人、拐人、欺骗人的把戏，曹雪芹鞭挞了它”。该文结合文本较多，但带有特定时代的思想烙印，过于关注曹雪芹对品行不端的僧道的批判，而对宗教之于小说框架、文化意蕴和人物内涵的深刻影响几乎无视。高志忠、曾永辰和杜景华的同名论文《〈红楼梦〉与禅宗》较早探讨了禅宗对《红楼梦》的影响。前者认为曹雪芹有着以禅学为基础而形成的成熟的宗教观，他把禅宗作为心灵的哲学，从而研究和接受，并内化到了具有解脱、叛逆色彩的人物和向往个性解放的思想上；后者梳理了从宋元到明清中国思想领域的心性论，揭示了作者执着追求“真”境界的思想源流。

原著诗词的宗教色彩也受到部分学者的关注。姜志军、陈世澄分析了《红楼梦》诗词浓郁的佛道色彩，指出以比较深厚的宗教素养创作诗词，拓宽了诗词的创作技巧，深化了诗词意蕴，但并非纯粹的宗教性作品。曹雪芹既没有沉溺于对宗教的消极冥索,也不是一个反宗教反神权者。

原著以宗教元素构建的双重世界和复杂意蕴也得到了广泛的关注。余英时的《红楼梦的两个世界》是这方面较早也最有代表性的专著。作者认为，曹雪芹在小说中构建了两个对比鲜明的世界，可称“乌托邦的世界”和“现实的世界”，落实到小说中便是大观园的世界和大观园以外的世界。在书中，两个世界又表现和落实在各种不同的象征上，如“清”与“浊”、“情”与“淫”、“假”与“真”，以及“风月宝鉴”的正、反面等。苏元蓬

《对〈红楼梦〉中佛道现象的二重观照》、刘继保《〈红楼梦〉理想世界的宗教背景》和成穷《渺渺青云外，滚滚红尘中——〈红楼梦〉的两个宗教世界》等文都提出了原著构建的“二重宗教世界”，这两者泾渭分明，作者的是非态度明确，因对世俗宗教世界持否定态度，故创造出另一个理想中的宗教世界。梅新林、崔小敬《贯通红楼艺理与哲理的总纲》一文分析了《红楼梦》“真假”“有无”概念具有的浓厚的神秘色彩与宿命意味，认为它们传达了作者对小说叙述的先验态度与哲学理念。这组概念，源自原始宗教和中国传统哲学的二元对立、循环运动观念，同时蕴含着作者一生的悲剧情感体验，从而有了对整部小说的统摄力度。宋珂君《“情本”与“情空”——〈红楼梦〉诸艳的宗教修养与宝玉出家的对比性研究》一文认为，红楼诸艳对于佛教的态度有着“出离心不够彻底”和“缺乏慈悲心”两个特征，她们的情况并非真正的宗教浸润,而是士大夫式的文化涵摄与禅悦，而宝玉的出家则体现了与佛教原始宗旨较为接近的理念。南开大学陈国学的博士论文《〈红楼梦〉的佛教书写分析与探源》比较全面地分析了《红楼梦》的佛教描写框架，总结出度脱、谪凡和太虚幻境三重框架，并分析了小说和禅宗的密切关系以及宝玉形象“以情统三教”的作用。

还有学者集中探讨了小说所表现的宗教活动、人物与物象。李根亮《〈红楼梦〉中的宗教活动与清代社会》比较集中地探讨了《红楼梦》中写到的寺庙庵观、宗教法事、占筮活动、符咒巫术，并分析了曹雪芹欣赏佛道的内在哲学精神和怀疑、批评鬼神存在的较为矛盾的宗教心理。李根亮《宗教与〈红楼梦〉的梦幻叙事》指出中国古代小说的写作传统之一是，通过梦幻之虚境书写人生空幻，从而体现作者的道家出世心态，而这对《红楼梦》的梦幻情节、想象世界及叙事方式产生了深刻影响。刘艺、许孟青《神奇宝镜的背后——“风月宝鉴”的宗教思想文化蕴含》分析了小说中“风月宝鉴”这一物象的意蕴，认为它兼有佛教之玄理和道教之神异色彩，从而既与全书一僧一道的整体框架相一致，也与小说思想主旨相吻合，同时它所蕴含的理欲的深刻悖论，正是那个特定时代社会思想的产物。司马云杰《〈红楼梦〉女性人物塑造的宗教哲学因素》揭示了《红楼梦》特点之一是，以先验的宗教观念预设了书中许多人物的基本特征，从而使作品有了整体性的架构。其中，薛、林二位女性形象所蕴含的宗教哲学因素，揭示了以儒、道思想为根本的中国宗教哲学对于文学创作的影响。梁归智的《禅在红楼第几层》是专门研究《红楼梦》与禅的关系的著作，该书的特点是结合文本较多，着重分析了作者如何通过小说的人物、环境、名物来隐晦微妙地表达自己对禅的认识。

有的文章对两部巨作的佛教描写加以比较研究。冯子礼比较了《金瓶梅》和《红楼梦》的佛教描写，认为在批判深度上,《金瓶梅》批判的是宗教骗子,《红楼梦》批判的是宗教自身；在宗教寻求归宿上,《金瓶梅》皈依于因果报应,《红楼梦》的色空观念则表现了对现实世界的思索和迷惘；在格调上,《金瓶梅》是再现现实的写生画，而《红楼梦》则富于诗情和理趣。陈国学、夏永华《论〈金瓶梅〉与〈红楼梦〉佛教书写的效用差异》认为,《红楼梦》的佛教书写更具有空灵超越的美学意味，使佛教书写更具审美功能;《金瓶梅》中的僧道并没有为该书提供超逸的品位，而只具备叙事学上的预叙总结功能，比较坐实。

三、研究方法、范围与基本框架

上文简要梳理归纳了目前小说与宗教特别是世情小说佛教书写的研究情况。应该说，众多论著的相关章节和专门性论文已经不少，也取得了相当的成果，在佛教对小说的情节架构、人物塑造、文化意蕴等方面描写的影响上都有比较深入的阐述。但也存在一定的问题，主要表现为以下几点：首先，学界对小说与佛教书写的研究主要还是集中于六朝志怪、唐传奇、明清神魔小说方面，对于明清白话世情小说佛教书写的研究相对较少。其次，相关研究主要集中于《金瓶梅》《红楼梦》等少数大作，对其他作品的佛教描写关注相对较少，特别是缺乏对世情小说佛教书写的整体观照。第三，缺乏比较研究，即与其他题材白话小说、白话短篇小说的佛教描写的对比研究很少看到。

（一）明清世情小说的界定

这里简要阐述一下本书研究范围的界定。关于以《金瓶梅》为开创与代表的一系列摹写世间百态、人情家庭的白话长篇小说，被称为世情小说。二十多年来，各种小说史著作的相关称谓各有差异，不尽相同，除常见的世情小说称谓之外，还有世态人情小说、社会小说、人情小说等，不一而足。追本溯源，最先以“人情小说”或“世情小说”冠以此类作品的学者是鲁迅。众所周知，鲁迅的《中国小说史略》是现代学术史上古代小说研究的开山之作，在基本的研究框架、研究路数等方面起到了导夫先路的作用，特别是在对经典作品的评价上，贡献出了相当多的不刊之论。当然，因为年代较早，材料和具体方法的某些不足，都会对某些结论造成一定的影响，小说的分类就是其中之一。

从学术角度而言，小说分类可以也应该有多样的标准（如从主要内容、显著风格、思想旨趣等方面进行分类），方可更全面地展现小说史风貌。但是，同一著作或同一研究体系之下的标准应该是整齐划一的，因为若同一表述体系下标准不统一，就容易造成概念的混乱含糊，导致具体行文中出现研究对象的重叠或空白现象。以鲁迅《中国小说史略》中的小说分类而言，有的按其内容划分，如“世情书”：“大率为离合悲欢及发迹变态之事，间杂因果报应，而不甚言灵怪，又缘描摹世态，见其炎凉，故或亦谓之‘世情书’也。”[①]很明显是着眼于其描写的“离合悲欢及发迹变态之事，间杂因果报应”。但有的又是按作品手法风格划分，如“讽刺之书”：“秉持公心，指擿时弊，机锋所向，尤在士林；其文又感而能谐，婉

① 《鲁迅全集》第九卷，人民文学出版社，2005年版，第186页。

而多讽：于是说部中乃始有足称讽刺之书。”①这又是着眼于其“婉而多讽”的手法的风格了，因为如果仍从内容划分，则《儒林外史》等鲁迅所谓的“讽刺之书”也是该划入“世情书”里的。相似的还有他划分出的“谴责小说”：“辞气浮露，笔无藏锋，甚且过甚其辞，以合时人嗜好，则其度量技术之相去亦远矣，故别谓之谴责小说。”②其实，鲁迅自己也时或意识到了这个问题，如他单另分出“狭邪小说”，但又认为这种小说实属“世情书”：“记载之内，时杂猥辞，自谓伶人有邪正，狎客亦有雅俗，并陈妍媸，固犹劝惩之意，其说与明人之凡为‘世情书’者略同。”③总之，鲁迅在小说分类的划分上虽然命名准确，大致科学，但亦有其不尽如人意之处。本书的研究对象是世情小说，因此不能不首先厘清这一概念。

除《中国小说史略》（1923）外，鲁迅亦在其著作《小说史大略》（1920）、《中国小说的历史的变迁》（1925）这两部重要的小说史著作中有相关表述：

> 唯文翰之士，既无惊人勋业，比拟武人，则所述自不得不以文雅风流功名遇合为主体，以是描写亦渐入于人情。此在唐亦属传奇，宋则隶于小说，又以事迹多始乖而终合，故明人称为佳话，今名之曰“人情小说”。④

> 当神魔小说盛行的时候，讲世情的小说，也就起来了，其原因，当然也离不开那时的社会状态，而且还有一类，和神魔小说一样，是和方士有很大的关系的。这种小说，大概都叙述些风流放纵的事情，

① 《鲁迅全集》第九卷，人民文学出版社，2005 年版，第 228 页。
② 《鲁迅全集》第九卷，人民文学出版社，2005 年版，第 291 页。
③ 《鲁迅全集》第九卷，人民文学出版社，2005 年版，第 264 页。
④ 《鲁迅研究丛书 · 鲁迅小说史大略》，陕西人民出版社，1981 年版，第 82 页。

间于悲欢离合之中，写炎凉的世态。其最著名的，是《金瓶梅》。①

虽然他在其中分别用了“人情小说”“世情书”“世情小说”三种不同的概念，但从其描写内容看，显然是一致的。当代专治这类小说的学者大多延续鲁迅的说法，如方正耀冠之以“人情派”：“人情派就是明清时代以家庭生活、爱情婚姻为题材，反映现实社会的中长篇小说。这一流派始于明末《金瓶梅》，迄于清末《青楼梦》，现存作品约有一百种。”②萧相恺则用了“世情小说”的称呼：“世情小说是中国古代小说，尤其是古代通俗小说的一个极其重要的流派。也有人称它为人情小说——主要是写爱情婚姻和家庭生活，也包括人心善恶和世态炎凉。”③他将写世情的文言短篇小说也包括在内。

陈节和齐浚均以“人情小说”命名，前者谓“具体地说，人情小说即立足于人间社会，以基本写实的方式来描写家庭生活、婚姻、男女感情，并反映社会现实的小说作品”④。后者“将研究范围限定在家庭婚恋题材方面，仍沿用鲁迅的标准，所以将此二类小说摒除在研究范围之外”⑤。

王增斌所给出的范围最小，他首先将与之迥乎不同的历史演义、英雄传奇和神魔小说等排除在外，其次将文言小说排除在外，而且不包括才子佳人小说、艳情小说、清末几部通俗小说，但在体制上却包括短篇：“世情小说，即描写现实生活中世态人情之小说，亦称之为人情小说。……它主要写的是现实社会中活生生的耳闻目见的真实人生。”⑥而向楷与王氏则恰恰相反，他给出的范围最广，他将记人事的题材如公案、讲史、侠义等均

① 《鲁迅全集》第九卷，人民文学出版社，2005年版，第340页。

② 方正耀著：《明清人情小说研究》，华东师范大学出版社，1986年版，第18页。

③ 萧相恺著：《世情小说史话》，辽宁教育出版社，1992年版，第1页。

④ 陈节著：《中国人情小说通史》，江苏教育出版社，1998年版，第166页。

⑤ 齐浚著：《持守与嬗变：明清社会思潮与人情小说研究》，齐鲁书社，2008年版，第3页。

⑥ 王增斌著：《明清世态人情小说史稿》，中国文联出版公司，1998年版，第1页。

囊括其中，认为这样方能名实相副，标准达到统一。

综上所述，笔者认为，首先，在概念名称上，本书以为以“世情小说”冠之较为妥当。第一，鲁迅三次提及，在后起的两部著作中均用“世情小说”之名，可见他更为中意这一叫法，以此为更妥当的。第二，从涵盖范围来说，正如《中国小说通史·明代卷》所说，“但总的来看，对这类小说的界定宜宽不宜窄，历史演义、英雄传奇、神魔小说三种主要类型以外的长篇之作，似乎都不妨包含在世情小说的范围内”①。此类小说涵括极广，凡世事沉浮、人情冷暖乃至政治、经济、宗教等社会侧面均收入其中，以“世情”命名，涵摄度显然高于其他几种称谓，亦可包括人情小说、才子佳人小说和艳情小说三类。

其次，在概念涵摄的范围上，“世情小说”通常指的是以《金瓶梅》为起点，与历史演义、英雄传奇、神魔小说并驾齐驱的第四类小说类型，因此其范围当在白话长篇小说作品之内，而不包括文言小说和白话短篇小说。从内容上来说，其不同于前三类的主要之处就在于内容的相对平凡琐碎，当是描写普通社会的人情世态，普通人的悲欢离合，并间杂因果报应，《金瓶梅》《醒世姻缘传》《林兰香》《红楼梦》等是其中的典型之作。某些虽涉及世态炎凉，但以情节跌宕、人物传奇见长者当不包括在内，其中尤以《禅真逸史》《绿野仙踪》《野叟曝言》《儿女英雄传》等题材混融类小说为代表。所以严格来说，这类题材混融类小说是不属于本书研究范围内的，但其中某些作品（如《绿野仙踪》）中又确有相当突出且出色的世情描写，因而在正文论述中会对其进行酌情采用。

因此，本书的研究对象即为包括人情小说、才子佳人小说和艳情小说三类小说在内的明清白话长篇世情小说中的佛教书写。

（二）本书的创新点

本书在学界现有的研究基础上，力求在世情小说的佛教书写研究方面

---

① 李剑国、陈洪主编：《中国小说通史·明代卷》，高等教育出版社，2007年版，第1087页。

有一定的推进，希望在如下三个方面能有所创新：

第一，在研究视角上，目前对于古代小说与宗教的研究专著专文和对名著的宗教文化分析均已不少，但将世情小说作为一个整体用比较的眼光较深入地分析其佛教描写的尚未出现。同类题材在同一描写对象上必然存在异同，这是值得全面而深入研究的，亦是本书希望着重探讨的内容。

第二，在研究范围上，尽可能全面地涵盖明清所有世情小说，包括人情小说、才子佳人小说、艳情小说，以期比较系统地梳理研究明清世情小说的佛教描写意蕴。

第三，以对比的、横向和纵向结合的立场，观照世情小说佛教书写与其他题材白话小说、白话短篇小说同类内容的对比，从而更好地总结世情小说佛教书写的特点，以期丰富小说与宗教研究的成果，提供尽可能新的、可资借鉴的思路。

（三）本书运用的主要研究方法

第一，文本细读与文化分析结合的方法。作为小说与宗教关系研究的重要一支，细读文本是研究的首要步骤，也是核心要素。通过精研文本，窥探小说中蕴含的历史文化信息和色彩风格。

第二，归纳总结的方法。作为相同题材的小说，世情小说的不同作品在佛教描写上必然有着众多的相似之处，同时也会存在诸多差异。本书拟运用归纳整合的方法，来认识相关描写的自身特点。

第三，对比分析的方法。作为明清长篇小说的题材之一，世情小说在佛教描写的方式、类型、色彩、作用等多方面必然与其他题材作品有着这样那样的区别。运用对比分析的方法，可以更有效地认识小说文本“变”与“不变”的要素，并更好地把握小说与宗教的关系。

第四，文史互证的方法。小说中的佛教描写必然大量牵涉时代历史信息、宗教文化风貌，只有充分占有史料，特别是熟悉其时的宗教生态背景，才有可能对小说的佛教描写做出比较合理到位的分析评价。

第一章

明清时期佛教背景概况

马克思曾说："宗教是这个世界的总的理论，是它的包罗万象的纲领。"①无论是物质文明还是精神文明，宗教都与之息息相关并互相影响，特别是和思想观念的互相影响甚至重叠尤为显著。佛教是世界三大宗教之一，自诞生以来，就对人类文明进程产生了不可估量的影响。小说作为中国古典文学的重要文体，是研究古人思想形态与创作心理的宝贵文献，它与佛教有着复杂而深刻的联系。美国学者克里斯蒂安·乔基姆在《中国的宗教精神》一书中甚至说："所有的中国通俗小说中均包含着宗教的主题。……这些小说的情节中向来不脱离因果报应的观念。"②本书的视角聚焦世情小说与佛教的关系，内容是研究世情小说中的佛教书写及佛教对小说创作与观念的影响，因此虽然不是专门的宗教学论著，但不能不首先对明清佛教政策与佛教生态进行总体性的把握，这样可以更有利于我们深入认识明清世情小说佛教书写的特色与价值。本章的写作拟从以下两个方面展开：一是总结明、清两代重要的佛教政策措施，明确明清世情小说产生的宗教背景，特别是这种背景对僧、尼群体生存状态的影响；二是梳理明、清两代佛教的概况与整体面貌，以期对明清世情小说佛教书写的产生

---

① ［德］卡尔·马克思著：《黑格尔法哲学批判》，中共中央马克思恩格斯列宁斯大林著作编译局译，人民出版社，1963年版，导言第2页。

② ［美］克里斯蒂安·乔基姆著：《中国的宗教精神》，王平等译，中国华侨出版公司，1991年版，第139页。

背景做一整体性的观照。

第一节　明清帝王的佛教政策

明代宗教生态复杂多样。概括而言，有以下几个特点：

第一，传统宗教佛教、道教仍是主流，但出现多种宗教多元并存的状况。这也是中国古代多数时代的宗教生态特色，即兼容并包，有鲜明的实用性，只是明代更为显著。

第二，三教融合的思想流行，在人民日常生活、观念和文学艺术中都产生了深远影响。从明太祖朱元璋开始，历代明朝皇帝皆遵循这一思想。而宗教内部也出现相互吸收融合的倾向，如明末四大高僧云栖祩宏、紫柏真可、憨山德清、藕益智旭均提倡诸宗会通。道教全真教道士王道渊融合全真派南宗、北宗之学，从而自成体系。

第三，传统宗教已呈颓势，新兴宗教和民间宗教则有很大发展。整体而言，明代宗教生态的显著特征之一是它的世俗化。社会发展的变化造成了宗教功能的改变，这种改变反映在“宗教化”和“世俗化”两个概念中。苏联学者伊·尼·亚布洛柯夫对宗教世俗化做过这样的表述：“世俗化是社会和个人的意识摆脱宗教思想和观点的影响的过程，是社会的关系、活动与机构摆脱宗教认识的过程。”①这样的过程既有可能发生于整个社会中，也有可能发生于社会中的个别环境、机构或个人身上。而这种过程的影响反映在“宗教的社会地位的降低、功能范围的缩小，宗教功能朝其他

---

① [苏]伊·尼·亚布洛柯夫著：《宗教社会学》，王孝云、王学富译，四川人民出版社，1989 年版，第 123 页。

社会体制的过渡……等诸多方面”①。以此核之，明代宗教世俗化的进程是颇为显著的。

一、明代初创至正德年间帝王对佛教的态度与措施

明太祖朱元璋的宗教政策对整个明代的宗教生态都产生了深远影响，因此研究明代宗教，不能不首先关注朱元璋对宗教的态度和所采取的政策。经过十数年的征战，朱元璋结束了元末中国的混战局面，建立了明王朝。一方面，他看到了佛教在维护巩固王权统治方面所发挥的作用，加上他青年时代曾在家乡濠州钟离（今安徽凤阳）的皇觉寺为僧的经历，这些都促使他对佛教施以很多提倡和保护政策。另一方面，与前代大多数统治者一样，他也非常重视儒家学说在教化人民、统一思想方面的作用。因此，虽然他提倡三教合一，但有其侧重，那就是以儒为主，重视佛教。②朱元璋曾谕：“仲尼之道，上师天子，下教臣民，始汉至今，曾有逾斯道者而久于世者乎？”③在他眼中，不仅孔子的学说至高无上，而且四书五经等经典也是家家户户所绝不可少的必需品，“譬之菽粟、布帛，家不可无。人非菽粟、布帛则无以为衣食，非五经、四书则无由知道理”④。可见在其观念中，儒家学说是其他任何学说都无法替代的最高准则，其他的学说或教派只是其辅助。

而对于佛教，朱元璋的态度大致是两方面的。一方面，他充分看重佛

---

① ［苏］伊·尼·亚布洛柯夫著：《宗教社会学》，王孝云、王学富译，四川人民出版社，1989 年版，第 123 页。

② 通常认为儒家学说不是宗教，这里“三教合一”中的“儒教”更多指儒家的教化、学说。本书涉及此说皆同。

③ 〔明〕明太祖撰：《明太祖文集》卷八，文渊阁《钦定四库全书》第一二二三册集部一六二，第 82 页。

④ 〔明〕明太祖撰：《明太祖宝训》卷二，台湾“中央研究院”历史语言研究所校印，第 82 页。

教教化劝惩的作用，并认为在这方面，三教所发挥的作用是一致的，他尤其看重佛教在劝人向善上的效用，他为《心经》所作的序中说："俄西域生佛，号曰释迦。其为佛也，行深愿重，始终不二，于是出世间，脱苦趣；其为教也，仁慈忍辱，务明心以立命，执此道而为之，意在人皆若此，利济群生。"①他秉承三教合一的思想，认为"天下无二道，圣人无两心。三教之立，虽持身荣俭之不同，其所济给之理一"②，因为在他看来，三教在"暗助王纲，益世无穷"③的方面所发挥的作用是一致的。朱元璋和前人一样认可佛教的因果轮回、善恶报应之说，并将儒、释联系了起来，认为二教在向善、心性等方面的学说均有相通之处，"佛谓专心为善，子孙长享富贵，专心为恶，子孙俱堕恶业，其与儒之'积善之家，必有余庆；积不善之家，必有余殃'之言同也。佛谓心为万法之本，儒谓心为万事之本。佛谓见性，儒谓知性。佛道与儒道同者多类此"④。这些既源于他日后的学习，更和他早年起于底层，熟知民间社会状况，特别是有过出家为僧的经历有密切的关系。

另一方面，他又说"务释氏而能保其国者，未之见矣"⑤，认为作为帝国的统治者，不可沉迷于佛教，否则于保国安民无益，沉溺佛法还能保国安民的帝王，前所未见。这应该与他从前代沉迷佛教的几位皇帝如梁武帝、隋文帝等的史迹中得到的教训有关。他认为这几位皇帝沉迷佛教，本末倒置，"非独当时为人唾骂，虽万古亦污"。那么佛教之于他、之于明王

---

① 〔明〕明太祖撰：《〈心经〉序》，〔明〕葛寅亮《金陵梵刹志》（上），何孝荣点校，天津人民出版社，2007年版，第23页。

② 〔明〕明太祖撰：《三教论》，〔明〕葛寅亮《金陵梵刹志》（上），何孝荣点校，天津人民出版社，2007年版，第11页。

③ 〔明〕明太祖撰：《三教论》，〔明〕葛寅亮《金陵梵刹志》（上），何孝荣点校，天津人民出版社，2007年版，第11页。

④ 〔明〕明太祖撰：《释道论》，〔明〕葛寅亮《金陵梵刹志》（上），何孝荣点校，天津人民出版社，2007年版，第12页。

⑤ 《明实录·太祖实录》，台湾"中央研究院"历史语言研究所校印，上海书店出版社，1982年版，第808页。

朝的意义何在？那就是必使人民对国家法度政令“无有敢谤，听化流行”，“若绝弃之而杳然，则世无鬼神，人无畏天，王纲力用焉”。①朱元璋认为，如果全无对上天鬼神的敬畏，无疑也不利于王纲秩序的维护。因而从巩固封建王朝统治秩序的立场出发，即所谓“阴翊王度”（柳宗元语），看似有些矛盾的两个方面实有这种内在的一致性。

出于对佛教的这种认识，朱元璋的态度非常清醒，他充分利用佛教教化人心的作用，对其加以倡导、鼓励，又绝不任其无限制地发展蔓延。这一点多为明人所洞悉，如解缙谓“神怪妄诞，臣知陛下洞瞩之矣。然犹不免所谓神道设教者”，朱国祯《涌幢小品》谓“我太祖信佛，归并寺院，虽征名僧建醮追荐，而终不溺其说”。

自明太祖始，明朝统治者开始对佛教加以倡导鼓励。明初广荐法会，为死于元末战乱者招魂。据《明实录·太祖实录》载，洪武元年（1368），建善世院，专门处理佛教事务。但善世院的体制并不完备，因此遇重要佛教场合时往往由中书省和礼部负责。洪武十四年（1381），善世院被革除。可以说这一年是朱元璋改变佛教政策的一个重要节点——前宽而后严。这之后朱元璋加强了君主集权，推出了一系列严格的佛教政策。同年夏四月，建立僧录司、道录司，“置僧道二司，在京曰僧录司、道录司，掌天下僧道”②，由明太祖任命各级别僧官。府、州、县分别设僧纲司、僧正司、僧会司，僧官制度得以正式完善，形成了僧司的衙门化趋势，这对明代佛教的世俗化进程产生了重大影响，并伴随明朝始终。

朱元璋还将佛教分为三种，即禅、讲、教，“其禅，不立文字，必见性者，方是本宗。讲者，务明诸经旨义。教者，演佛利济之法，消一切现造

① 〔明〕明太祖撰：《三教论》，〔明〕葛寅亮《金陵梵刹志》（上），何孝荣点校，天津人民出版社，2007年版，第11页。

② 〔明〕葛寅亮撰：《金陵梵刹志》（上），何孝荣点校，天津人民出版社，2007年版，第23页。

之业，涤死者宿作之愆，以训世人”①。禅，自然指禅宗；讲，指讲解明晰其他诸宗如天台、华严等；教，包括具体消灾业、祈祥瑞的行动。所以相应地，僧人便被分为禅僧、讲僧和教僧三类。洪武十五年（1382），礼部下令，寺院也被分为禅寺、讲寺和教寺三种。朱元璋将元代三类寺院中的律寺改为教寺，使其实用性和世俗性都得以加强。三类僧人各有不同的职责，其中讲僧和教僧的职责都非常实际，分别“遵释迦四十九秋妙音之演，以导愚昧”“率众熟演显密之教应供”②，以应付世俗佛事需要。朱元璋对讲僧和教僧十分重视，对讲僧，朱元璋赐其绯红色袈裟，择日亲自把珠课诵并奉以施食，以示统治者的高度重视，而且亲自对法事的酬金明码标价，据《金陵梵刹志》所载，洪武二十四年（1391）的《申明佛教榜册》，“赴应世俗，所酬之资，验日验僧，每一日每一僧钱五百文。假若好事三日，一僧合得钱一千五百文”，“《华严经》一部，钱一万文；《般若经》一部，钱一万文”③……加上普通人时常会有祈福、悼亡的世俗需求，故而这种分配导致的结果之一是，教僧的需求大幅度增加，从而使佛教日趋商业化、世俗化，和平民百姓的日常生活发生了日益密切的关联，最后形成了“教僧占到整个僧侣的将近半数”。有学者统计过南方部分地区禅、讲、教三寺的数量，“湖州府，教寺三十七，讲寺六，禅寺二十四，所属宗派不明十七。……姑苏府，教寺七十一，讲寺二十三，禅寺三十一，所属宗派不明六，总计一百三十一寺”④。湖州、姑苏两地的寺院数量中，教寺均占比最高。因之，禅、讲、教的划分，成为明代宗教世俗化的一个重要政策源头。

---

① 〔明〕葛寅亮撰：《金陵梵刹志》（上），何孝荣点校，天津人民出版社，2007年版，第53页。

② 〔明〕葛寅亮撰：《金陵梵刹志》（上），何孝荣点校，天津人民出版社，2007年版，第54页。

③ 〔明〕葛寅亮撰：《金陵梵刹志》（上），何孝荣点校，天津人民出版社，2007年版，第61页。

④ 周齐：《试论明太祖的佛教政策》，《世界宗教研究》1998年第3期。

除了法事的具体金额，在僧籍和剃度制度、庙宇管理等方面，朱元璋也做了较为严格的规定。洪武五年（1372），朱元璋命僧录司和道录司造《周知册》，“颁行天下寺、观，凡遇僧、道到处，即与对册其父母籍、告度月日”①，即具列出家人各方面详细信息，以资查验。剃度制度方面，明初的管理一度较为宽松，洪武六年（1373），朱元璋下诏“普给天下僧度牒”，并且蠲免了“前代多计僧鬻牒，名曰免丁钱”②。

洪武十七年（1384）开始，朱元璋规定禅、讲、教及寺庙住持的选拔均需要考试，“其考试僧、道，务要依奉榜文内事理施行，毋得将不识经典僧、道朦胧申请，违错不便”③。在庙宇管理方面，明初一方面恢复因战乱而残破的庙宇，扶持寺院振兴，一方面又控制寺院的规模、数量和经济，不许寺院任意扩张，尤其禁止民间私自建设寺院。若寺院田地过多，则官府会予以干涉，如宪宗时期下令清查寺田，在一定规模如五百亩以下的，便取其半以供贫民日用。这样的分割对明代寺院的规模造成了一定的影响。

太祖之后的几任皇帝基本延续了他的佛教政策与态度。明成祖朱棣在位期间崇信佛教，秉承太祖的许多旧制并加以完善。首先，朱棣进一步完善度牒制度，对私自簪剃者尤为防范，对于那些私自削发为僧者，严加惩处。他还重申了各级行政单位的僧道人数，并将洪武旧制，“三年一给僧道度牒”改为五年一次，使剃度周期加长。其次，控制寺院总数并严禁私建寺院，使寺院经济被控制在合理范围内，永乐十五年（1417），鉴于当时庵院私建、僧尼混处并触犯相关法律法规的事件时有发生，朱棣下令“命礼

---

① 〔明〕幻轮汇编：《释鉴稽古略续集》卷二，《续修四库全书》第一二八八册，上海古籍出版社，2002年版，第772页。

② 〔明〕葛寅亮撰：《金陵梵刹志》（上），何孝荣点校，天津人民出版社，2007年版，第49页。

③ 〔明〕葛寅亮撰：《金陵梵刹志》（上），何孝荣点校，天津人民出版社，2007年版，第55页。

部榜示天下，俾守清规，违者必诛”①。朱棣对僧尼和寺庙管理严格，但他同时十分推崇佛教，在位期间曾两次集、刊刻大藏经，并禁毁“谤佛”道经。朱棣还曾编纂《金刚经集注》，敕令天下奉行。他起兵“靖难”时的功臣——僧人道衍（即姚广孝）对他崇信佛教的心态当影响颇深，朱棣即位后也给予了他很高的地位，加封其为僧录司左善世、太子少师等。

正统至正德时期，皇帝大多崇信佛教，对寺院、度牒、僧众的管理常流于放任。如英宗、代宗、宪宗皆崇信藏传佛教，频繁的藏传佛教法会使得京城“斋醮复兴，靡费渐广”。正德皇帝朱厚照在明代皇帝中素以作风荒唐著称，他也极度崇信藏传佛教，甚至自封为大庆法王。这几位皇帝在位期间，密教法事举办十分频繁，僧众人数暴涨，明初为太祖、成祖所坚持的控制度牒的政策也逐渐流于虚设，违规度僧甚至鬻牒的现象频出。仅正统元年（1436）、二年（1437），度僧就达四次共一万余人。后来景泰、成化、正德年间度僧人数均极多，动辄数万。加之从正统始，为了缓解财政压力，明廷大兴鬻牒之举，如正德三年（1508），礼部提出“发僧牒二万，道牒二千”给各地，武宗准奏。过度的度僧、鬻牒虽然一定程度上缓解了当时的财政压力，产生一定的积极作用，却大大降低了僧侣集团的质量，使之鱼龙混杂。这无论对于明代僧界的整体素质还是对于民众对他们的印象而言都有负面影响，以《金瓶梅》及其衍生的艳情小说为代表的明代世情小说中形象龌龊的僧众形象，其现实基础即来源于此。

二、明代嘉靖、万历年间的佛教政策

明代世情小说的代表作——《金瓶梅》的成书年代素有争议。但主要观点无非集中于嘉靖、万历两朝。其中，20 世纪郑振铎、吴晗等知名学者

① 《明实录·太宗实录》，台湾“中央研究院”历史语言研究所校印，上海书店出版社，1982 年版，第 2055 页。

考证《金瓶梅》成书时间当在万历中期，基本得到学界的认可。因此，万历一朝以及万历之前兰陵笑笑生所亲历过的嘉靖、隆庆二朝的宗教政策自然值得关注。

嘉靖皇帝朱厚熜在历史上素以佞道闻名，相应地他对佛教施以很多的打压政策。这首先表现在他对寺院尼庵的打击上，《明史纪事本末》卷五十二“世宗崇道教”条载，嘉靖元年（1522）春三月，“簿录大能仁寺妖僧齐瑞竹财资及玄明宫佛像，毁括金屑一千余，悉给商以偿宿逋。齐瑞竹，正德间赐玉玺书金印，赏赉无算”①。自此事始，嘉靖听从工部侍郎赵璜的进言，开始遍查京师淫祠并将其悉数拆毁。过了八年，嘉靖又下令逐一查毁各地所创淫祠、私设寺院尼庵。嘉靖不仅排斥既有寺庵，而且严禁私设寺院并不许修缮损毁寺院。沈德符谓之：“世宗忿髡辈之积蠹，焚慈恩，焚佛骨，而事玄之盛，又十倍焉。”“（嘉靖）居西内，躬行斋醮，邵、陶辈宠冠古今，有非王仔昔、徐知常所敢望；又用羽流言焚弃佛牙头骨几尽，而释氏之不振极矣。”②

嘉靖对僧尼群体的管理也十分严苛，认为“僧道盛者，王道之衰也”。对于无度牒的僧人，他下令“令有司尽为查革，自今永不许开度”③；对于僧人，他鼓励还俗；对于尼僧，他则强迫还俗，他听从礼部尚书方献夫的进言，“尼僧道姑，有伤风化，欲将见在者发回改嫁，以广生聚。年老者量给养赡，依亲居住，其庵寺拆毁变卖”④。此外，嘉靖还禁止僧人设坛说法。嘉靖五年（1526），朱厚熜“诏严禁西山戒坛，及天宁寺受戒僧人并男女相混者”，后来又于二十五年（1546）、四十五年（1566）先后再下禁令。学界一般认为《西游记》作者塑造的迫害僧众的车迟国、灭法国国王，其构思都有影射嘉靖毁僧佞道的成分。

---

① 〔清〕谷应泰撰：《明史纪事本末》第二册，中华书局，2015年版，第783页。
② 〔明〕沈德符撰：《万历野获编》，中华书局，1959年版，第684页。
③ 〔明〕余继登撰：《典故纪闻》卷十七，顾思点校，中华书局，1981年版，第303页。
④ 〔明〕余继登撰：《典故纪闻》卷十七，顾思点校，中华书局，1981年版，第303页。

嘉靖皇帝对藏传佛教的打击也相当大，即位之初他就下令将正德元年（1506）以来的法王、国师、禅师等人，“尽为查革，各牢固枷钉，押发两广烟瘴地面卫分充军”①。嘉靖没有像英宗、代宗等皇帝一样崇信藏传佛教，而是将京城中藏僧几乎全部驱遣。不过，嘉靖的禁佛措施虽然严厉，但是从全国范围和长远影响看实则效果有限。其原因是多方面的。首先，明代大部分皇帝皆崇信佛教，独嘉靖一朝佞道禁佛，其影响力和持续时间相比其他阶段就显得比较微不足道。其次，书面的政策禁令在实施起来往往要打折扣，而佛教长期以来在中土给中下层人民提供了对他界的想象，是一般人民摆脱精神困境、寻求解脱的重要途径之一，短时间颁布的禁令难以有效遏制。而且彼时的许多皇族成员、重要官员和大批宦官皆崇信佛教，他们多向寺院布施，这些都客观上促使佛教继续发展与膨胀。当然，嘉靖一朝是通俗小说发展的高峰期，朝廷佞道抑佛的宗教倾向，对通俗小说的创作影响还是很深刻的，这一点会在下文详细述及。

三、清代前期帝王的佛教态度与政策

清代由关外入主中原的满族贵族建立，他们进入中原之前就已经接触到藏传佛教。入关以后，清王朝统治者开始接触并尊崇汉传佛教，前期几位帝王均与佛教有密切的关系。清代帝王对佛教的态度与所采取的政策，可以从以下几个方面分说：

第一，态度上，清代帝王依然推崇佛教，以之作为巩固统治、笼络人心的重要思想意识手段。有清一代的帝王们基本延续了明代的做法，在思想意识方面，以尊奉孔子及儒家伦理、倡导理学为主。而在思想钳制方面则比明代更加严酷，如禁锢思想、大兴文字狱等都堪称空前。清王朝宗教政策的总体精神是把维护统治放在第一位，宗教政策从属于思想管制方

① 《明实录·世宗实录》，台湾“中央研究院”历史语言研究所校印，上海书店出版社，1982年版，第573页。

面。因此，清代帝王对于两大传统宗教——佛教和道教的态度与对于民间宗教的态度完全不同：对前者，是控制基础上的尊崇和扶植；对后者，则以严厉的打压和消灭措施为主，达到尽可能彻底清除宗教中不利于皇权统治因素的目的。由此可见，清代统治者与前代类似，均强调儒家思想的重要性，佛、道只是补充，天命三年（1618），清太祖努尔哈赤曾说："人皆称仙佛之善，然仙佛虽善而居心不善者，不能为也。必勤修善行，始能与之相合。人君奉天理国，修明政教，克宽克仁，举世享太平之福，则一人有道，万国数宁，胜于仙佛多矣。"①他认为"修明政教"胜于仙佛多矣，这基本可以代表有清一代帝王的佛教政策宗旨，即以佛、道为儒家统治思想的辅助，并且相对来说，佛教较受重视，道教则更为边缘化。

清廷入关后的首任皇帝顺治帝重视佛教教化人心、安定社会的作用，主张三教合一。他曾说："朕惟治天下必先正人心，正人心必先黜邪术。儒、释、道三教并垂，皆使人为善去恶，反邪归正。"他对玉林通琇礼敬有加，赐号"大觉禅师"，对其执弟子礼，并为自己起法名"行痴"。后因董鄂妃去世，痛不欲生的顺治极欲出家，但被众人拦阻未果，次年病逝，按佛教的礼仪火葬。顺治的一生极短，但和佛教的关系之密切在清代的帝王中是少有的，这也给后世文学创造了极大的想象空间。

康熙皇帝早年不甚重视佛教，"自言弱龄诵读经史，未暇览金经贝叶之文"②。中年以后开始逐渐重视佛教的教化作用，曾告诫子孙说："神佛之教，亦惟以善引人……我等礼之敬之，乃理之当然也。"③康熙帝下令内廷刊刻《金刚般若波罗蜜经》《维摩诘经》《妙法莲华经》《入楞伽经》等二十二部大乘经典，还手书过包括《金刚经》在内的多部大乘经典。雍正与佛

① 《清实录·太祖高皇帝实录》卷一二，中华书局，1985年版，第325页。

② 蒋维乔著：《中国佛教史》，商务印书馆，2015年版，第275页。

③ 《圣祖仁皇帝庭训格言》，《文渊阁四库全书》717册，台湾商务印书馆，1986年版，第189、632页。

教的关系更为密切，他研习佛教经典十分用功，同藏传佛教、汉地佛教的高僧都有接触，自号“圆明居士”“破尘居士”。

雍正皇帝与佛教的渊源甚深，而且他即位后的政策与清代通俗小说特别是《红楼梦》的创作有直接关系，因而有必要进行比较详尽的分说。他主张三教合一：“朕向来三教并重，一体尊崇，于奉佛敬仙之礼，不稍轻忽。每见章句之士，鄙薄二氏，动辄轻蔑挨斥，而托名理学者尤甚。”①“自汉以来，三教流传，炳若三光，屹然鼎峙，历千百年而不废不坠，岂非道并行而不相悖欤？”②他还命庄亲王允禄率僧俗七十余人，开藏经馆，刊刻《大藏经》。此举于乾隆三年（1738）十二月完成，在明代《北藏》（即《永乐北藏》）的基础上增加若干高僧述作，凡 724 函 1672 部 7247 卷，史称《龙藏》，这是我国古代社会最后一次官刻《大藏经》。乾隆下诏刊印百部，分赐天下寺院。

综上，清初顺治、康熙、雍正、乾隆四位帝王于佛法均有大力倡导之态度，上行下效带来的影响是清代佛教盛行。这种社会影响首先是上层统治者的态度所决定的。

第二，做法上，清代大体延续明代世俗化的佛教政策，对僧尼的人数和名籍加以控制。天聪六年（1632），清仿明制始设僧录司，规定由之管理各地庙宇。僧人但有能诵持一经、遵守戒律者，便可发放度牒。康熙十三年（1675）始，僧录司开始成为朝廷管理佛教事务的机构，负责僧官的选拔升迁，而且从朝廷到地方皆设寺僧衙门，着令僧官“专管天下僧侣恪守戒律清规，违者听其究治”③。清朝定鼎北京后，仍设僧录司，作为专管佛教事务的机构，官职为正、副印和左、右善世等。以下各级均设僧官，府为僧纲，州为僧正，县为僧会。《西游记》中所谓唐太宗给玄奘的官职是

① 《世宗宪皇帝朱批谕旨》卷三八，影印本《文渊阁四库全书》第四一八册，上海古籍出版社，第 190 页。

② 《世宗宪皇帝朱批谕旨》卷三八，影印本《文渊阁四库全书》第四一八册，上海古籍出版社，第 189 页。

③ 《清实录·太祖高皇帝实录》，中华书局，1985 年版，第 609 页。

“左僧纲，右僧纲，天下大阐都僧纲”①，固为小说家言，但可以明显看出通俗小说中明代佛教僧官制度的影响。

在剃度僧尼方面，清代初期严格剃度制度，严禁私度现象。度牒管理在明代时就已经受到统治者的重视，朱元璋规定只有通过相关考核的僧人才可以给予免费度牒。但自景泰年间后，开鬻牒之风，度牒管理遂流于虚谈。清顺治九年（1652），顺治皇帝谕知礼部：“（僧尼道士）如未领度牒，私自为僧尼道士，及用番僧衣服往来者，照例治罪。”②一旦发现私度者，按《大清律例》，僧人私剃、道人私簪者，杖八十；如果是家长簪剃的，则惩罚家长；寺观住持及受业师擅与私度者，与同罪。顺治限制世人私剃为僧，一旦发现，僧官要以包庇罪一同治罪。③康熙则命令：“无度牒为僧道及男女聚会者，著该地方官严行查拿。”“凡僧尼道士不领度牒私自出家者，杖八十为民。”④可以说，对于私剃现象的严令把控，清前期的几位帝王在政策上有着高度的一致性。

乾隆十九年（1754），通令全国“僧道度牒本属无关紧要，而查办适以滋扰，所有礼部奏请给发度牒之处，著永远停止”，三十九年（1792），乾隆再次下令“所有礼部奏充补僧道官必须给有牒照之例，亦著停止”，⑤从此废止了实行千余年的度牒制度。其结果是扩大了僧尼队伍，但质量难免泥沙俱下，来源及构成情况更加杂芜，这也成为清代佛教日益衰落的重要原因之一。

但在具体律例上，清代还是有专门的律条来规定限制僧尼行为的。《大清律例》卷八中有详细的规定，如：不许私自创建寺院，违者杖责，僧人勒令还俗，尼姑收为官奴；不许私自剃度，违者杖责八十下，家长及寺院

① 〔明〕吴承恩著：《西游记》，李天飞校注，中华书局，2014 年版，第 172 页。
② 刘锦藻撰：《清朝续文献通考》，商务印书馆，1955 年版，第 8487 页。
③ 刘锦藻撰：《清朝续文献通考》，商务印书馆，1955 年版，第 8487 页。
④ 《清实录·圣祖仁皇帝实录》，中华书局，1986 年版，第 224 页。
⑤ 《清实录·高宗纯皇帝实录》，中华书局，1986 年版，第 1487 页。

住持同罪，住持勒令还俗；僧人如有犯罪行为，与平民同样治罪；等等。这些均可看出清代在管理僧尼的法律上的严格，也从侧面反映出僧尼队伍情况之混乱。

对于庙宇的限制，由于考虑寺庙对民田的占用和僧尼无交赋税之需，因此严格限制官修、私建寺院。清代前期，除雍正好佛外，其他皇帝对庙宇的约束力度均较强。皇太极曾下令“寺庙毋得私行建造”。康熙则认为，寺庙过滥则与百姓争地，且容易成为窝藏罪犯等不法分子的场所，是扰乱地方且不利民生之举，因此“著各省督抚及地方官，除原有寺庙外，其建造增修永行禁止”。乾隆则明令，除非“明督抚具题奉旨，方准营建。若不俟题请，擅为兴造者，必加究治”①。

第三，现状上，清代僧尼人数和寺院数量随着全国总人口的增加而上升。随着“康乾盛世”的来临，人口总数增长也带来了僧尼人数的扩张，其突出表现是度牒数量的持续增加。乾隆四年（1739），全国各省发出的度牒总计达三十四万多。乾隆下令采取师徒相传方式，史称“招徒传牒制”。随着之后乾隆废除度牒制，出家更加缺乏限制，僧尼总数极大地膨胀。近代太虚《整理僧伽制度论》中认为，清末僧尼总数达八十万左右。寺院不仅有大量的土地，同时进行商业买卖，这些都是导致僧尼数量剧增的经济因素。“僧多必滥”，随着数量的增加，其难以避免的后果是僧尼素质的下降。

第二节　明清佛教概况及整体面貌

由于明清帝王的严格控制和刻意引导，明清佛教的总体特征呈现世俗化。具体来说，有如下特征：

---

① 《清实录·高宗纯皇帝实录》，中华书局，1986年版，第1487页。

第一，三教合流的趋势进一步强化。

明代佛教界以禅宗和净土宗为主，其次是天台、华严、法相诸宗，最后是专门从事各种法事的瑜伽教僧。明末四大高僧的学说中，“三教合一”的思想非常突出。云栖祩宏说：“（三教）理无二致，而深浅历然；深浅虽殊，而同归一理：此所以三教一家也。”①紫柏真可不仅认为儒、释、道应该合一，而且反对人为将三教割裂：“三教中人，各无定见，学儒未通，弃儒学佛，学佛未通，弃佛学老，学老未通，流入旁门，无所不至。”②他认为不可毫无定见，但凡弄通三教中的某一教，就不至于流入旁门左道。憨山德清则讲儒家《春秋》、老庄之学和禅学作为为学三要，不可偏废：“所谓不知《春秋》，不能涉世；不精老庄，不能忘世；不参禅，不能出世。此三者，经世出世之学备矣。缺一则偏，缺二则隘。”③这些言论均体现出他们“三教合一”的明确主张。明末清初的永觉元贤虽然强调三者的区别，认为“强同之者妄也”，但更看重三教的“理实为一，强异之者迷也”。可见在明清时期，“三教合一”基本上是众多高僧的共识，他们的观念对当时的佛教生态产生了重要影响。

明清宗教的一个重要现象是民间秘密宗教十分活跃，现有记载的名目就多达一百余种，其中主要者有白莲教、罗教、黄天教、闻香教、八卦教等。从存世的民间宗教的各种宝卷来看，这些民间宗教大多直接照搬儒、释、道三家的基本思想、教义、观念、戒律等，如劝善、因果轮回、天命论等，虽荒诞不经且有浓重迷信色彩，但可以看出三教合一对底层民众宗教观念的深刻作用。如劝善书源自道教，但也受到儒、释两家的影响和重视，惠栋、俞樾都曾为《太上感应篇》做笺注，云栖祩宏将劝善书《阴骘录》改编为《自知录》。三家在劝人向善的主题上，通过劝善书这一载体几

① 〔明〕云栖祩宏撰、明学主编：《莲池大师全集》第三册，上海古籍出版社，2011年版，第1537页。

② 〔明〕紫柏真可撰：《紫柏大师全集》卷三，上海古籍出版社，2019年版，第122页。

③ 〔明〕憨山德清撰：《憨山老人梦游集》卷四十五，台湾新文丰出版公司，1983年版，第2452页。

乎达成了一致，从而借以宣传自己的教义，并客观上对文学作品中善恶报应、因果轮回的主旨弘扬和正邪角色的塑造产生了极大的影响。

第二，居士佛教盛行。

居士佛教兴盛是明清佛教生活中的重要现象。从人数和规模来看，明代居士总数超过以往的历朝历代，清人彭绍升著《居士传》，全书共收入304人的传记，而明代人数就达到107人，占全书三分之一；在五十六卷规模的成书中，明代居士内容占十七卷之多，为历代中最多。而清初，改朝换代、天崩地坼的历史剧变使士人的心灵受到巨大的震撼，复明理想的屡屡破灭则更令他们心灰意冷，这就导致“相当一部分士人消沉感伤，遁入佛学去建构自己的精神家园。这样，能文之僧与谈空之士的数量便远迈前代”①。逃禅则成为普遍现象，士大夫皈依佛门且师承关系有记载者近百人，大批士人归隐佛教，正如陈垣在《明季滇黔佛教考》中所述：“禅悦，明季士夫之风气也。”士大夫们为佛教注入了新的血液，如方以智、黄宗羲等学者吸取佛学的学术积淀，构建出属于他们自己的具有本土特色的理论体系，呈现出清代居士佛学的特征。在强烈的中国宗法观念背景下，居家修行更具有入世性和伦理性，比出家更易于让士大夫接受。身处高压的文化专制统治，佛教成为许多士大夫于压抑和苦闷中实现精神寄托和情感宣泄的途径。至于清中后期，道光之后，面对中国的内忧外患，许多有识之士如谭嗣同、梁启超等也把目光投向佛教，希望通过佛学理论的研究寻找中国的出路，在理论研究与典籍的整理方面，也同样可以看到居士佛教所发挥的作用。

综上所述，由于明清时期特有的社会历史文化环境，造就了明清居士佛学的兴盛，并形成了各具特色的社会流派，这是出现于中国封建社会晚期的佛教思想新的潮流，也是中国佛教向世俗性转化的重要表现。居士佛学使士大夫所扮演的社会角色及其文化内涵更加丰富，佛教既是探究失意

---

① 陈洪：《清初文论中的佛学影响》，《南开学报》1996年第6期。

士大夫精神世界的“方便法门”，又是他们文学作品中佛教书写的重要渊源。

第三节 明清世情小说佛教书写创作概况

佛教同道教一样，俱是对传统中国人生活状态影响深远的主流宗教。而世情小说又是以市井人情为主要描写对象的作品，因此世情小说中佛教书写的情况是复杂而多样的。本书拟从以下几个维度进行概述：

第一，人物。以僧尼为代表的佛教人物，遍布各类世情小说当中，他们虽然基本不以主要人物的面貌出现，但无论其在故事结构中所发挥出的作用、所折射出的时代宗教信息，还是作者的主观投射，均有集中研究的必要性。其中尤以《金瓶梅》《红楼梦》《续金瓶梅》等作中的尼僧形象较为突出。其他如《金瓶梅》《林兰香》《儒林外史》等作的僧人形象，以及独特的“胡僧”形象，都是值得研究的人物群体。

第二，结构。佛教的因果轮回观念，在长篇小说的结构布置中发挥了不可忽视的作用。这种做法，不始于世情小说，但因果轮回的结构框架，以其宗教的神异色彩，给以世俗生活为题材的世情小说注入了别样的风格，又因创作者功力与写作目的的不同，形成了不同的特征。其中，从《金瓶梅》《醒世姻缘传》再到《红楼梦》，这种演变的轨迹尤为显著，其特征、成因及其在小说史发展上的影响，值得深入探讨。

第三，佛教场所和佛教活动。与僧尼相伴随的，是以寺院尼庵为主的大量佛教场所在小说中的出现。从艺术角度来说，它们是僧尼生活的日常空间，也是诸多故事情节发生发展的舞台；从文化角度来说，这些佛教场所的描写既是明清佛教生态的生动展现，又是体现作者微妙宗教心态的载体。如《金瓶梅》中的永福寺和玉皇庙，《红楼梦》中的智通寺、栊翠庵，

《醒世姻缘传》中的香岩寺,《儒林外史》中的观音庵等，大都各有特点、各尽其妙，在作品文学与文化价值的生成中发挥着不同程度的作用。同时，在佛教场所与普通百姓家中所发生的种种佛事活动，也常为世情小说作者所关注，如《金瓶梅》中的“宣卷”，以及许多作品里间杂点染的“水陆道场”等，这些描写不仅常常是完善情节不可或缺的一环，有时还会成为反映明清民众佛教生活的生动范本，具有一定的文化史价值。

第四，对佛教的态度。世情小说中所体现出的佛教态度常常是较为复杂的：一方面，作品往往渗透着佛教的教义，如因果轮回、善恶报应，作者似乎于此深信不疑，必欲广而告之不可；另一方面，作者笔下的僧尼形象（包括道士）少有德才俱佳之士，而多为形象滑稽、品行不端甚至作恶之辈。这种看似矛盾的佛教态度，既根植于中国传统民众实用化、功利化的宗教心态，又同士大夫特别是下层文人的创作心态密不可分。

这四个层面或许不可能完全包含古代白话小说的佛教书写创作情况，但究其大端，特别是对于世情小说而言，大抵不差。本书拟从这四个大的层面出发，对明清世情小说中的佛教书写研究进行分类研究。

第二章

明清世情小说中的佛教人物形象解读

明代中后期，《金瓶梅》的诞生标志着白话长篇小说的一个新领域——世情小说的兴起，长篇小说遂由写历史、英雄、神魔而扩展至人情世态、家庭伦理，而且此一倾向渐成主流，至清代而蔚为大观，成为白话长篇小说的创作主流。反映社会状况是长篇小说的重要内容和特色，而世情小说相比其他类型的小说，在这方面有着更突出的写实性，在人物塑造、作品理念等不同层次表现出新的特质。对此，宁宗一先生在评说《金瓶梅》的艺术特色时有过非常中肯的点评："小说进一步开拓新的题材领域，趋于像生活本身那样开阔和绚丽多姿，而且更加切近现实生活；小说再不是按类型化的配方演绎形象，而是在性格上丰富了多色素，打破了单一色彩，出现了多色调的人物形象。"①不仅如此，这些作品"在艺术上也更加考究新颖，比较符合生活的本来面貌，从而更加贴近读者的真情实感。它为小说开辟了全新的道路，它不断地消解着文学与现实的界限"②。正因如此，从文学与文化的角度研究和讨论世情小说就显得尤为重要，这不仅可以使我们加深对小说本身艺术成就的认识，更可以为历史学、社会学等学科的研究提供珍贵的史料。世情小说于明代长足发展，自《金瓶梅》始，此类小说的作者惯于将世间百态、三教九流尽纳笔下，这其中，佛教书写虽然不

① 宁宗一著：《宁宗一讲〈金瓶梅〉》，天津古籍出版社，2008 年版，第 185 页。
② 宁宗一著：《宁宗一讲〈金瓶梅〉》，天津古籍出版社，2008 年版，第 185 页。

是其主要的描写对象，但也自有其特质与在作品中的特殊作用，不可等闲视之。因此，研究世情小说的佛教书写，自然首先应该把关注的目光投向《金瓶梅》。一般而言，小说史家对“世情小说”的界定多就长篇小说而言，但因为明代以冯梦龙“三言”、凌濛初“二拍”为代表的白话短篇小说中也存在诸多人情世态的描写，其中不无可类比借鉴之处。因此我们在分析世情小说佛教书写的文学与文化意蕴时，也会视情况兼及部分白话短篇小说内容。

第一节　明清世情小说中的僧人形象

一、明清世情小说僧人事迹

（一）明代世情小说僧人事迹

明代世情小说的僧人形象，其主体是宗教世俗化和民间化趋势下的恶俗僧众形象。这些僧众的共同特征大致为：缺乏良好的品德和非凡的法术，有出家人之表而无出家人之实，在他们身上看不到多少对教义的虔诚。他们中有的做过恶行，如邪淫、贪财，有的虽然没有大奸大恶但所思所行皆充满尘俗气息，行事均以利害为准则，两者难有很明确的划分，故作为一类分析。

以群像出现的有：《金瓶梅》第八回“烧夫灵和尚听淫声”中的僧人群像。西门庆娶潘金莲后，去武大家，“教王婆报恩寺请了六个僧，在家做水陆，超度武大升天”①，几僧偶然听到潘金莲西门庆的交媾之声，作为出家人的他们不仅不知回避，反而有意为之，“听了个不亦乐乎”，并告诉其他和尚，众僧皆“手之舞之，足之蹈之”。②此外，还有第十六回给花子虚念经除灵的十二僧人，第五十九回为李瓶儿诵经的报恩寺八个僧人。这些僧人群体除了第八回窥听西门庆潘金莲淫乐的和尚外，大多是作为群体出现，做“活道具”之用，并无性格面貌可言，兹不赘述。

单独出现的还有，第五十回的酒肉和尚，进食酒肉无碍，薛姑子谓之：“茹荤、饮酒，这两件事也难。倒还是俺这比丘尼，还有些戒行。他这汉僧们那里管！”③第八十八回，来自五台山为化钱粮的行脚僧，小玉骂他：“这贼和尚，我叫他，他怎的把那一双贼眼，眼上眼下打量我？”④第八十九回，月娘在永福寺遇到的道坚长老，也是品行不端的淫僧，“那和尚光溜溜一双贼眼，单睃趁施主娇娘；这秃厮美甘甘满口甜言，专说诱丧家少妇。淫情动处，草庵中去觅尼姑；色胆发时，方丈内来寻行者。仰观神女思同寝，每见嫦娥要讲欢”⑤。这段话出自《水浒传》中对裴如海的描写。此外还有第七十一回摆斋请西门庆的智云长老、为西门庆等人煮茶喂马的黄龙寺长老，均无性格面貌可言，但可以看出彼时佛寺在日常世俗生活中所发挥的作用。

《禅真逸史》中的钟守净是典型的恶俗僧人。他自小聪明，被智觉长老看中，剃度出家，后被梁武帝任为妙相寺住持，成为一时之高僧。但他

① 〔明〕兰陵笑笑生著：《金瓶梅词话》（上），陶慕宁校注，人民文学出版社，2000年版，第88页。

② 〔明〕兰陵笑笑生著：《金瓶梅词话》（上），陶慕宁校注，人民文学出版社，2000年版，第89页。

③ 〔明〕兰陵笑笑生著：《金瓶梅词话》（上），陶慕宁校注，人民文学出版社，2000年版，第594页。

④ 〔明〕兰陵笑笑生著：《金瓶梅词话》（上），陶慕宁校注，人民文学出版社，2000年版，第1210—1211页。

⑤ 〔明〕兰陵笑笑生著：《金瓶梅词话》（下），陶慕宁校注，人民文学出版社，2000年版，第1219页。

克制不住色欲，通过尼姑赵蜜嘴的撮合，与黎赛玉勾搭成奸。他还向武帝进谗，陷害林澹然，导致林澹然被迫出走。最后薛志义等三人定计火烧妙相寺，钟守净被压于砖墙下。小说末尾他与林澹然再次相遇，被林澹然以悔过迁善之道劝说，最后“低首无言，长揖而别”。

除了好色，明代世情小说中的恶俗僧人的行径还有贪财，如《醋葫芦》第二回中集庆禅院的众和尚，“得了铜钱，好似苍蝇见血，也不顾香客在旁，好生趋趋跄跄的，你争我夺，多多少少得些，哄的一声，又到那一边，仍旧募化去了”①。

恶俗僧人的形象，在明代世情类的短篇白话小说中亦不鲜见。《醒世恒言》卷三十九《汪大尹火焚宝莲寺》入话中的至慧和尚是典型的俗僧，他看到年轻漂亮的妇人就心旌摇曳，不能自已。小说在此处有一段非常精彩的心理描写：

> 我和尚一般是父娘生长，怎地剃掉了这几茎头发，便不许亲近妇人？ 我想当初佛爷也是扯淡，你要成佛作祖，止戒自己罢了，却又立下这个规矩，连后世的人都戒起来。我们是个凡夫，那里打熬得过！……恨着这口怨气，不如还了俗去，娶个老婆，生男育女，也得夫妻团聚。又想起做和尚的不耕而食，不织而衣，住下高堂精舍，烧香吃茶，恁般受用，放掉不下。②

这是常为小说史家所引用的、用来证明佛教在明代文艺中世俗化表现的一段文字。这段文字非常细腻地描摹出了至慧内心的矛盾，既抱怨佛门的清规戒律，希望能和凡人一样享受鱼水之欢，又放不下做和尚“不耕而食，不织而衣”“高堂精舍，烧香吃茶”的优良待遇。更重要的是，这则故事的入话并没有将至慧写得邪恶猥琐，也没有让他以某些不正当的手段诱

---

① 〔明〕伏雌教主编：《醋葫芦》，内蒙古人民出版社，2003 年版，第 13 页。

② 〔明〕冯梦龙著：《醒世恒言》，华夏出版社，1998 年版，第 558 页。

奸妇女，相反却写出了这个俗僧在情欲煎熬和所剩不多的信仰（向观音求签；春梦中被惊吓，以诵十部《法华经》相讨饶）相冲突下可笑又有些可悯的模样，最后还俗病死。这个形象一定程度上反映出明代佛教的世俗化，以及普通民众对僧众情欲世界的想象和对正常情欲的宽容，而至慧的结局似也隐含着作者对僧人不守戒律的批判。正话故事则更为令人发指，宝莲寺的一班僧人利用妇女求子的心理，虚设“子孙堂”，要求“壮年无病的妇女，斋戒七日，亲到寺中拜祷”，夜里趁机淫乐，谓之“送子”。后被本县新任大尹汪旦用计识破，犯法僧人被捕后妄图越狱，汪大尹下令枭首，一并将宝莲寺焚毁。如此不顾王法、肆意妄为是典型的恶僧所为，在晚明小说中经常被予以揭露，它和晚明佛教世俗化、佛教管理的松弛都不无关系。

明代世情小说中的淫邪僧人形象集中见于明代中后期和明末清初的艳情小说中。这其中又可分为两类，一是纯粹的淫僧形象，如《僧尼孽海》中的“相国寺僧”“江安县僧”“灵隐寺僧”等，他们大多与良家妇女或妓女有染，最后结局多为被杀戮。二是那些在“以淫止淫”的招牌下，引导世俗的芸芸众生走上这条特殊的“修炼”之路的僧道。

（二）清代世情小说僧人事迹

清代世情小说的宗教人物，首先是大体延续了明代世情小说中的世俗化特征。如才子佳人小说中常有僧人形象，多带有随意点染式的漫画色彩。如《比目鱼》第一回，和尚偷了妇女的鞋被众人发现，却说实有用处：“待我面壁九年之后，将来挂在杖上，做一双履西归。”①引得众人大笑。《定情人》第二回述青云、野鹤去寻下处。二人去寻了半日，没有洁净的所在，只有一个古寺，二人遂走进寺中，寻见寺僧说知。寺僧听见二人说是四川双侍郎的公子，今来游学，要借寺中歇宿，便不敢怠慢，连忙应

---

① 〔清〕无名氏撰：《比目鱼》，太白文艺出版社，2006 年版，第 3 页。

承。《风月鉴》嫣娘入净因庵，书中明写和尚端茶送果“是庵里的旧例，凡有人去游的皆如此待他，也不是专为嫣娘而设”，但嫣娘拿了一两银子赠予和尚仍使其“欢喜的了不得，眉开眼笑，又殷殷勤勤留住吃了茶”①。《风月梦》第五回关帝庙中的服务人员既有和尚，又有道士，二者配合融洽：

道人将元花元宝焚化，放了旺鞭。和尚近前，问讯道喜，魏璧把了香仪，又把一百文与道人。和尚谢过，邀请众人到厅上坐下，道人泡了盖杯茶，捧在各人面前，又有卖水烟的上来，装了水烟。……两张桌上总摆了桌盒，和尚将桌盒内茶食果品敬过众人，向那道人使了个眼色。道人随即捧了一个册页递在和尚手里，和尚向着众人复又问讯道：“荒山后楼蒙各位施主老爷太太重建，尚少油漆粉饰。神像装金，望诸位老爷、各位小姐随缘功德，百子千孙，福寿绵长。”说着，将那册页摆在桌上，道人取了笔砚过来。②

这些描写均鲜明体现出寺庙的世俗作用。当然也有不同色彩者，如《花月痕》中有一位汾神庙住持心印和尚，他有才情，与小岑、痴珠、荷生一道狂吟高论；有道行，多次为友人开导劝解；亦有真情，痴珠死后他痛哭不已，不久坐化。特别是他对于情有通达的见地：“这是世情，你不懂么？ 佛便是千古第一个情种！ 你们儒教说个仁，又说个义，便有做不得情的时候；我们佛教无人不可用情，恁你什么情天情海，无一不是我佛国版图。只菩萨闲情，却是拈花微笑，再不为情字去苦恼，你怎不想想？”③他不反对情，但认为不可滥情：“大抵我辈不患无情，只患用情有过当处。”这些描写和言论均可看出清代世情小说佛教书写的新特征。

《醒世姻缘传》中对僧人的态度同样不甚友好。其中的香岩寺长老是

---

① 〔清〕吴贻棠撰：《风月鉴》，太白文艺出版社，2006 年版，第 35 页。
② 〔清〕邗上蒙人撰：《风月梦》，朱鉴珉点校，北京师范大学出版社，1992 年版，第 27 页。
③ 〔清〕魏秀仁著：《花月痕》，杜维沫校点，人民文学出版社，2006 年版，第 93 页。

个“斛斛动喘似吴牛，趄趄般狠如蜀虎。垂着个安禄山的大肚，看外像，有似弥勒佛身躯；藏着副董太师的歪肠，论里边，无异海陵王色胆”①的邪僧，他是因为觊觎梁、胡的标致相貌才同意其出家的，其手下徒弟也多为此类角色。而法名无边的香岩寺大徒弟，“恃着财多身壮，又结交了厂卫贵人，财势双全，贪那女色，就是个杀人不斩眼的魔君”②。故而第七十四回写济南府太守颁布的告示严禁妇女入庙烧香，其中写道：“所有佛刹神祠，乃僧道焚修之所。缁秃黄冠，举世比之淫魔色鬼。见有妇人，不啻如蝇集血，若蚁聚膻。”③第三十回的宝光和尚更是一派俗世面目，“吃起珍馐百味，穿起锦绣绫罗，渐渐蓄起姬妾，放纵淫荡，绝不怕有甚么僧行佛戒、国法王章”，他虽然通晓“三坟五典”“内外典章”，但却缺乏出家人应有的操守，正如作者所云：“谁知人的才气全要有德量的担承，若是没有这样德量担承，这个单‘才’字就与那贝字旁的‘财’字一样，会作祟害人的。”④

书中较为正面的和尚有梁片云、胡无翳。但此二人出家并非自愿，而是因为遭到通缉，情势所迫不得已而为之，出家后也没有接触和研读佛教经典的机会，加之师傅香岩寺长老德行败坏，故而他们的修行环境十分恶劣。梁生出家后法名片云，他为报晁夫人之恩而坐化。这种行为既被佛教教神韦陀肯定为善念，又与儒家传统伦理相符合。且梁片云的转世晁梁，在生存方式上并没有按释教的做法选择离世，而是选择了做“永远的孝子”，坚守母亲的庐墓旁。

《醒世姻缘传》中出现的唯一高僧是峨眉山的性空长老。小说第一百

---

① 〔清〕西周生辑著：《醒世姻缘传》，袁世硕、邹宗良校注，人民文学出版社，2015年版，第348页。

② 〔清〕西周生辑著：《醒世姻缘传》，袁世硕、邹宗良校注，人民文学出版社，2015年版，第348页。

③ 〔清〕西周生辑著：《醒世姻缘传》，袁世硕、邹宗良校注，人民文学出版社，2015年版，第986页。

④ 〔清〕西周生辑著：《醒世姻缘传》，袁世硕、邹宗良校注，人民文学出版社，2015年版，第405页。

回写胡无翳游遍天下的名山，在峨眉山上见了千院万僧，却“没有一个有道行的高僧”，最后得遇高僧性空长老，他能够“开陈因果，指点轮回，接引得胡无翳见性明心，灵台透彻，尽知过去未来之事”。但类似的描写实在屈指可数。作品还写到北京皇姑寺，这个本应尽是皇亲国戚家的贵族女性进出的场所，薛素姐看到的却是满眼华丽而香艳的布置陈设，人人如“三千粉黛”“陈妙常道行”“鱼玄机行藏”一般的姿态，因此作者最后将堂堂的皇姑寺定位为“名为清净道场，真是繁华世界”①。

清前期小说《林兰香》对僧道尼姑的态度极为敌视，将医巫僧道均视作社会的不安定因素，其中的僧尼道士几乎均为负面形象。第十四回的了缘寺中尼姑悟寄和悟昌，“自来结交施主，勾引淫邪，入寺妇女，多被污辱”，最后被赫连照所杀。赫连所称“六逆”，其中一半都是出家之人：“御史茅球，秀才东方巽，医生胡念庵，和尚宗寅，道士叶渊，尼姑悟寄是也。”②后于第五十二回，宗寅和尚和道士叶渊均被残忍杀死，其前面分别有“淫僧一名，诸善不向，淫恶独行。是以破其面，复破其阴”和“贼道一名，迷人渔色，唆炼谋财。是以抽其筋，复抽其舌”③的评语。作者在回末的评论主要可分为两个层面，其一是斥责此类人为利作奸：“医巫僧道，借此一骂，非借此概骂之也，骂其为奸为利者耳。”其二是痛恨他们出于儒者但败坏了儒者的名声：“末于儒又痛骂之者，盖农工商贾皆本于儒，而僧道亦皆儒者之人为之也。安得不骂之，安得不痛骂之！”④其立场还是以儒家观念为主导的。

《儒林外史》中的僧人形象多滑稽庸俗，渗透着作者吴敬梓的讽刺手法与批判倾向，这和全书指摘时弊的创作主旨是一致的。在吴敬梓的笔下，这些僧人除了明清一般小说中所具有的世俗性以外，还有着鲜明的漫

---

① 〔清〕西周生辑著：《醒世姻缘传》，袁世硕、邹宗良校注，人民文学出版社，2015年版，第1035页。

② 〔清〕随缘下士编辑：《林兰香》，丁植元校点，春风文艺出版社，1985年版，第108页。

③ 〔清〕随缘下士编辑：《林兰香》，丁植元校点，春风文艺出版社，1985年版，第402页。

④ 〔清〕随缘下士编辑：《林兰香》，丁植元校点，春风文艺出版社，1985年版，第404页。

画色彩，读来常令人忍俊不禁。如第一回薛家集观音庵里的和尚。这个观音庵所发挥的作用是集上人聚会议事的功能，“凡有公事，就在这庵里来同议”。这些议事的百姓对神佛和僧人不同的态度，在吴敬梓笔下被刻画得非常传神：

> 到了早饭时候，为头的申祥甫带了七八个人走了进来，在殿上拜了佛。和尚走来与诸位见礼，都还过了礼。申祥甫发作和尚道：“和尚！你新年新岁，也该把菩萨面前香烛点勤些！阿弥陀佛！受了十方的钱钞，也要消受。”又叫：“诸位都来看看：这琉璃灯内，只得半琉璃油。”指着内中一个穿齐整些的老翁，说道：“不论别人，只这一位荀老爹，三十晚里还送了五十斤油与你，白白给你炒菜吃，全不敬佛！”和尚赔着小心。等他发作过了，拿一把铅壶，撮了一把苦丁茶叶，倒满了水，在火上燎的滚热，送与众位吃。……夏总甲坐在上席，先吩咐和尚道：“和尚！把我的驴牵在后园槽上，卸了鞍子，拿些草喂的饱饱的。我议完了事，还要到县门口黄老爹家吃年酒去哩。”①

寺庙完全是众人商议俗事的场所（后面还成为教授孩子的场馆），和尚也是一副谦恭卑微的下人姿态，虽然他把持着一村的庵寺，敢肆意妄为克扣香火，但面对申祥甫“白白给你炒菜吃，全不敬佛！”的责骂也只能唯唯诺诺。后面更多有此类细节描写。第四回的滕和尚形象更加不堪，范进之母死后，延请“大寺八众僧人来念经，拜‘梁皇忏’，放焰口，追荐老太太升天”，听到要请僧人做斋，滕和尚马上“屁滚尿流，慌忙烧茶，下面”。僧官受滕和尚委托去约定僧众，途中遇佃户何美之，与何氏夫妇一起饮酒，他“把衣服脱了一件，敞着怀，腆着个肚子，走出黑津津一头一脸的

---

① 〔清〕吴敬梓著：《儒林外史》，张慧剑校注，人民文学出版社，1958年版，第15—16页。

肥油”①的描写可谓喜感十足。随即就被众人以僧人与妇女调情为由押解至县官处，实则乃张静斋为图其田地而故意陷害。小说中常将僧人与妇女相联系，以凸显其讽刺意味，彰显教义在人欲面前的脆弱无力。如《水浒传》中讲到裴如海和潘巧云通奸时，借用苏轼“转秃转毒”的说法。清代小说中的庙宇和僧尼道士所发挥的日常性作用更加显著，如《儒林外史》店小二角色一样的和尚，《红楼梦》中的葫芦庙的和尚，水月庵姑子净虚及其徒弟智善、智能，天齐庙的道士“王一贴”。《儒林外史》第十六回，匡超人家中被烧，同家人欲往和尚庵中暂歇，却遭到和尚拒绝，直到潘保正说了匡超人相貌不凡，将来终会发达等语后，和尚才答应下来。后来匡超人中了相公，和尚便一改前态，亦来奉承。第二十回的甘露庵，除本庵老和尚自己住外，还是牛布衣住的客房。这位老和尚为牛布衣送终、入殓和供奉，并将其诗集传给牛浦郎，这成为牛浦郎在下文张冠李戴的契机，因而老和尚这里起到了承上启下的结构作用。第二十四回安东知县审案中的“为活杀父命事”中的和尚，他将盐撒在自己头上让别人家的牛舔舐，使牛掉泪，以此编造牛是自己父亲转世，欲诓骗他人牲畜。这个小故事可见出作者对某些品行低劣的僧众的极度讥嘲，以及对因果轮回之说的质疑，其态度正如该僧被告发后县令的话：“轮回之事，本属渺茫，那有这个道理？ 况既说父亲转世，不该又卖钱用。这秃奴可恶极了！”②第二十八回，季恬逸、萧金铉、诸葛天申三人同行，看中南门外报恩寺落脚，因为“又不吵闹，房子又宽，房钱又不十分贵”，负责接待的和尚也说“小房甚多，都是各位现任老爷常来做寓的”③，反映出佛寺在清代的日常功能愈加强化。僧官热情相迎，以酒肉招待，并准备在家中摆酒宴招戏子款待三人，其描写几与《金瓶梅》中的吴道官相同，以及后文（第四十七回）龙

① 〔清〕吴敬梓著：《儒林外史》，张慧剑校注，人民文学出版社，1958年版，第42页。
② 〔清〕吴敬梓著：《儒林外史》，张慧剑校注，人民文学出版社，1958年版，第241页。
③ 〔清〕吴敬梓著：《儒林外史》，张慧剑校注，人民文学出版社，1958年版，第280页。

兴寺和尚家中“备了极齐整的席，一个人搂着一个戏子，在那里顽耍”①的描写。而在房中作客时，却遭遇到骗子龙三身着女装闹事，令僧官狼狈不堪，颇具喜剧效果。第五十四回陈和甫的儿子陈思阮，只会测字度日，被丈人责骂，索性抛下妻室剃发为僧，过起了“无妻一身轻，有肉万事足，每日测字的钱，就买肉吃，吃饱了，就坐在文德桥头测字的桌子上念诗，十分自在”②的生活，不久就因琐事与丁言志大打出手，出尽洋相。吴敬梓在描写书中僧众形象时主要还是用幽默的笔法表明其嘲讽的态度。

第三十八回海月禅林的老和尚，是《儒林外史》为数不多的“清癯面貌，颜色慈悲”的僧人形象，他富有慈悲心，听到郭孝子寻父之语，流泪叹息，并请郭找到父亲后务必告知于他；他又有博施于众的襟怀，将郭送与的梨捣碎入缸，分于众僧饮用。由于他驱逐了吃酒行凶的恶僧，在去成都与郭孝子相会的途中被恶僧挟持，险些丧命，幸亏萧云仙拔刀相助、弹打恶僧才逃过一劫，这一节也成为全书极富传奇色彩的几段故事之一。

《红楼梦》中的僧人形象很少，单独出现的仅有第四回出场的但已经做了应天府差役的葫芦庙小沙弥，他“因被火之后，无处安身，欲投别庙去修行，又耐不得清凉景况，因想这件生意倒还轻省热闹，遂趁年纪小蓄了发，充了门子”③。这个角色引出了“护官符”，在贾雨村判薛蟠命案中起了重要作用，可以说对贾雨村后来的人生走向和价值选择都产生了影响，在叙事上具有节点性质的作用。

对僧人形象丑化最严重者，莫过于《姑妄言》。该书中的和尚几乎都是床上功夫之超人、淫欲炽热之男性，而书中的女人则几乎个个心甘情愿与和尚共赴云雨，无怪乎此书有“性学大全”之称谓。书中的妇人如素馨、桂氏、邬氏、嬴氏、牛氏均有过与和尚通奸的经历。和尚中最放纵无度的是万缘和尚，他“竟成了一个蜜蜂。每日除了替道士当夜的妇人不算，其

---

① 〔清〕吴敬梓著：《儒林外史》，张慧剑校注，人民文学出版社，1958年版，第456页。
② 〔清〕吴敬梓著：《儒林外史》，张慧剑校注，人民文学出版社，1958年版，第514页。
③ 〔清〕曹雪芹著、无名氏续：《红楼梦》，人民文学出版社，2008年第3版，第57页。

余众妇的花心任他选择，高兴就采摘一番。这道士和尚如到了西天莲花村，思衣得衣，思食得食。又似到了众香国，要采就采，要弄就弄，真在佛国中过日子”①。作者谈到他这样写的原因是“岂独写和尚之恶，实此辈较诸人尤淫毒也”。在作者看来，和尚真正能把持戒律的，“千百中能有几人？ 他处无可奈何之际，只得暂守清规，你反斋之给之，助他贪淫嗜酒，破戒行凶。在家人所不忍为者，彼竭力为之，岂非以油添火乎？孽虽由彼，而助彼为虐者，非此而谁耶？韩昌黎云：‘人其人，火其书。’同此意耳”②。

题材混融类小说的代表《绿野仙踪》中亦有细腻的世情描写，其中既有行骗的僧人，“他虽是个和尚，却一句和尚话不说，都说的是道家话，劝人修炼成仙。……原来那和尚是湖广黄山多宝寺僧人，颇通文墨，极有胆量，人不敢去的地方，他都敢去，屡以此等法子骗人。他是和尚，偏要说道家话，是教人以他为奇异，人便容易入套些”③。以此骗了冷于冰的银两。另一僧人形象则更为粗鄙，“（冷于冰见）有一间禅房，房内床上，坐着五十多岁的一个和尚。但见：毗卢帽半新半旧，纱偏衫不短不长。面如馒首，大亏肥肉之功；肚似西瓜，深得鲁酒之力。顶圆项短，宛然弥勒佛子孙；性忍心贪，实是柳盗跖哥弟”④。祭碧霞元君时的几个和尚，则是“打着磬，摇着铃，又顾取布施，又要偷看妇人们的面孔，手脚一个个忙乱不迭”的丑态。可见彼时出家人情状与面貌之混杂，因此书中冷于冰说：“出家二字，谈何容易！ 若像世俗僧道出家，不耕不织，假藉神佛度日，受十方之供献，取自来之银钱，则人人皆可出家矣。”⑤

清代晚期的小说中，僧人形象很少，但凡出现的形象都具有强烈的写实性，如《官场现形记》中写龙华寺的知客和尚。这类僧人专门负责迎来

---

① 〔清〕三韩曹去晶著：《姑妄言》，中国文联出版公司，1999 年版，第 612 页。
② 〔清〕三韩曹去晶著：《姑妄言》，中国文联出版公司，1999 年版，第 804 页。
③ 〔清〕李百川著、侯忠义整理：《绿野仙踪》，北京大学出版社，1986 年版，第 64 页。
④ 〔清〕李百川著、侯忠义整理：《绿野仙踪》，北京大学出版社，1986 年版，第 75 页。
⑤ 〔清〕李百川著、侯忠义整理：《绿野仙踪》，北京大学出版社，1986 年版，第 101 页。

送往，作者详细描写了他们的日常活动：

> 凡是当知客和尚：第一要面孔生得好，走到人前不至于讨厌；第二要嘴巴会说，见人说人话，见鬼说鬼话，见了官场说官场上的话，见了生意人说生意场中的话，真正要八面圆通，十二分周到，方能当得此任。知客和尚专管知客，不要上殿做佛事。又常常听见人说起，知客应酬老爷们还容易，最难的是应酬太太们。应酬了老爷，老爷当中不肯化钱的居多；应酬了太太，却是大把银子抓给他们用。所以他们趋奉太太竟其比趋奉老爷还要来得起劲。①

其刻画知客僧的世俗面貌细腻生动。书中代表性的知客僧是善哉和尚，他打听到宝小姐“是制台干小姐，是湖北第一分阔人”②，便竭力逢迎殷勤，致使善哉自己声名鹊起，“有些想走门路的钻头觅缝的来巴结善哉和尚。善哉和尚也就此出卖些‘风云雷雨’，以显他的声光。……和尚的眼睛最为势利不过，见了有钱的施主就把他比下来了”③。清代晚期佛教的衰落、僧界管理的混乱，都造成了僧人形象的江河日下。

二、明清世情小说僧人形象的文学与文化解读

（一）明代世情小说中僧人形象的文学与文化解读

1. 既往史料中不端僧人形象的记录

相比历史演义和英雄传奇类长篇白话小说，世情小说产生较晚，在明代中后期以《金瓶梅》为起点，方开始蔚为大观。从上面的事迹汇总我们

---

① 〔清〕李伯元著：《官场现形记》，贺阳校注，中州古籍出版社，1995年版，第516页。
② 〔清〕李伯元著：《官场现形记》，贺阳校注，中州古籍出版社，1995年版，第510页。
③ 〔清〕李伯元著：《官场现形记》，贺阳校注，中州古籍出版社，1995年版，第510页。

可以看出，明代世情小说中的僧人形象大多恶俗甚至不堪，或如艳情小说中的“性化”僧道一般充当了世俗男女纵情声色的引路人。可以说，明代世情小说中的僧人形象，以世俗化和“性化”为主要特征，其成因是多方面的。这首先来自中国历史上僧人本有行为放荡淫邪的例子。僧人的形象构成，与社会的主流价值观念特别是统治者对宗教所采取的态度是分不开的。

明代以前的典籍中已有僧人行为不端的记录，如梁元帝萧绎的《金楼子·箴戒》篇中有这样的记载：“齐武帝时隐灵寺雕饰炫丽，四月八日皆往，往以宦阍防门，有礼拜者，男女不得同日至也。僧尼并皆妍少，俗心不尽，或以箱簏贮奸人而进之。后为觇伺所得，并皆诛死。”①可见南北朝时期，僧尼“俗心不尽”者已不鲜见。可以说，自东晋始，统治者和僧团之间关于主导权之争一直在持续，直到唐玄宗期间二者才以王法的胜利而终结，从此宗教人士也成为世俗世界的一员，要接受王法和世俗价值观的管束。《隋书》“酷吏”中记载：“沙门相聚讲论及长老共为佛会者数百人，(王)文同以为聚结惑众尽斩之。又悉裸僧尼，验有淫状、非童男女者数千人，复将杀之。”②虽然这条记录主要是为了表现王文同作为酷吏手段的残酷，但也可看出其时“有淫状”的僧尼人数之多。明代许多通俗小说如《水浒传》《古今小说》《醒世恒言》等对于和尚，总抱有“常言：不秃不毒，不毒不秃，转毒转秃，转秃转毒”“一个字便是僧，两个字是和尚，三个字鬼乐官，四个字色中饿鬼”的固有印象。《禅真后史》中瞿琰就曾质问嵇西化：“一如尔和尚们暗地里饮酒食肉，做贼杀生，奸淫犯戒，也肯明与人讲么？”③因此这一现象首先源自历史上本就存在的淫邪僧众形象。

---

① 〔南朝梁〕萧绎撰、许逸民校笺：《金楼子校笺》，中华书局，2011年版，第134页。
② 〔唐〕魏徵、令狐德棻撰：《隋书》卷八十五《列传七十四》，中华书局，1973年版，第435页。
③ 〔明〕清溪道人编次：《禅真后史》，肖逸校点，上海古籍出版社，1996年版，第105页。

2. 明代佛教政策的世俗化导向

明代佛教的世俗化特征，尤其是统治者佛教政策和佛教义理本身的世俗化，也是造就小说中僧人形象的现实因素。这缘于明代宗教政策世俗化的趋向和明代中后期许多初期制定的佛教政策的流于虚设。明初，明太祖颁布的佛教政策甚为严格且比较行之有效，如：禁止妇女出家，限制出家者身份、出身和年龄，考试通过者方给度牒，限定全国僧人总数，度牒免费发放，清理非法出家现象，等等。由此，度牒制度在洪武时期初步建立，成祖时进一步完善和细化，规定了各级行政区域僧道出家的年龄和人数，只有“年十四以上、二十以下，父母皆允，方许陈告，有司行邻里保勘无碍，然后得投寺、观，从师受业；俟五年后诸经习熟，然后赴僧录、道录司考试，果谙经典，始立法名，给与度牒，不通者罢还为民”①。但明代中后期政治腐败，帝多庸主，宦官专权，许多初期颇见成效的政策逐渐淡化。明初，朱元璋就已经批判当时的僧界现状说“方今为僧者，不务佛之本行，污市俗、居市廛”。英宗时，佞佛的大太监王振“请帝岁一度僧”，频率高出太祖、成祖规定的“三年一次出给度牒”。至代宗景泰二年（1451）十一月，已度僧、道总计多达三万二千八百余人。不仅如此，为了缓解政府的财政压力，代宗大行鬻牒政策。宪宗成化二年（1466），“额外给度僧、道十五岁以上者五万名”，亦不遵循太祖规定的“年二十以上愿为僧者，亦须父母具告，有司奏闻，方许”②的规定。据宪宗、孝宗两朝实录，成化二十年（1484），宪宗赐空名度牒五百道，年底又进行两次鬻牒，总数达七万人。仅成化一朝，所发放的度牒达二十五万余张，全国僧道总数达三十多万。严重的鬻牒现象不可避免地导致了僧众群体质量的大幅度滑坡，造成大批量无虔诚信仰、有道德缺失的假僧道混入佛门，其中有的

① 《明实录·太祖实录》，台湾“中央研究院”历史语言研究所校印，上海书店出版社，1982 年版，第 3373 页。

② 《明实录·宪宗实录》，台湾“中央研究院”历史语言研究所校印，上海书店出版社，1983 年版，第 1798 页。

人“饮酒食肉，歇宿娼妓，无所不为”，对社会治安和风气都产生了消极作用，从而必然影响出家群体的形象和民众对他们的印象。《禅真逸史》中，杜悦向永清长老诉说林时茂出家的缘由后，长老关于空头度牒的一段表述即是这种现象的真实反映：“原来林爷为这个缘因。既要出家，贫僧敝庵，极是僻静，人迹罕到。况贫僧还有几张空头度牒、抄化文凭路引，待明日早晨，替林爷斋佛削发便了。”①口吻之随意，体现出彼时鬻牒的轻易和此种现象的泛滥。

鬻牒之风严重、佛教限制政策松弛，其直接后果是度僧人数的剧增。天顺二年（1458），英宗有感于“景泰间，京师崇信佛教，每三年度僧数万”的现实，遂下诏说：“严僧徒滥度之禁，勅今后僧徒每十年一度。”②但这种形势并没有因而得到很有效的管控，至晚明更甚。陈龙正《几亭外书》载：“现在僧徒度不下数十万，驱之力农，势未可得。”③僧人不仅人数众多，而且缺乏管理，甚至到了“中州僧从来不纳度牒，今日削发则为僧，明日长发则为民，任自为之。故白莲教一兴，往往千百为群随入其中，官府无所查覆，为盗者亦每削发变形入比丘中，事息则回”的肆意程度。僧人总体数量泛滥，而个体素质下降，所带来的社会影响和民众印象无疑是趋于负面的。

除了僧众人数不可遏制地增长以外，明代僧人出家的来由驳杂同样是造成这个团体素质下降的重要原因。当时就已有僧人分析过部分僧人出家的原因：

> 古之考试为僧，尚不能免其一二漏网。今之概无凭据，则漫不可究。故或为打劫事露而为僧者；或牢狱脱逃而为僧者；或妻子斗气而

① 〔明〕清溪道人编著：《禅真逸史》，江巨荣、李平校点，上海古籍出版社，1996年版，第168页。

② 《明实录·英宗实录》，台湾“中央研究院”历史语言研究所校印，上海书店出版社，1983年版，第1798页。

③ 〔明〕陈龙正撰：《几亭外书》，中华书局，1982年版，第223页。

为僧者；或负债无还而为僧者；或夫为僧而妻带发者，谓之双修；或夫妻皆削发，而共住庵庙，称为住持者；或男女路遇而同住者；以至奸盗诈伪，技艺百工，皆有僧在焉。如此之辈，既不经于学问，则礼义廉耻皆不之顾，唯于人前装假善知识，说大妄语……哄诱男女，致生他事。①

湛然圆澄认为，即使通过考试，也难免会有品行不端的僧人蒙混过关，何况眼下缺乏凭据，就更不可控了。明代通俗小说中的许多僧众皆为类似来历。如《禅真后史》第四十九回写到的西化和尚，就是一个在逃罪犯，“与贼犯通同一路，坐地分赃。后因事发，脱身远遁，官司追捕甚紧，削发为僧，逃至少林寺中挂搭”。这种描写很容易让人联想起《水浒传》中的鲁智深、武松等人。他们出家显然不是因为对佛教有多么高的崇敬，甚至根本不具备基本的佛学常识和修养。他们只是迫于生存的压力，走投无路才不得不走上这条路。这样的自身素质与经历决定了他们不可能成为素质较高的僧尼，特别是那些因“打劫事露”“牢狱脱逃”而出家者，他们的存在不可避免地成为社会的不稳定因素，从而进一步降低了这个团体的整体素质与人们的印象。另一方面，来源驳杂导致了技艺百工也进入了僧众行列，扩充了寺院经营方式，这也使得明代中后期僧众群体的世俗化加重。

3. 世风的奢侈颓靡

明代中后期世风的颓靡，也不可避免地使佛门中人受到沾染。明代中期是商品经济发达、工商业崛起的时期，社会财富丰盈，奢侈之风流行，当时的苏、杭，“盖吴民不置田亩，而居货招商……竞侈相高，而角利锱铢”，“侈靡日甚”。②北方地区如山西，亦“靡然向奢，以俭为鄙”③。奢

① 〔明〕湛然圆澄著：《慨古录》，林明珂、申国美主编，河北禅学研究所编辑《禅宗宝典·续编》，全国图书馆文献缩微复制中心，1995 年版，第 503 页。

② 〔明〕张瀚撰：《松窗梦语》卷七《风俗记》，盛冬铃点校，中华书局，1985 年版，第 20 页。

③ 〔清〕顾炎武撰：《肇域志》，中华书局，1989 年版，第 188 页。

华往往容易导致淫靡，在中国历史上，明代中后期素以世风放荡颓靡著称。沈德符《万历野获编·佞幸·士人无赖》载：

> 国朝士风之敝，浸淫于正统而靡溃于成化。当王振势张，太师英国公张辅辈尚膝行白事，而不免身膏草野。至宪宗朝，万安居外，万妃居内，士习遂大坏，万以媚药进御，御史倪进贤又以药进万，至都御史李实、给事中张善俱献房中秘方，得陟废籍复官，以谏诤风纪之臣，争谈秽媟，一时风尚可知矣。①

成化到嘉靖年间，以房中术或养生法取悦于统治者之方士、道士不在少数，如“成化时，方士李孜僧继晓已以献房中术骤贵”②；陶仲文以进红铅于嘉靖，官至光禄大夫等职位。统治者的荒淫不可避免地导致“上有所好，下必甚焉”，因而造成了“世间乃渐不以纵谈方药之事为耻。文气既变，兼及文林，……小说每叙床笫之事也”③。同时，佛教的世俗化加快了佛教服务于世俗民众的功效，已经出现了如《汪大尹火焚宝莲寺》中那样趁求子之机诱骗拜佛妇女的僧人。这类不法僧人的形象在明代的史料和文人笔记中屡见不鲜。张国维《张忠敏公遗集》卷四说：“更有一种好事之徒，迎神赛会，游绕通衢，开道俨如官府执事无异……甚且肩摩踵接，男女杂处而不羞，诲盗诲淫，僧俗混淆而罔戒……”④由于世俗迎神赛会活动的兴旺，造成僧俗杂沓的局面，令张国维忧之。而集体宣淫者更有其人，田艺蘅《留青日札》“念佛婆”条载：“今烧香名念佛婆者，人家老妇衰败无所事事，乃怕死修善，结会念佛，如古白莲教皆为师姑尼姑所引，因而成群倾国，老幼美恶，无不入会，淫僧泼道，拜为干娘，而淫妇泼妻，又

---

① 〔明〕沈德符撰：《万历野获编》，中华书局，1959年版，第654页。
② 〔明〕沈德符撰：《万历野获编》，中华书局，1959年版，第87页。
③ 〔明〕沈德符撰：《万历野获编》，中华书局，1959年版，第57页。
④ 〔明〕张国维撰：《张忠敏公遗集》，中华书局，1980年版，第134页。

拜僧道为师为父，自称曰弟子。昼夜奸宿淫乐。”①可见这种情景已非个别现象，已然层出不穷，对社会风气造成了恶劣的影响，形成了严重的社会问题，为许多地方官员所重视，成为其施政举措的重要组成部分。《古今图书集成·第一百三十二卷·氏族典》记载，嘉靖朝进士辛应乾任长治令期间，“有淫僧杀人，占其妻。应乾谪发之”。万历年间举人苗嘉穀任蕲水教谕期间，颇有作为，其中就包括“修学校，扬贞节，振贫士，逐淫僧”②。当大众心目中的佛门中人形象已经“雨打风吹去”时，作为将描写对象对准世俗生活的明代世情小说，其中出现的僧人形象便不可避免地世俗化乃至淫邪化。除社会现实与宗教现状因素外，小说家创作的艺术构思与商业因素同样产生了重要影响，这一点将在下文分析明代尼姑形象时详细论及。

（二）清代世情小说中僧人形象的文学与文化解读

清代世情小说中的宗教人物，在沿袭明代同类作品的世俗化方面的主体特征之外，又有自己新的特点。吴光正在分析小说中的两类宗教人物描写时曾做过区别，他认为古代小说中的宗教人物大致可以分为两类：“第一类描写主要体现为宗教的超逸品格，第二类描写主要体现为宗教的世俗存在。前者是为了传达艺术构思而设计的，因而显得相对空灵与理想；后者则主要为了表现一些实际生活状态而创作的，因而显得相当功利与现实。”③此说大致准确，前者基本对应的是小说中的“超情节僧道”形象，后者则对应的是小说中出现的世俗化僧尼道士形象。本部分就此进行详细的分说。

1. 延续性的批判色调

清代前期世情小说中的僧人形象，大致延续明代世情小说的特征，僧

---

① 〔明〕田艺蘅撰：《留青日札》，中华书局，1990年版，第245页。

② 《中国地方志集成》，凤凰出版社，2014年版，第9302页。

③ 吴光正：《神道设教：明清章回小说叙事的民族传统》，《文艺研究》2007年第12期。

人形象仍以不堪和龌龊居多。《醒世姻缘传》中的香岩寺长老是个“鼾鼾动喘似吴牛，赳赳般狠如蜀虎。垂着个安禄山的大肚，看外像，有似弥勒佛身躯；藏着副董太师的歪肠，论里边，无异海陵王色胆”①的邪僧，他贪图梁、胡二人的美貌方同意其出家。而其大徒弟无边，则“恃着财多身壮，又结交了厂卫贵人，财势双全，贪那女色，就是个杀人不斩眼的魔君”②。多部才子佳人中的僧人形象也大都滑稽可笑。清代前期世情小说对僧尼最持仇恨态度者当数《林兰香》，书中的这些人物“结交施主，勾引淫邪，入寺妇女，多被污辱”③，最终均死于非命。以及《姑妄言》《蜃楼志》《绿野仙踪》等众多作品中，僧人形象多为贪婪、淫邪辈，与明代世情小说几无二致。

这样的现象既是明代世情小说僧人形象的延续性影响所致，也同清代的佛教政策、佛教现状有关。清代帝王对寺院建造和出家人的管理等问题，较诸明代更加收紧政策。入关后的第一位皇帝顺治严格限制私度，“不许私削发为僧，僧道官主持纵隐，一并治罪”④。康熙即位后，进一步严申禁止私度的禁令，“凡僧尼道士不领度牒私自出家者，杖八十为民。有将逃亡事故度牒顶名冒替者，笞四十，度牒入官，该管僧、道官俱革职还俗”⑤。此外，清廷从一开始即对寺庙的修建加以强制，顺治初年就颁布了“京城内外不许擅造寺庙、佛像”的禁令。康熙五十年（1711），官员赵申乔上奏：“直隶各省寺庙常窝藏来历不明之人，行不法之事。”康熙遂下令：“游民充为僧道，藏匿逃亡罪犯，行事不法，实扰乱地方。向原行禁止，因日久渐弛，著各督抚暨地方官，除原有寺庙外，其创建增造，永行

① 〔清〕西周生辑著：《醒世姻缘传》，袁世硕、邹宗良校注，人民文学出版社，2015年版，第207页。
② 〔清〕西周生辑著：《醒世姻缘传》，袁世硕、邹宗良校注，人民文学出版社，2015年版，第1232页。
③ 〔清〕随缘下士编辑：《林兰香》，丁植元校点，春风文艺出版社，1985年版，第108页。
④ 刘锦藻撰：《清朝续文献通考》，商务印书馆，1955年版，第8487页。
⑤ 〔清〕允祹奉敕撰：《钦定大清会典则例》卷九十二，影印文渊阁《四库全书》，商务印书馆，1983年版。

禁止。”此外，为了加强管理，清代继续实行僧官制度：“凡民有出家为僧道者，置首领以约束之，在京师者曰僧录司，左右善世二人，正六品；阐教二人，从六品；……由礼部选择，移吏部补授。……府曰僧纲、道纪，州曰僧正、道正，县曰僧会、道会，均未入流，府二人，州县各一人。”①对僧人和寺庙的管理，加剧了僧、寺的依附性，使其独立性大为削弱。《红楼梦》中的铁槛寺，“原来这铁槛寺原是宁荣二公当日修造，现今还是有香火地亩布施，以备京中老了人口，在此便宜寄放。其中阴阳两宅俱已预备妥贴，好为送灵人口寄居。不想如今后辈人口繁盛，其中贫富不一，或性情参商：有那家业艰难安分的，便住在这里了；有那尚排场有钱势的，只说这里不方便，一定另外或村庄或尼庵寻个下处，为事毕宴退之所。即今秦氏之丧，族中诸人皆权在铁槛寺下榻，独有凤姐嫌不方便，因而早遣人来和馒头庵的姑子净虚说了，腾出两间房子来作下处”②。可见铁槛寺完全是宁国公荣国公所修造的、供自家“老了人口，在此便宜寄放。……好为送灵人口寄居”的贵族私用佛教机构，带有很强的依附性。一般来说，清代寺庙的经费来源大体有二：一是世俗性的，即香客的捐赠、施舍，或者寺庙通过租赁、出售土地所得来的经费。《儒林外史》第二十八回，季恬逸等三人同行在报恩寺落脚，负责接待的和尚说“小房甚多，都是各位现任老爷常来做寓的”，可见这是清代寺庙的常见功能。二是体制性的，即朝廷和各级官吏、贵族的赏赐，特别是对于家庙的供养，《红楼梦》中的铁槛寺即为一例。作为这类寺庙的住持，其人大多老于世故，善于经营，媚上而欺下，观净虚对凤姐的态度和智能的境遇便不难知晓。晚清《官场现形记》中写龙华寺的知客和尚，更是进行了直接的揭露：“凡是当知客和尚：第一要面孔生得好，走到人前不至于讨厌；第二要嘴巴会说，见人说人话，见鬼说鬼话，见了官场说官场上的话，见了生意人说生意场中的话，

---

① 〔清〕允裪奉敕撰：《钦定大清会典则例》卷五十六，影印文渊阁《四库全书》，商务印书馆，1983 年版。

② 〔清〕曹雪芹著、无名氏续：《红楼梦》，人民文学出版社，2008 年第 3 版，第 196 页。

真正要八面圆通，十二分周到，方能当得此任。” 知客亦称“典客”“典宾”，是佛教僧职之一，为禅宗寺院“西序六头首”之一，负责接待外来宾客。《百丈清规》卷四云：“职典宾客，凡官员檀越尊宿诸方名德之士相过者，香茶迎待，随令行者通报方丈，然后引上，相见仍照管安下去处。如以次人客，只就客司相款。”这种僧职本就带有较强的世俗特征。而清代佛教政策的控制程度和寺庙体制，使僧人和寺院的依附性愈加强化，其独立人格也随之大为削弱。

另一方面，随着僧人数量的增加、寺庙功能的逐渐世俗化，清代僧众的成分与面貌日趋复杂和多样化。康熙六年（1667），据官方统计，全国大寺 8458 座，小寺 58682 座，僧人 110292 人，尼僧 8651 人。而这个官方统计数字尚不包括私度的出家人。乾隆年间废除度牒以后，僧道尼姑的数量进一步增加，出家人的来源也相应地泥沙俱下。雍正十三年（1735），僧众队伍以至达到“近日缁流太众，品类混淆，各省僧众真心出家修道者百无一二，而愚下无赖之人游手聚食，且有获罪逃匿者窜迹其中，是以佛门之人日众，而佛法日衰。不惟参求正觉，即严持戒律习学小乘之人，亦不多见，蔑弃清规、徒增尘玷，此其流弊，将不可胜言”①的地步。可见僧侣数量的增多和管控的强化，直接造成僧众队伍愈发良莠不齐的状况和下层僧众生活的艰难。尤侗曾分析过：“今日僧尼，几半天下。然度其初心，愿不及此。其高者惑于福慧之说，下者谓饥寒驱迫，不得已而出此。或幼小无知，父母强而使之。及其中道而悔，无可如何者多矣。”②可见当时许多人出家并非发自内心的选择，而是迫于生活或父母强加，而一旦进入寺庙，身份便受到控制，即使“中道而悔”也“无可如何”了。《红楼梦》中的智能视庵寺为“牢坑”，心心念念想要跳出；芳官被撵出大观园后被迫出家至水月庵，做了尼姑智通的徒弟；等等，都是清代这一佛教现状的反映。清

① 〔清〕允禄等奉敕编：《世宗宪皇帝上谕内阁》卷四十六，景印文渊阁《四库全书》第 415 册，第 406 页。

② 〔清〕尤侗撰，李肇翔、李复波整理：《艮斋杂说》，中华书局，1992 年版，第 72 页。

人认为，“盖近世僧道，往往多途穷无告、郁郁不得志之辈，与干犯法律，无所逃罪之徒，窜入其中，或谈经设法、或念咒书符，或击磐敲钟、或游方托钵，千百成群，以惑此愚夫、愚妇”①。当宗教独立性和出家自主性缺失后，僧众的生存境遇和素质随之降低，其世俗面目在所难免。底层僧众中的淫邪者不在少数，如据清嵇曾筠撰修《浙江通志》记载，谈九乾任沙河知县时，其施政举措就有“凡陋规加派，详革殆尽，褫学霸、殛淫僧、安巨室，植柳以憩人……”②。乾隆年间，江苏巡抚高晋曾注意到南京地区多奸淫妇女事件，其原因之一就是该地寺庙较多，淫僧藏匿较为容易。乾隆二十四年（1759），巡抚陈文恭在一寺庙内“获到妇女四人，各房内搜出妇女衣饰奁具甚多，逐一谳鞫，二十二房内犯奸者一十四房，淫僧一十六名，并供出被奸妇女二十五人”③。因之，清代世情小说中仍较多出现恶俗僧众形象，正是这一社会现象的折射。清代寺院的功能更加实用性，除了兼并土地外，还有许多僧人通过贩卖宗教用品和占卜法事等手段来敛财。

2. 清代世情小说中僧人形象的新变与小说文人化

清代世情小说中的僧人形象虽仍以世俗化为主，但与明代相比，已经出现了某些新变。这种新变，一是体现在清中叶以后的世情小说作者对僧人的态度有了较为明显的转变，那种妖魔化的色彩和欲灭之而后快的心态减弱了许多，取而代之的常常是更加写实化的批判态度，抑或较为温和的讽刺及滑稽塑造。如：《儒林外史》中的几个僧人形象，观音庵的和尚、僧官、滕和尚等；《官场现形记》中的知客和尚，大多带有戏谑意味，或者直录其世俗面目，但已经看不到多少刻意渲染的丑化和妖魔化倾向；《红楼梦》中更是几乎没有醒目的僧人角色。

---

① 萧一山著：《清代通史》（二），中华书局，1986年版，第535页。

② 〔清〕嵇曾筠等修：《（雍正）浙江通志》卷一百六十八，清文渊阁《四库全书》本，第276页。

③ 《中国地方志集成》，凤凰出版社，2014年版，第5085页。

带来这种新变的原因，首先是清代小说创作的进一步文人化倾向。明代白话长篇小说本身附带强烈的商品属性，是市场的产物，很多书坊主自己就是创作者。陈大康先生指出，嘉（靖）、隆（庆）年间，“广大读者的迫切便与书稿的严重匮缺构成了一对尖锐的矛盾。书坊主熟知个中情形，且敏锐地意识到这是新的财源所在，他们又有一定的文化基础，在这特定的条件下便自己动手编撰作品”①。嘉靖年间的忠正堂书坊主熊大木就是其中典型的代表，在明代《三国演义》《水浒传》风行而一时没有更多白话长篇作品满足读者的阅读期待时，作为书坊主的熊大木敏锐把握住了这一商机，并且清楚地认识到，对于他们的创作而言，提升销量才是他们考虑的首要因素之一。正如他在《大宋演义中兴英烈传》的序言中所说的他和清白堂主杨涌泉所达成的共识：“意寓文墨，纲由大纪，士大夫以下遽尔未明乎理者，或有之矣。近因眷连杨子，素号涌泉者，挟是书谒于愚曰：‘敢劳代吾演出辞话，庶使愚夫愚妇亦识其意思之一二。’”②然则能够娱人耳目、耸人听闻的描写自然为其青睐。因此明代世情小说佛教书写中，追求新奇、刺激成为僧尼形象的大致格调。正如凌濛初有言：“今之人，但知耳目之外，牛鬼蛇神之为奇。而不知耳目之内，日用起居，其为谲诡幻怪非可以常理测者固多也。”③作为作者和书坊主，以“谲诡幻怪”之人物故事娱人耳目，进而牟利，自然是写作刊刻的首要目的。除此之外，明代的小说作者和书坊也间或注意教化的必要，如福建建阳坊刻，就认为刊刻小说不能唯利是图，应该有道德底线，教化人心也是出版小说的宗旨之一。而劝化闺中妇女洁身自好、远离三姑六婆等闲杂人等，自然容易成为他们关注和重视的内容，并通过小说情节大加渲染。所以在这一点上可以说，小说家的敛财牟利需求与道德教化意图合二为一，因而对恶僧恶尼离奇故事的浓墨重彩，以及对此类角色的防范宣讲，就不可避免地成为明代世情小

① 陈大康著：《明代小说史》，人民文学出版社，2007年版，第248页。
② ［明］熊大木撰：《大宋演义中兴英烈传》，中华书局，2010年版，序言第3页。
③ ［明］凌濛初著：《初刻拍案惊奇》，人民文学出版社，2007年版，叙第2页。

说中宗教内容的一个重要方面了。

相比于明代，清代白话小说的第二个重要特征是作者文人化的加重。这种变化正如学者所指出的，首先体现在小说作者的主体意识得以强化，小说不再是仅供读者消遣的通俗文学，也兼备自我表现的功能；其次，小说的旨趣“大都融注着作家个人的生活经历和体验,反映着作家个人对社会人生的独特的思维方式，表现了作家个人的才华特征，因而具有鲜明的个人风格”①。因此这些作品虽然从属性上来看属于通俗文学的范畴，但其实质已经是典型的士人的文学的重要组成部分了。这在清代很多小说作者的表白中都可以看出，典型者如《水浒后传》的作者陈忱说：“穷愁潦倒，满腹牢骚，胸中块垒，无酒可浇，故借此残局而著成之也。”《金云翘传》的作者天花藏主人说：“计无所之，不得已借乌有先生以发泄其黄粱事业。”这方面最有名、也最具代表性的当属曹雪芹在《红楼梦》开篇的五绝：“满纸荒唐言，一把辛酸泪。都云作者痴，谁解其中味？”当作品的主体性加强、作者写作白话小说主要是为了写出其“辛酸泪”“其中味”时，白话小说的商品化属性必然随之减弱，很多时候白话小说已经与诗文一样，是文人抒发心志情感的途径，他们无须考虑作品的销量和利润，自然如明代通俗小说那样通过众多淫邪的僧尼秘闻故事去博人眼球的需求也基本不复存在了。特别是清代白话小说中，世情小说的创作蔚为大观，是创作流派中重要的一支，因此其中邪恶僧尼数量的骤减就是情理之中的了。同时出现的现象，是清代世情小说中开始出现了不少有道行、有情怀的僧人形象，如:《花月痕》中才情道行兼备的心印和尚，旗帜鲜明地宣扬“佛便是千古第一个情种……我们佛教无人不可用情，恁你什么情天情海，无一不是我佛国版图”;《醒世姻缘传》中为报晁夫人之恩而坐化的片云和尚;《儒林外史》中慈悲善良的禅林老和尚；等等。均已不再仅仅是“超情节”人物，而是参与书中比较重要的情节、为作者比较着力刻画的人物之一。可以

---

① 石昌渝著:《中国小说源流论》，生活·读书·新知三联书店，2015年版，第380页。

说，这些新的僧人形象同样是清代世情小说文人化、自我表现化加强后的重要表征，作者通过他们抒发的是自己对世事人情的态度，对趋善求真的追寻。

白话小说文人给作品带来的另一显著影响是小说写实化的加强，特别是更加现实的批判态度。这与清代文学与文化的风尚亦不无关系。一方面，入清以后，当人们反思前朝政权灭亡的原因时，明代中后期心学思想盛行的历史现状成为被批判的重要对象之一，王夫之、顾炎武等皆语及此。顾炎武在《日知录》里谈到明代的灭亡，就认为明后期士人“以明心见性之空言代修己治人之实学，股肱惰而万事荒，爪牙亡而四国乱。神州荡覆，宗社丘墟”①。那么他们所提倡的，自然就是以“修己治人之实学”代替空谈。颜李学派的创始人颜元与李塨同样批判宋明理学，提倡实文、实行、实体、实用，认为“必破一分程朱，始入一分孔孟”。这些思想家崇尚“经世致用”、反对空疏的主张，对清代中后期的思想界产生了重要的影响。另一方面，清代统治者出于统治需要，在大兴文字狱的同时，迫使文人将其主要精力投入诸多大型丛书、类书的编纂，“经世致用”更进一步转化为乾嘉之学。两方面都构成了清代文人相较前代更加务实、求真的心态与创作追求。

前已述及，清代白话小说的创作队伍凸显文人化、专业化特征，当他们从事小说创作时，其学识引起他们小说的内容出现了混融倾向或成为炫学的“庋学问文章之具”，其心态促使他们的创作观念、写作风格更加写实。这成为许多评点者和创作者的共识：

实录优于虚构……读《三国》胜读《西游记》。《西游》捏造妖魔

① 〔清〕顾炎武著：《日知录》，郑若萍注译，崇文书局（原湖北辞书出版社），2017 年版，第 97 页。

之事，诞而不经。不若《三国》叙帝王之事，真而可考也。①（毛宗岗《读三国志法》）

至若离合悲欢，兴衰际遇，则又追踪蹑迹，不敢稍加穿凿，徒为供人之目而反失其真传者。②（曹雪芹《红楼梦》第一回）

当实录观念普遍为小说家所遵循时，世情小说中的僧人就由明代作品中夸张式的、带有漫画色彩的形象变得更加写真客观，更加能直映清代僧众与佛教的现状。如《儒林外史》《歧路灯》《官场现形记》等，已经看不到多少作者刻意渲染铺陈的设计，更多的是直录其事其人，这和清代特别是清中叶以后世情小说社会批判意识的加强是步调一致的。总之，清代世情小说呈现出文人化、自我表现化和写实化的加强，这些对作品中具有新特征的僧人形象均构成不同程度的影响。

第二节　明清世情小说中的尼姑形象

一、明清世情小说尼姑事迹

同为佛教群体，明代世情小说中的尼姑形象与僧人形象有相通之处，也有因其自身性别、时代宗教政策和作家创作心理等因素造成的差异。通过对世情小说中的事迹汇总，我们可以发现，由明至清，尼姑的文学形象发生了较大的变迁。

---

① 〔明〕罗贯中著、〔清〕毛宗岗批评：《毛宗岗批评本〈三国演义〉》，沙文校点，凤凰出版社，2010年版，第10页。

② 〔清〕曹雪芹著、无名氏续：《红楼梦》，人民文学出版社，2008年第3版，第5页。

（一）明代世情小说尼姑事迹汇总

《金瓶梅》中有莲花庵的薛姑子（及其两个徒弟妙趣、妙凤），观音庵的大姑子、王姑子是其中的典型。她们在书中的相关情节为数不少。

王、薛二姑子于小说第二十一回出场，王姑子为西门庆家眷讲笑话。本回中王姑子有颇为显眼的表演，她讲了两个笑话，体现出其“看人下菜碟”的本领：面对西门庆的正妻吴月娘，她讲的是“老虎平日不吃素”这种一般意义上的笑话；而当潘金莲对此不满时，她马上又讲了所谓“公公六房里都串到”类的“荤段子”，并与西门庆的家庭情况相联系，引发众人一笑。

二姑子出场的多数活动是为西门庆及家人唱佛曲儿、说因果。如第三十三回，吴月娘生辰，西门庆请来她二人宣诵唱佛曲儿。第三十九回，详细写了大师父为女眷们说因果的情节。其中西门庆女眷和王姑子有一段非常精彩的对话：

> 孟玉楼又走向前，拿起来手中看，说道：“大姐姐，你看道士家也精细的，这小履鞋，白绫底儿，都是倒扣针儿，方胜儿锁的；这云儿又且是好。我说他敢有老婆？ 不然，怎的扣捺的恁好针脚儿？”吴月娘道：“没的说，他出家人那里有老婆？ 想必是雇人做的。”潘金莲接过来说：“道士有老婆，相王师父和大师父会挑的好汗巾儿，莫不是也有汉子？”王姑子道：“道士家掩上个帽子，那里不去了！ 似俺这僧家，行动就认出来。”金莲说道：“我听得说，你住的观音寺背后就是玄明观。常言道：男僧寺对着女僧寺——没事也有事。”①

几个女眷包括王姑子在内，对佛道的认识和关注几乎都集中在与情

① 〔明〕兰陵笑笑生著：《金瓶梅词话》，陶慕宁校注，人民文学出版社，2000年版，第465页。

欲、婚恋有关的事情上，言语间难掩调侃随意之态度。这段文字十分鲜明地表现出明代一般民众心目中佛道世俗化加重而神圣化褪色的状态。本回后半节，用大量篇幅描写了大师父和王姑子为众人说因果，讲述唐高宗时期五祖弘忍由富家员外到抛弃家财妻子、转世后成了正果的故事。话说五祖前世是张员外，家财万贯，八方妻妾。偶遇一群善人驮着香油细米入寺庙打斋听经，问其故，众人答曰供养佛有福，能有好来世。员外觉得有理，便与妻妾商议出家事，妻妾均劝阻，说我们众人可替你耽罪。员外执意不从，众妻妾无奈只好听任。员外前往黄梅山寺从四祖出家。六年苦行已满，惊动护法韦驮天尊。四祖遂教员外寻安身立命之处并与他三件宝贝，员外携之来到浊河边求宿，彼见他年老遂答应，可员外却跳进了河里。这时河里漂过一颗大鳞桃，在浊河边洗衣的小姐吃了遂有身孕。爹娘令小姐的哥哥祝虎将其赶杀，但祝虎慈心，放妹妹逃生。后来小姐生下一男胎，“紫雾红光，罩满了庙堂”，且生下就“盘膝端坐”，非比寻常。母子来到天喜村王员外家场里宿歇，员外见小姐有几分姿色，欲留下做小。子母二人倒头下拜，竟将员外和夫人拜死了。员外醒来后说：“只怕是好人。”于是留在家中，养其子到六岁，子方说话，径直到浊河边，取了三件宝贝，去往黄梅寺听四祖说法，终成正果，即五祖弘忍。此则故事大师父自称来源于《大藏经》，但与普遍流传的五祖身世有所出入，其中无论是他的前世经历、修行起因，还是转世降生过程，都带有民间色彩，当为明代尼僧为迎合大众口味加工杜撰后的结果。事实证明，这样的故事对吴月娘这样的信佛之人效果颇佳（其他如潘金莲、李瓶儿、大妗子等人则先后睡去），月娘一直听到最后并主动询问五祖成正果的经过，最后被 “越发好信佛法了”。既如此则几位姑子自然少不了施主的赠予，所以作者在回末诗一针见血指出“何人留下禅空话？ 留取尼僧化稻粮”。

第四十回写王姑子给吴月娘讲薛姑子的求子符药。作者在此处有一段对尼僧的著名点评：“但凡大人家，似这样尼僧牙婆，决不可抬举。在深宫大院，相伴着妇女，俱以讲天堂地狱，谈经说典为由，背地里说釜念款，送暖偷寒，什么事儿不干出来！ 十个九个，都被他送上灾厄。有诗为证：最有缁流不可言，深宫大院哄婵娟。此辈若皆成佛道，西方依旧黑漫漫。”①

第五十回着重写薛姑子与吴月娘交易求子符药，极摹其世俗面目：“戴着清净僧帽，披着茶褐袈裟，剃的青旋旋头儿，生的魁肥胖大，沿口豚腮”，开口即称“在家菩萨”“官人娘子”，一副养尊处优且惯于见风使舵的嘴脸。下面听闻和尚吃肉，薛姑子马上摆出教门中人自恃清高的姿态加以教训：“茹荤、饮酒，这两件事也难。倒还是俺这比丘尼，还有些戒行。他这汉僧们那里管！ 大藏经上不说的？‘如你吃他一口，到转世过来，须还这他。’”但当吴大妗问她们终日吃肉不知转世有多少罪业时，薛姑子马上回答说：“似老菩萨，都是前生修来的福，享荣华，受富贵。譬如五谷，你春天不种下，到那有秋之时，怎望收成？”其见风使舵、看人下菜之本领可见一斑。后文又写她悄悄给吴月娘坐胎符药，月娘以银相酬，亦俨然市井交易。作者径直评曰：“若教此辈成佛道，天下僧尼似水流。”

第五十一回，借西门庆之口交代薛姑子在地藏庵时，收阮三十两银子贿赂，就把陈参政家的小姐吊在地藏庵中，让阮三与其偷奸，结果阮三纵情身亡。她与西门庆家眷来往亦无非借说经之名骗取钱财。并写薛姑子为西门庆妻妾演颂《金刚科仪》。

第五十二回写薛、王二姑子要回家，月娘送银送食，并嘱咐薛姑子在自己生日时一定前来，薛则叮嘱她按时服药。至此本就信佛的月娘听过薛、王二姑子的唱诵，拿到她们的求子符药，对二人已经完全信赖。

第五十七回，详写永福寺的历史和如今的破败，以及永福寺长老向西门庆求布施的情节。此回详写薛姑子的来历：“少年间曾嫁丈夫，在广成寺前居住，卖蒸饼儿生理。不料生意浅薄，那薛姑子就有些不尴不尬，专一与那些寺里的和尚行童调嘴弄舌，眉来眼去，说长说短。……以后丈夫得

---

① 〔明〕兰陵笑笑生著：《金瓶梅词话》，陶慕宁校注，人民文学出版社，2000 年版，第 476 页。

病死了，他因佛门情熟，这等就做了个姑子，专一在些士夫人家往来，包揽经忏。又有那些不长进要偷汉子的妇人，叫他牵引和尚进门，他就做个马八六儿，多得钱钞。闻的那西门庆家里豪富，见他侍妾多人，思想拐些用度，因此频频往来。那西门庆也不晓的，三姑六婆人家最忌出入。”①此段描写是当时部分尼僧出家的典型写照。她听闻西门庆开疏舍财后更是极尽溢美之词，令人捧腹：“老檀越，你若干了这件功德，就是那老瞿昙雪山修道，迦叶尊散发铺地，二祖可投崖饲虎，给孤老满地黄金，也比不的你功德哩！”众所周知，释迦牟尼是佛教创始人，迦叶尊者为其十大弟子之一，以身饲虎是著名佛经故事，以之比附西门庆，荒唐可笑之极。凡此种种又说动西门庆花了几十两银子印经卷，足见薛姑子的口舌之利。

其他相关情节还有：第五十八回，薛、王姑子向月娘要银狮子来印造《佛顶心陀罗经》以在岳庙施舍。第五十九回，李瓶儿自幼子被惊吓致死后，卧病不起，薛姑子以佛教轮回之说劝解。第六十二回，王姑子因为与薛姑子分钱不均，破口大骂；并劝解李瓶儿，在其死后为她念经。二人的这一矛盾贯穿后面相关情节。第六十八回，薛姑子给潘金莲坐胎气符药，并请女僧诵经。再写王、薛姑子分钱不均引起的矛盾。第七十三回，大师父、王薛二姑子给孟玉楼做生日；薛给潘金莲符药，顺带背后议论王；薛讲佛法，说五戒和尚犯色戒之事。第七十四回，薛讲说《黄氏女卷》。第八十三回，写月娘去薛姑子处为西门庆烧盂兰会箱库。

《禅真后史》第十二回写到碧云庵中有四位尼姑，其中慧真、真见、见性均年老或体残色衰，唯见性的徒弟性完乃寡妇出家，年轻妖娆，与白佛寺的富僧如刚勾搭成奸。最后被龚敬南等人设计捉奸，性完被判脊杖之刑并勒还俗。第四十九回写到的嵇西化和尚，在满剌加国修行，为在逃犯人，他表面让来金吾念诵《白衣观音经咒》以求子，暗地却调戏侍女毓秀，并先后与王玉仙、劳我惜、田氏发生奸情，其邪淫程度令人咋舌。最

① 〔明〕兰陵笑笑生著：《金瓶梅词话》，陶慕宁校注，人民文学出版社，2000年版，第702页。

终他被瞿琰揭穿，死于刀斧手之下。

（二）清代世情小说尼姑形象汇总

丁耀亢《续金瓶梅》以月娘寻孝哥为主干，串演《金瓶梅》中主要人物的因果报应事。其中尼僧形象有：第三回准提庵尼薛姑子、妙凤、妙趣等；第三十七、三十八、三十九回中大觉寺尼福清、喇嘛教百花姑、白衣庵吕姑子；第六十回火德真君庙瘸姑子及假尼了空；第四十八、五十回中尼莲清、梅心。叙薛姑子、妙凤与南山戒坛和尚私通事，“月娘才知道这尼姑是佛门中的色鬼，女流中的强盗”。喇嘛教百花姑则欲谋大觉寺为自己的道场，带领一班徒众于其地演“大喜乐”法，使道场变为行淫之地。小玉夜与尼了空同宿，不料却遭到了空的骚扰，方知原来了空并非尼僧，而是瘸尼姑的娈童。《续金瓶梅》对尼僧的态度基本延续了原作的倾向，小说以三种人为“极是势利”“眼里出火”的，其中，“第三就是和尚、尼姑，他们见钱如血，借道为名，进的寺门，先问了衙门，就看那车马侍从衣服整齐的，另有上样茶食款待，说几个大老相知禅宗的活套，日后打抽丰、上缘簿，缠个不了。这尼姑们穿房入阁，或是替太太念经，姑娘求儿，或公子寄名，串通寡妇，也有会魇镇的、符水的、传情的、保债的，无般不为，以骗钱为主，比这和尚更是淫狡。即是不蓄发的小娘，唱佛曲的戏子，岂不可恨”①。其他如：烟水散人《珍珠舶》第六回，述和尚证空与尼朗照有染；《桃花影》尼了音为才子魏玉卿妾，尼静修则与精通善采战术的僧人半痴私通；李绿园《歧路灯》中的地藏庵尼范姑子与慧照跟恶人通同一气，蒙骗谭绍闻的钱财。

尼僧形象较为突出的作品有《醒世姻缘传》和《红楼梦》。先说《醒世姻缘传》。第八回的海会和郭尼姑，其白净富态，“伶俐得忒甚，看人眉来眼去，占风使帆”，惯会“妆起河南程氏两夫子的嘴脸来，合你讲正心诚

① 〔清〕丁耀亢著：《续金瓶梅》，上海古籍出版社，1998 年版，第 32 页。

意，说王道迂阔的话”①。她们被珍哥认成和尚，这成为引发计氏之冤的导火索。郭姑子娼妇出身，性情放荡。海会即为出家前的青梅，她极欲出家为尼的理由竟是：“寻思一遭转来，怎如得做姑子快活？ ……但凡那年小力壮、标致有膂力的和尚，都是我的新郎。周而复始，始而复周。……这还是做尼姑的说话，光着头，那俗家男子多有说道与尼姑相处不大利市，还要从那光头上跨一跨过。若是做了道姑，留着好好的一头黑发，晚间脱了那顶包巾，连那俗家的相公老爹、举人秀才、外郎快手，凭咱拣用。”②

第十四回的典史发现尼姑庵中的假髯男子，是为关帝庙住持的和尚，将标致的女囚“金屋藏娇”，“那房里摆设得就似洞天一般，穿是满身的绸帛，两三个丫头伏事，都不知是怎么样进去的”。

第四十回有一位六十多岁的李白云姑子，是泰安州后石坞奶奶庙住持，向狄婆子讨要布施，她判定狄希陈和孙兰姬“是前世少欠下的姻缘，这世里补还”，为众人详说因果，为后文情节发展埋下大量伏笔。

第六十四回的白姑子及其徒弟冰轮。白姑子“造孽渔财”，利用素姐延僧忏悔的机会，“磕了一百多银子的拐”，将其中一半据为己有，被作者讥讽为“买命钱”“真强盗”。下文又安排偷儿梁尚仁趁师徒熟睡时将其先后奸污，作者对尼僧的态度不言自明。

第八十八回中作者一如《金瓶梅》论及对僧尼的态度，认为：“只说做和尚的个个贪狠，原来这做姑子的女人，没了两根头发，那贪婪狠毒，便也与和尚一般。”尼姑庵中的老尼不满足于素姐洗衣做活，反而“师徒几个都指靠了素姐身上”。

再论《红楼梦》。《红楼梦》中水月庵姑子净虚、铁槛寺住持色空于第七回、第十五回出现。其徒智善、智能于第七回、第十五回、第十六回出

① 〔清〕西周生辑著：《醒世姻缘传》，袁世硕、邹宗良校注，人民文学出版社，2015 年版，第 111—112 页。

② 〔清〕西周生辑著：《醒世姻缘传》，袁世硕、邹宗良校注，人民文学出版社，2015 年版，第 109—110 页。

现。其中有较多刻画的是净虚和智能。从智能的表现看，她面对秦钟的挑逗从被迫迎受，到主动寻觅，视尼姑庵为“牢坑”，均可见其人内心情欲的炽热。但从具体行文看，曹雪芹并未想把她写成简单化的淫尼，她与秦钟的情欲描写不无少年人的青涩和美好，最后更是对秦钟主动大胆追求，可见作者是通过这个形象写出了人欲和戒律的冲突。她很可能是由于家境或身世的特殊原因而被迫出家，第七回描写周瑞家的问智能儿：“十五的月例香供银子可曾得了没有？”智能儿摇头儿说：“不知道。”脂本甲戌本在此处这样批道：“妙，年轻未任事也。一应骗布施、哄斋供，诸恶皆是老秃贼设局。写一种人，一种人活像。”①这和后文作者对净虚真面目的揭示以及智能对水月庵“牢坑”的比喻遥相呼应，这种以哄骗维生的日子是智能深恶痛绝的主要原因，也侧面写出净虚的龌龊。

净虚的主要情节发生在第十五回“王凤姐弄权铁槛寺”。述她在张氏金哥已经许给守备公子的情况下，为了结交长安府太爷，便使用激将和奉承结合的手段，极力怂恿凤姐参与，通过贾府和长安节度的交情，逼迫守备退亲，最后凤姐得利三千两银子，净虚也从中渔利，其代价则是导致金哥和守备公子双双守节自尽。甲戌、庚辰本此处批语直呼“良民造苦如此”“欺人太甚”“欺人如此”，活现出身为佛门弟子的这类尼僧图财害命的本质。

芳官、藕官、蕊官欲出家时，水月庵智通、地藏庵圆心二姑子得知，便怂恿王夫人允许她们出家，理由十分冠冕堂皇：“虽说佛门轻易难入，也要知道佛法平等。我佛立愿，原是一切众生无论鸡犬皆要度他，无奈迷人不醒。……如今这两三个姑娘既然无父无母，家乡又远，他们既经了这富贵，又想从小儿命苦入了这风流行次，将来知道终身怎么样，所以苦海回头，立意出家修修来世，也是他们的高意。太太倒不要限了善念。”②可内

① 〔清〕曹雪芹著：《脂砚斋批评本〈红楼梦〉》，岳麓书社，2011 年版，第 87 页。
② 〔清〕曹雪芹著、无名氏续：《红楼梦》，人民文学出版社，2008 年第 3 版，第 1089—1090 页。

心真实想法是“巴不得又拐两个女孩子去作活使唤”，可谓道貌岸然至极，因此被曹雪芹直呼为“拐子”。

综上，净虚、智通、圆心等尼僧代表了《红楼梦》中这一群体乃至书中全部出家人中世俗化气息最鲜明的那一部分。对此，曹雪芹的描写更多为辛辣的揭露，有脸谱式、漫画式的倾向，类似于书中对单聘仁、詹光等清客的描写。这些形象诚然有作者很大的主观成分包含在内，但客观上还是透露出这一群体中的许多人在当时的生存状态与方式。

妙玉及其师父于第十七回至第十八回出场。荣国府为迎接元妃省亲，故特地从外地采买十个小尼姑和小道姑，并带回了年方十八的“带发修行的，本是苏州人氏，祖上也是读书仕宦之家”的妙玉，因自小多病，用替身无效，故带发修行。妙玉修行较为虔诚，她听见都中有观音遗迹以及贝叶遗文，便随师父上都。而她的师父精演先天神数，临终遗言说妙玉“衣食起居不宜回乡，在此静居，后来自然有你的结果”，因此妙玉未曾还乡。文采、修行、气质均佳的妙玉被其师傅一语成谶，终没有逃脱荣国府衰落后她“可怜金玉质，终陷淖泥中”的悲剧命运。全书其他关于妙玉的描写，前八十回曹雪芹原笔有：第五回太虚幻境中对妙玉的判词和《世难容》曲；第四十一回栊翠庵品茶；第五十回宝玉栊翠庵访妙玉乞红梅；第六十三回送寿帖给宝玉；第七十六回续黛玉和湘云的联诗。后四十回续写有：第八十七回“坐禅寂走火入邪魔”，第九十五回为宝玉扶乩寻玉，第一〇九回问候贾母病情，第一一二回不幸遭劫，最后分别在第一一三回和第一一七回通过他人的议论交代其结局。

其他形象较为良好者如：青心才人《金云翘传》述王翠翘故事，王翠翘卖身救父，先是被拐落入妓院,后又所适非人，遭受虐待，不得已逃入尼庵避难。后再次流落风尘，为徐海赎出。徐海遇难，翠翘投江自尽，为尼觉缘所救，后得以与父母、金生团聚。刘鹗《老残游记》续集第一至六回斗姥宫尼逸云、靓云，续集中老残与德慧生返扬州时，途经泰山斗姥宫遇逸云、靓云，听逸云论禅法。评花主人《九尾狐》第五十二回，胡宝玉四十大寿之夜，梦见一老尼，对其言说“孽海茫茫，回头是岸”，领其至色空庵，老尼当头给其一棒，促其觉醒。

二、明清世情小说尼姑形象的文学与文化解读

小说中此类人物的作用有二。一是对情节做一定程度的预叙铺垫。如《金瓶梅》第五十一回写薛姑子为吴月娘等人演颂《金刚科仪》宝卷，其中以宣扬因果报应的佛经故事为主。此处一长段颇有《红楼梦》中《好了歌注》的意味，道尽人世无常、世态炎凉。这和前述的普静禅师、东京报恩寺老僧一样，起到了“超情节人物”的叙事效果。“超情节人物”的设置是明清小说中普遍采用的手法之一，通过他们的叙说，作者对书中人物的命运做了或隐或显的预叙，一方面构成了情节发展和人物命运的完整性，并为情节演进造成了一定的悬念，但另一方面若把握不当也容易失之于刻露与套路化。

二是细腻描摹了演唱宝卷、讲说佛经故事这一明代尼僧常见的谋生手段。生存的现实需求，造成了尼僧们在社会中摸爬滚打的多方面技能。她们除了演唱宝卷、讲说佛经故事外，也会偶尔为西门庆的家眷制求子符药、讲笑话逗乐等等。总之，这些人虽然以出家人面目示人，但无论于信仰还是日常，态度都相当之实用，完全取决于自身的生存需求。这类尼僧形象在明代世情小说中的描写绝不止《金瓶梅》一部。如以题材混融著称的小说《禅真遗史》中的赵尼媪，她除了履行一个尼姑的日常职责外，还做许多其他毫不相干的事情，如说媒拉纤、为人作保、做小买卖，手段不可谓不多。凌濛初《初刻拍案惊奇》中的《酒下酒赵尼媪迷花　机中机贾秀才报怨》的入话和正话故事中，慧澄、赵尼姑都是见钱眼开的恶尼，经人金钱收买，便做下帮其诱拐、迷奸良家妇女的行径。可见恶尼的形象在明代世情小说中绝不鲜见，对这类人物的防范也为不少小说家所注意。《金瓶梅》作者对这些品行败坏的僧尼深恶痛绝，往往在书中加以直截的批

判，如第四十回，作者写道："但凡大人家，似这样尼僧牙婆，决不可抬举。在深宫大院，相伴着妇女，俱以讲天堂地狱，谈经说典为由，背地里说釜念款，送暖偷寒，什么事儿不干出来！ 十个九个，都被他送上灾厄。有诗为证：最有缁流不可言，深宫大院哄婵娟。此辈若皆成佛道，西方依旧黑漫漫。"①第六十八回再次痛斥道："看官听说，似这样缁流之辈，最不该招惹他。脸虽是尼姑脸，心同淫妇心。"②可谓毫不留情。笑笑生的这种看法在晚明小说家中绝非个例，如晚明《杜骗新书》作者张应俞说："妇人虽贞，倘遇淫妇引之，无不入于邪者。凡妇之谨身，唯知耻耳，唯畏人知耳。苟一失身之后，耻心既丧，又何所不为。故人家唯慎尼姑、媒婆等，勿使往来，亦防微杜渐之正道也。"《禅真逸史》中林澹然述及治国治家之道时说："治家恭俭好礼，勤职业，择邻居，远损友，勿使妻妾近尼释而多勃谿。"③前述《酒下酒赵尼媪迷花　机中机贾秀才报怨》开篇即发此类论调：

> 色中饿鬼是僧家，尼扮繇来不较差。
>
> 况是能通闺阁内，但教着手便勾叉。
>
> 话说三姑六婆，最是人家不可与他往来出入。盖是此辈功夫又闲，心计又巧，亦且走过千家万户，见识又多，路数又熟，不要说那些不正气的妇女，十个着了九个儿，就是一些针缝也没有的，他会千方百计弄出机关，智赛良、平，辩同何、贾，无事诱出有事来。……从来马泊六、撮合山，十桩事倒有九桩是尼姑做成，尼庵私会的。④

---

① 〔明〕兰陵笑笑生著：《金瓶梅词话》，陶慕宁校注，人民文学出版社，2000年版，第476页。

② 〔明〕兰陵笑笑生著：《金瓶梅词话》，陶慕宁校注，人民文学出版社，2000年版，第870页。

③ 〔明〕清溪道人编著：《禅真逸史》，江巨荣、李平校点，上海古籍出版社，1996年版，第418页。

④ 〔明〕凌濛初编：《拍案惊奇》，《古本小说集成》编委会编，上海古籍出版社，2007年版，第213页。

三是揭露世态，抨击世风窳败。这类淫邪僧尼，在明代世情小说中多受诟詈。《醋葫芦》中熊老说："里边专一吃荤吃酒，千奇百怪，胜似男人，无所不为，无所不做。还养得好光头滑脑梓童帝君相似的小官，把来剃了头发，扮做尼姑，又把那壮年和尚放在夹壁弄里。有人来时，只做念佛看经，没人来时，一味饮酒取乐。"①真是无所不为。然则我们会产生疑问：为什么在明代通俗小说作者的笔下，本当清心寡欲的尼僧形象如此不堪？前代小说中的尼僧形象是怎样的，到了明代又是怎样的原因产生了这样的变化？

虽然如此，一般人家的妇女与尼僧的来往仍非常频繁，对其有足够的信赖（《金瓶梅》中月娘等人对薛、王姑子的态度就是一例）。一方面，虽然明代法条一再申明禁止僧俗、男女混杂以及妇女入寺烧香，但其时宗教政策又允许瑜伽教僧尼因其为一般家庭广施法事的现实需要，可以进入百姓家中，这就提供了政策上的保障，"此民之所自愿，非僧窘于衣食而干求者也。一切官民敢有侮慢是僧者，治之以罪"②。另一方面，由于顾忌男女之大防、社会舆论的存在，寻常妇女不可能与僧人有太多的接触和沟通，因而尼僧在满足她们的日常宗教需求、迎合她们对彼岸世界的向往等方面就有了不可替代的作用。诚如陈玉女教授所言："职是之故，妇女与瑜伽教女尼往来，实乃男女大防顾忌下的回应之举，避免与僧人直接接触而触犯社会大忌、招惹祸端。"③虽然尼僧中不乏品行有亏者，但是对一般的妇女大众而言，大部分的女尼在她们眼中是慈悲而值得信赖的出家人，与其交往，不失为确保自身佛教活动权利的有利的甚至是唯一的选择。可以说，作为封建伦理、家庭规范约束下的明代世俗妇女，与尼僧的来往是实现她

① 〔明〕伏雌教主编：《醋葫芦》，内蒙古人民出版社，2003年版，第56页。
② 《明实录·太祖实录》，台湾"中央研究院"历史语言研究所校印，上海书店出版社，1982年版，第454页。
③ 陈玉女著：《明代的佛教与社会》，北京大学出版社，2011年版，第234页。

们日常宗教生活得以进展的最有效的途径。

明代宗教世俗化的一个重要表现体现在僧尼的生活方面，包括寺庙建设、经济状况、出家原因等。作为佛教传承发展的环境基础，寺庙建设是僧尼生活的主要场所，是促使佛教精神发展流传的重要物质基础。明代除嘉靖皇帝外，大多数帝王皆崇信佛教，扶持寺院建设，许多寺院相当之富庶。明人王思任在《游五台山记》中说五台山花园寺“寺既伟盛，而中宫以金瓦其殿，且修无遮斋，钟鸣鼎食魄气甚张”。《金瓶梅》中描写的为数众多、装潢奢侈的佛寺道观正是这些史实的真实写照。如《醒世恒言》第三十九卷描写的宝莲寺，“这寺还是元时所建，累世相传，房廊屋舍，数百多间，田地也有上千余亩。钱粮广盛，衣食丰富，是个有名的古刹。本寺住持，法名佛显，以下僧众，约有百余，一个个都分派得有职掌”。俨然一个财力雄厚、规模宏大并人员各司其职的红尘处所。寺院作为佛教活动的场所既已豪华日盛，势必带动寺院的经济活动和社会功能的活跃，使寺院往往可能成为许多达官显贵迎来送往的场所。万士和《重修工文庵记》中认为，富豪“华榱漆壁，朝涂夕抹”于自己的宅院仅仅满足一人之用，而寺院则不然，“至于庵院之成，则游人、行旅、酒徒、诗客、舆疾待死、枵腹求食者，无不必应，若驿传焉”①。《金瓶梅》中西门庆的许多社会活动都是在寺院中进行的，如玉皇庙十兄弟结拜，常时节、西门庆等人在永福寺饮宴中，西门庆与荆都监、宋乔年等人交往，莫不如此。这些人的到来不仅使本来应该清净的寺院门庭若市，而且他们的阔绰布施也直接促进了寺院经济的发达，“富室祈祷忏悔，诵经说法，即千百金可以立致，不之计也”②。小说中西门庆给道长老重修永福寺一次性捐五百两即为一例。寺院建设与寺院经济都不可避免地导致了僧尼群体的浮躁和市侩，对其整体状况造成了不小的影响。嘉靖六年（1527），杨一清等大臣上疏毁皇姑寺，其理由就是“其祖宗时所赐敕额追回，此旨既下，其后因循至今，又八十年

---

① 陈玉女著：《明代的佛教与社会》，北京大学出版社，2011 年版，第 176 页。
② 〔明〕张瀚撰：《松窗梦语》，盛冬铃点校，中华书局，1985 年版，第 139 页。

矣，尼僧之增日多，宣淫日甚，檀施亦日益不赀矣”①。可见是时尼僧集团不仅风气堕落，而且由于她们不事耕作，所耗费的物资也是巨大的。

明代僧尼虽然有种种不端行为，但一般民众的宗教需求又少不了这类人物的作用。明代自朱元璋始，出于对淳厚风俗、维持秩序的考虑，统治者对于僧俗男女混杂现象管理非常严格，这当与朱元璋曾出家为僧、对僧界情况知之甚深不无关系。他曾说：“男子妇女必要有分别，妇人家专一在家里面，不可出外来。若露头露脸出外来，呵！ 必然招惹淫乱的事。”②他还规定，“其居丧之家，修斋设醮，若男女混杂，饮食酒肉，家长杖八十。僧道同罪，还俗”③。既禁止妇女外出礼佛，家中又不许僧道混杂，则妇女有相关的佛教需求，只能转向有性别优势的尼僧。

对于僧尼的世俗职责，朱元璋《申明佛教榜册》中有明确详细的规定，如：

> 瑜伽僧，既入佛刹，已集成众，赴应世俗，所酬之资，验日验僧，每一日每一僧钱五百文，每僧各一千文。
>
> 道场诸品经咒，布施则例。
>
> 陈设诸佛像，香灯供给，阇黎等项劳役钱一千文。
>
> 凡僧与俗斋，其合用文书，务依修斋行移体式，除一表三申三牒三帖三疏三榜，不许文繁别立名色，妄费纸劄以耗民财。④

明代官方对尼姑的管控力度相当大，朱元璋对妇女出家为尼规定强硬：“自今，年四十以上者听，未及者，不许，着为令。”洪武二十四年

① 〔明〕沈德符撰：《万历野获编》，中华书局，1959年版，第685页。
② 〔明〕朱元璋：《大诰武臣·男女混淆二十三条》，见杨一凡著《明大诰研究》，江苏人民出版社，1988年版，第447页。
③ 《大明律》卷一二《礼律二·丧葬》，怀效锋点校，辽沈书社，1990年版，第95页。
④ 陈玉女著：《明代的佛教与社会》，北京大学出版社，2011年版，第234页。

（1391），提高女性出家年龄限制："民年非四十以上，女年非五十以上不得出家。"而社会观念也多禁止良家妇女与"三姑六婆"往来。元初赵素《为政九要》："官府衙院宅司，三姑六婆往来出入，勾引庭角关节，搬挑奸淫，沮坏男女。三姑者：卦姑、尼姑、道姑。六婆者：媒婆、牙婆、钳婆、药婆、师婆、稳婆。斯名三刑六害之物也。近之为灾，远之为福，净宅之法也。"①相关的防范之说还多见于明代家训中，如朱柏庐《朱子家训》："三姑六婆实淫盗之媒。帷房深邃，安有不虞？ 而一通三姑六婆，往往变生肘腋。此等人……操业不同，而其险则一。"②田艺蘅《留青日札》："今则三姑六婆之害，处处有之。"从这些说法中我们也可以看出，官方及一般家庭对尼僧的成见和防范，主要是着眼于其数量庞大、人员构成和从事职业庞杂，因而败坏社会风气、产生不良社会效应的可能性大。朱元璋本人对恶尼的处置就是极为决绝的，史载："太祖之处奸尼尤直捷痛快也。上尝使人察在京将官家有奸者。时女僧诱引功臣华高、胡大海妾数人，奉西僧行金天教法。上命将二家妇女并西僧女僧俱投之于河。" 除皇帝外，类似的状况也为明代的士大夫所注意。嘉靖年间，礼部尚书霍韬曾评论南京地区的尼僧状况："南京尼僧视别省为尤盛，淫污之俗视别省为尤剧：尼僧外假清修，内实淫患。有暗宿奸僧、袈裟莫辨、诱拐妇女入庵礼佛、恣肆奸淫者；有群诸恶少窃伏庵院，诱妇女礼佛、潜通奸宿者。武臣、民庶愚而无知，谓妻女入庵礼佛修善也,不知群淫潜恣也。"③凡此种种，充分说明当时的恶俗僧尼是普遍存在的。前述《汪大尹火焚宝莲寺》的故事应并非完全出于杜撰。朱元璋一方面严防世俗女流与僧道的接触，一方面对禅、讲、教僧的职责事务等施以明确的规定。这些僧尼特别是瑜伽教僧尼的世俗活动及其与平民百姓的日常接触，是明代中下层人民对僧

① 〔元〕赵素撰：《为政九要》，《北京图书馆古籍珍本丛刊》第 61 册《子部 · 杂家类》，书目文献出版社，1988 年版，第 337 页。

② 〔明〕朱柏庐著：《朱子家训》，李牧华注解，甘肃人民出版社，1990 年版，第 14 页。

③ 何孝荣著：《明代南京寺院研究》，中国社会科学出版社，2000 年版，第 124 页。

尼形象认知的直接来源。正如有学者所指出的："明人心中对于佛教或僧人形象的建立，除了部分根源于传统的印象外，促使明代佛教积极走入世俗，而广泛与社会大众接触往来的重要媒介之一的经忏活动，更是不容否定的影响因素。"①明代世情小说于此有众多的描写，如《金瓶梅》中薛、王二姑子经常出入西门庆家中，为其家人从事唱佛曲儿、宣颂《金刚科仪》等世俗宗教服务，这在前文已有比较详细的交代。不仅如此，《金瓶梅》还细腻刻画了尼僧形象除宗教活动外在一般家庭中所充当的角色，由于她们有出入百姓家庭之便，因此她们也往往成为一些民众有了如求子、疗病乃至逗乐解闷等生活需求时的求助对象。如书中第四十回、五十回写到的王、薛二姑子为月娘介绍求子的符药与服用的方法。僧院本有疗病的传统，不仅被看作出家人修行礼佛的场所，而且也接纳救治各类人等的疾病之身，"至于庵院之成，则游人、行旅、酒徒、诗客、舆疾待死、枵腹求食者，无不必应，若驿传焉。其便于人而切于用世，固不得而无之也"②。《续比丘尼传》中有萧山净土宗尼僧无为在嘉靖年间游历四方治病的记载。总之，明代的僧尼已远非仅仅吃斋念佛的方外之人，他们所从事的行当多而且杂，与世俗民众的接触亦大大增加。

因此，明代世情小说中僧尼形象的世俗化成因是多方面的，既有明代佛教政策、教派内部演变的因素，又同僧尼本身贴近凡俗的生活密不可分。因此，在世情小说中我们可以看到当时的人们对佛教的矛盾态度：一方面信佛诵经，对佛教的经典及其所宣扬的教义奉若圭臬；一方面对从寺庙中走出的僧尼却持一种嘲讽戏谑的态度。这种矛盾的态度实际上是明清通俗小说中所反映出的中下层文人和一般民众复杂宗教心态的表现之一，其成因是非常复杂的，下文对此会详细论述。

明代世情小说中僧尼形象的主色调基本是不堪的，但他们在小说中并非可有可无。除了上文讨论过的其在小说结构、反映明代宗教情况等方面

---

① 陈玉女著：《明代的佛教与社会》，北京大学出版社，2011 年版，前言第 3 页。
② 陈玉女著：《明代的佛教与社会》，北京大学出版社，2011 年版，第 176 页。

发挥的作用外，应该说，作者用了不少的笔墨极力描摹堕落僧尼罔顾清规戒律的丑态，除了写实与讽刺的目的外，客观上也深刻地写出了信仰与人欲在一定程度上的对立，反映了明代中后期俗世欲潮对社会伦理道德、戒律乃至信仰等方方面面的巨大冲击。这正是晚明纵欲思潮的结果，在这一方面，世情小说作者的思想与以李贽为代表的“王学左派”的启蒙思想相类，都肯定了人欲“好货好色”的方向。这一定程度上也可以说是《金瓶梅》的情色描写部分和艳情小说这一类小说作品的进步性所在。

明代世情小说中僧尼形象的世俗面貌，除了现实性的宗教现状以外，创作者主观因素的介入是十分重要的，这突出表现在两个层面，一是小说商品属性的影响，二是文人的想象与欲望表达的需要。

明代中后期小说创作的商业化影响，特别是“好货好色”之风下通俗小说家的艺术与教化的双重考虑同样至关重要。白话小说作为典型的通俗文学样式，创作者在写作时必然不会忽视其艺术效果。而在明代，小说的印刷与传播又极为兴盛，尤其是正德、嘉靖年间，江南的手工业、商业有了高速的发展，这就为小说的繁荣创造了多方面的条件：第一，刊刻印刷业兴起；第二，城镇居民人数增加，他们对通俗文艺的需求也随之增多；第三，小说观念发生变化，一些下层文人开始从事小说创作。同时，商品经济的发展促进了社会思潮的转变，王阳明的“吾性自足，不假外求”，本是强调将外在的道德伦理内化为内心的需求，重结果而非过程。但在传播中，其客观效应是人的主体精神、物质欲望被大大地激发了，成为众多世俗男女张扬情欲的理论武器。著名者如李贽：“穿衣吃饭即是人伦物理，除却穿衣吃饭，无伦物矣。”甚至不乏如“成佛征圣，惟在明心，本心若明，虽一日受千金不为贪，一夜御十女不为淫也”的惊人言论。在这样的思潮下，世情小说里不免会产生西门庆所说的那段“经典”语录：“咱闻那佛祖西天，也止不过要黄金铺地；阴司十殿，也要些楮镪营求。咱只消尽这家私广为善事，就使强奸了常娥，和奸了织女，拐了许飞琼，盗了西王母的女儿，也不减我泼天富贵！”①

明弘治以后，商业繁荣的同时也带来了政权腐化、奢靡纵欲等社会弊端。罗宗强先生对此曾有精到的分析：“明自嘉靖以来，思想与社会生活都发生了很大的变化：富可敌国与民无立锥之地；歌吹宴饮与饥民流徙；商业的发展与贿赂公行；连绵的水旱灾伤、民变；边境战争不断；皇权的高度集中与政府之瘫痪；阳明心学与程朱理学、佛、道各种思想并存、纠结；淫乐、争斗、享乐，四面楚歌。整个一幅末世景象。”②“好货、好色”盛行的颓风造就了明代世情小说佛教书写中僧人形象的大致格调。僧尼本当清心寡欲，故当其一旦有越轨不端行为，则立刻容易成为世俗调侃、戏谑的把柄。孙昌武先生曾论及神魔小说表现出的中国民众对宗教的态度：“一方面是迷信神佛，求助于超自然、超现实的神秘力量，另一方面信仰又不那么认真，不管是佛、菩萨，是神仙，还是阴阳风水，兼容并存，什么都相信，但又时时出以游戏态度，神、佛甚至可以成为嘲弄的对象。”③孙先生这里说的虽然是神魔小说，但却适用于解读各种通俗小说中民众对宗教的态度，那就是严肃与戏谑并存、信仰与嘲弄混杂。对于高高在上的神佛尚且敢于嘲弄，何况对于凡尘中的尼僧，调侃、戏谑就更在情理之中了。

淫邪僧尼的出现是晚明世情小说中的一个显著现象，这与文人的空间想象与欲望书写不无关系。小说中多写僧尼宣淫的地方在地窖、地道或寺庵中。如《金瓶梅》中薛姑子收了阮三的十两银子贿赂，把陈参政家的小姐吊在地藏庵中，供阮三玩弄。又如《禅真逸史》中钟守净和黎赛玉、《水浒传》中裴如海和潘巧云通奸的地点都是在僧房之中。《醒世恒言·汪大尹火焚宝莲寺》和《僧尼孽海》中的多则故事则写僧人将地道、地窖等处暗

---

① 〔明〕兰陵笑笑生著：《金瓶梅词话》，陶慕宁校注，人民文学出版社，2000 年版，第 701 页。

② 罗宗强著：《明代后期士人心态研究》，南开大学出版社，2006 年版，第 522 页。

③ 孙昌武著：《佛教与中国文学》，上海人民出版社，2007 年版，第 265 页。

造为享乐密室。但这样的描写并不符合实际情况，特别是不符合明代寺院构造的规律，因为地窖由于需要干燥坚固的地理环境而多建于北方地区，但小说中淫僧故事的发生地点则多位于南方。有学者指出，这种矛盾而大量出现的现象实出于文人的想象。明清文人最高层次的愿望是科举中第，衣食无忧而名利双收，而如宝莲寺僧人那样坐享其成、财色兼收的生活，恰是文人想象中的“他者”，是失意文人内心的镜像，所映照出的是文人在满足欲望的幻想与奔波于科举的辛苦之间内心的失衡、挣扎。同时，也反映出男性对于女眷迈入寺院等公共空间后贞洁问题的焦虑。①此解可备一说。无论如何，明清世情小说中对于僧尼形象的丑化不尽数来自现实，其中融合了相当程度的文人的心理与欲望书写。

第三节　僧尼形象的艺术作用

明清世情小说以摹写世态人情为主要内容，因而作为宗教性人物的僧尼几乎没有成为主要人物的可能。但由于其特殊身份与地位，这些角色对于世情小说文学艺术价值的构成有着不可忽视的作用。这种作用可以从僧尼形象对小说主要人物、情节叙述、作品主题三个主要方面的影响来讨论。

一、对主要人物：衬托和强化

作为小说叙事的三大构成要素之一，塑造鲜明生动的人物形象是作者首先要考虑的任务。明代中叶以后，特别是进入清代，当世情小说将镜头

① 薛英杰：《色界魔境：晚明淫僧故事中文人的空间想象和欲望表达》，《明清小说研究》2016 年第 2 期。

对准普通人的生活而不再是从前的帝王将相、英雄豪杰、神仙鬼怪，将笔触伸向平凡人的日常而不是大起大落的传奇故事时，小说作者们就有了更多的可能与空间去更加细腻而丰满地刻画主要人物，这一点明清文人已多有指出。如谢肇淛《金瓶梅跋》："（作者）采摭日逐行事，汇以成编，而托之西门庆也。书凡数百万言，为卷二十，始末不过数年事耳。其中朝野之政务，官私之晋接，闺闼之媟语，市里之猥谈，与夫势交利合之态，心输背笑之局，桑中濮上之期，尊罍枕席之语，驵验之机械意智，粉黛之自媚争妍，狎客之从谀逢迎，奴怡之稽唇淬语，穷极境象，駴意快心。譬之范工抟泥，妍媸老少，人鬼万殊，不徒肖其貌，且并其神传之。信稗官之上乘，炉锤之妙手也。"①刘廷玑《在园杂志》评论《金瓶梅》："若深切人情世务，无如《金瓶梅》真称奇书。欲要止淫，以淫说法；欲要破迷，引迷入悟。其中家常日用、应酬世务、奸诈贪狡，诸恶皆作，果报昭然，而文心细如牛毛茧丝。"②谢、刘的评论均着眼于《金瓶梅》这样的世情小说能够将人物的言行举止、一颦一笑刻画入微，这是之前比较粗线条的英雄传奇、历史演义类小说所欠缺的。

世情小说作者笔下立体丰满的主要人物，人们从美学角度将其命名为"圆形人物"，这是就其内蕴的复杂性而言。而从人物的叙事功能看，这类人物因其独特的价值且具有"主题"标志而被称为"自律人物"。而那些"充当一种道具，作者借其之口来连缀情节中的缺口，填补一些文体中的漏洞"的人物，则被称为"他律人物"。③从叙事意义角度而论，明清世情小说中的僧尼或道士形象往往属于这类人物，他们的相关情节不多，但其活动大多围绕"自律人物"即小说主人公。作者往往使这些形象具有衬托主要人物，强化其性格色彩的作用，犹如绿叶，对红花色彩之构成不可或缺。特别是作为宗教人物，僧尼在和主人公的接触中，主人公往往会表达

① 朱一玄编：《金瓶梅资料汇编》，南开大学出版社，2012 年版，第 179 页。
② 朱一玄编：《金瓶梅资料汇编》，南开大学出版社，2012 年版，第 82 页。
③ 徐岱著：《小说叙事学》，商务印书馆，2010 年版，第 158 页。

出对人生、生死、鬼神等终极命题的态度，这些是在他们与其他人物的交流中不易看到的。从这个角度来说，世情小说中的宗教人物对主人公形象的塑造实有着不可替代的作用。

以《金瓶梅》而论，可以说这部小说非常细腻地写出了世俗化的宗教在明代家庭中的作用。薛、王二姑子常常出入于西门庆家中，与西门庆的妻妾们来往甚多，在这其间作者便刻画出了人物的许多侧面，如第五十二回写薛、王二姑子要回家，吴月娘十分热情地送银送食，并嘱咐薛姑子在自己生日时一定前来，薛则叮嘱她按时服药。至此本就信佛的月娘听过二姑子的唱诵，拿到她们的求子符药，对二人已经完全信赖。张竹坡认为吴月娘是“奸险好人”，而田晓菲则认为吴月娘“蠢笨”，其实在她对于姑子的态度上有一致性，那就是作者写出了吴月娘在面对作为宗教人物的尼姑时的轻信与盲目，从而反映出她身为富商妇人之迷信、糊涂的一面。同样，主人公西门庆性格中最无耻贪婪的一面也是在第五十七回他与吴月娘讨论宗教话题时所展现出来的：

> 月娘说道：“哥，你天大的造化！生下孩儿。你又发起善念，广结良缘。岂不是俺一家儿的福分？只是那善念头怕他不多，那恶念头怕他不尽。哥，你日后那没来回、没正经、养婆儿、没搭煞贪财好色的事体，少干几桩儿也好。攒下些阴功与那小的子也好。”西门庆笑：“娘，你的醋话儿又来了。却不道天地尚有阴阳，男女自然配合。今生偷情的、苟合的，多都是前生分定，姻缘簿上注名，今生了还。难道是生剌剌、胡诌乱扯、歪斯缠做的？咱闻那佛祖西天，也止不过要黄金铺地；阴司十殿，也要些楮镪营求。咱只消尽这家私广为善事，就使强奸了常娥，和奸了织女，拐了许飞琼，盗了西王母的女儿，也不减我泼天富贵！”①

① 〔明〕兰陵笑笑生著：《金瓶梅词话》，陶慕宁校注，人民文学出版社，2000年版，第701页。

作者就这样在描写僧尼道士形象的同时，运用反衬或正衬，强化了主要人物的形象。《儒林外史》中，观音庵僧人“陪着小心”的姿态，更凸显了申祥甫、夏总甲等人的骄横；甘露庵老和尚发善心为牛布衣送终、入殓和供奉，并将其诗集传给牛浦，却被厚颜无耻的牛浦冒名顶替，摇身一变成了牛布衣本人，以诗人之名欺世盗名。作者将卑微与骄横、忠厚与奸伪对比而写，对僧人形象虽是寥寥几笔点染，却在错落之中强化了主人公的性格特征。而《红楼梦》第十五回中王熙凤和净虚的对话，则是在正衬中强化了王熙凤性格特征中的重要一面。老于世故的净虚为了使王熙凤出手干预张李二家争娶金哥、自己从中渔利，用激将法游说凤姐：

> 凤姐听说笑道：“我也不等银子使，也不做这样的事。”净虚听了，打去妄想，半晌叹道：“虽如此说，张家已知我来求府里，如今不管这事，张家不知道没工夫管这事，不希罕他的谢礼，倒像府里连这点子手段也没有的一般。”
>
> 凤姐听了这话，便发了兴头，说道：“你是素日知道我的，从来不信什么是阴司地狱报应的，凭是什么事，我说要行就行。你叫他拿三千银子来，我就替他出这口气。”老尼听说，喜不自禁，忙说：“有，有！这个不难。”……凤姐道：“你瞧瞧我忙的，那一处少了我？既应了你，自然快快的了结。”老尼道：“这点子事，在别人的跟前就忙的不知怎么样，若是奶奶的跟前，再添上些也不够奶奶一发挥的。只是俗语说的，‘能者多劳’，太太因大小事见奶奶妥贴，越性都推给奶奶了，奶奶也要保重金体才是。”一路话奉承的凤姐越发受用，也不顾劳乏，更攀谈起来。①

---

① 〔清〕曹雪芹著、无名氏续：《红楼梦》，人民文学出版社，2008 年第 3 版，第 198—199 页。

这里净虚世故谄谀的面貌登时生动鲜活起来自不必说，凤姐要强好胜（“凭是什么事，我说要行就行”）、不信鬼神（“从来不信什么是阴司地狱报应的”）、好大喜功（“一路话奉承的凤姐越发受用”）的性格侧面均展现无遗。正是有了已经足够老谋深算的净虚的正衬，比她更为年轻、杀伐决断也更无所畏惧的凤姐形象才令读者印象尤为深刻。黑格尔在讨论人物性格时曾说：“只有这样的多方面性才能使性格具有生动的兴趣。同时这种丰满性必须显得凝聚于一个主体，不能只是乱杂肤浅的东西，或是偶然心血来潮的激动。”①凤姐性格的多面性正是使其形象入木三分的前提，并能够符合逻辑地统一于这个角色上，而如净虚这样的配角在此处所起到的牵引作用亦是不可忽视的。总之，明清世情小说中的世俗僧道尼姑的形象，对于主要人物性格的塑造有着重要的衬托与强化作用，这是我们在分析小说艺术特色时所应该关注的。

二、对情节叙述：点缀和润色

作品中的僧尼道士作为距主要人物及其生活环境较远的配角，或作为作者叙事的独特视角，有时会对情节的发展或氛围的烘托起着重要的推进作用。杨义指出，“视角具有往往不作明言，却又无所不在的普泛性。假如你带着视角意识去读作品，就会感觉到无处没有视角”。因此，视角对小说情节叙述常有着重要影响，这是因为“在觉与不觉、见与未见，存在着一个感知的角度问题。因而实在不应该把视角看成细枝末节，它的功能在于可以展开一种独特的视境，包括展示新的人生层面，新的对世界的感觉，以及新的审美趣味、描写色彩和文体形态”。②当以世情小说中的僧尼道士为视角出发点时，常能收到不一样的叙事效果。《金瓶梅》中描写西门庆妻妾的日常生活，僧尼道士占有较为重要的地位，他们起到了对情节发展的

① [德]黑格尔著：《美学》第一卷，朱光潜译，商务印书馆，1997年版，第303页。
② 杨义著：《中国叙事学》，人民出版社，2009年版，第82页。

推进作用：通过第八回前来为武大烧灵的和尚听到潘金莲西门庆的交媾之声，写出了二人感情的增进和潘金莲的薄情；通过西门宅中吴月娘等妇女围坐聆听薛姑子宣卷、讲唱变文等宗教活动，写出了这些平素钩心斗角的女性们内心深处或仍存在的善念；通过吴神仙的相面，对几个主人公的性格特征和未来命运做了富有神秘色彩和宗教意味的预示。《金瓶梅》的作者时以僧尼的视角参与书中人物的日常活动，使带有一定神化色彩的宗教视角和闺阁琐碎生活在反差中形成了一定的张力，用另一种视角对红尘生活加以审视、观照和深化。

清代《红楼梦》在展现僧道形象时同样有此特征。第二十九回描写清虚观打醮时，从宗教民俗的角度看，自然是留下了清代贵族家庭道教文化生活的重要资料，而从小说情节和人物刻画看，该节不仅写出了老于世故的张道士形象，而且他对贾母说起为宝玉提亲一事，更是对其后宝、黛、钗三人的情感关系产生了较大的直接影响。而第二十五回通过马道婆与赵姨娘的对话，则较少见的以赵姨娘的心态揭示贾府生活，“如今就是个样儿，我们娘儿们跟的上这屋里那一个儿！　也不是有了宝玉，竟是得了活龙”①，点到为止地写出了大家族中妾妇生活的辛酸。更重要的是马道婆的出现直接导致了“魇魔法姊弟逢五鬼”这一令贾府产生轩然大波的事件，并进而引出了僧道通过摩挲通灵宝玉以救治贾宝玉的情节，强化了作品主旨。同为宗教人物，妙玉的视角则与马道婆判然有别，她作为大观园的“槛外人”，在完成了自己的故事叙述的同时，也以其独特的视角见证了园中青春女儿们的悲剧命运。其独特性不仅在于她尼姑的身份，而且在于她“欲洁何曾洁，云空未必空”的两面性，身在佛门，六根却并未彻底清净，在宝玉生日时她会递上贺帖，对别人冷峻的同时却对宝玉乞红梅敞开大门，后四十回更是有“走火入魔”的夸张描写。曹雪芹就这样以绵密的笔法写出了这一“槛外人”的心理，从她的视角所写出的贾府与宝玉的命

① 〔清〕曹雪芹著、无名氏续：《红楼梦》，人民文学出版社，2008 年第 3 版，第 340 页。

运也因而带有了一丝轻灵的韵味，以及解脱与入世矛盾形成的张力。这也是明清世情小说刻画宗教人物的一个显著特色。

三、对作品主题：突出和深化

清代特别是清代中叶的白话小说，其社会批判的意识不断深化，尤以世情小说最为明显。展现世态人情、批判丑恶龌龊可以说是其题中之义。明清时代，佛教世俗化日甚，僧尼形象多为不堪，而通过他们，作者将笔触伸向了更广阔的明清社会民众功利化的宗教心态。因此对他们的塑造往往成为世情小说作者突出批判社会、揭露世风时的首选。世情小说的开山之作《金瓶梅》在这方面做得尤为突出，除了书中的“超情节僧道”以外，大多数僧尼形象都带有作者的批判和讽世意味，其中典型者如第八回的“和尚听淫声”。虽然“偷窥他人私生活和了解他人隐秘欲望细节的强烈愿望是愈来愈多的晚明作家（特别是小说家）所要面对的现实”①，甚至整部小说都被田晓菲称作是一部“充满偷窥乐趣”的小说，但窥听者身为出家人的情况却并不多见。此处描写，通过和尚们的眼耳窥听到云雨场景，写出了本应六根清净的出家人内心的欲望通过这种变态途径所得到的释放，从而引发读者的思考：彼时的出家人尚且如此，何况在家之人？② 这一僧众群体的滑稽行为出现在小说靠前的部分，在一定程度上影响了读者对全书僧尼形象的看法。而全书的僧尼特别是尼姑形象也多类此辈，如常往来于西门家的薛姑子，作者讽之为“若教此辈成佛道，天下僧尼似水流”“此辈若皆成佛道，西方依旧黑漫漫”，她假出家人面貌却多行恶事，如在地藏庵时，收阮三十两银子贿赂，就把陈参政家的小姐吊在地藏庵

① ［美］黄卫总著：《中华帝国晚期的欲望与小说叙述》，张蕴爽译，江苏人民出版社，2012年版，第50页。

② 杨程远：《明清白话小说“窥听”叙述的表现形式与文学价值试论》，《明清小说研究》2019年第1期。

中，供阮三与其偷奸，结果阮三纵情身亡。这些僧尼形象在相当程度上确为明代中后期佛教界衰落的征象。本书前已分析，此不赘述。

清代世情小说对于社会宗教状况的反映更为写实，所谓“追踪蹑迹，不敢稍加穿凿，徒为供人之目而反失其真传者”（《红楼梦》第一回）。《醒世姻缘传》第六十四回“白姑子造孽渔财”故事里，莲花庵的白姑子“放手大骗，绝无忌惮”，她为薛素姐建忏悔道场，“磕了一百多银子的拐”。佛教如此，道教也差相仿佛。第九十三回武城旱灾，县令请来作法的道士先是“诡说都着众神坛下侍候，每日要肥狗一只，烧酒五斤、大蒜一瓣，故装作法”，再是搜刮民财，要了“十两非义之财”。此正如《绿野仙踪》中所提到的那样，“世俗僧道出家，不耕不织，假藉神佛度日，受十方之供献，取自来之银钱”。清人曾评说，“螟蛉一时为灾，而数年乏食；僧尼之患毒流天下，即患如猾夏”①。同时，世情小说中还反映了为数不少的、被胁迫入空门的尼僧的境遇。《红楼梦》中的芳官、蕊官、藕官三个小戏子被水月庵的智通与地藏庵的圆心挟走即属此类。第七十七回，二人极力游说王夫人：

> 因太太好善，所以感应得这些小姑娘们皆如此。虽说佛门轻易难入,也要知道佛法平等。我佛立愿，原是一切众生无论鸡犬皆要度他，无奈迷人不醒。若果有善根能醒悟，即可以超脱轮回。所以经上现有虎狼蛇虫得道者就不少。如今这两三个姑娘既然无父无母，家乡又远，他们既经了这富贵，又想从小儿命苦入了这风流行次，将来知道终身怎么样，所以苦海回头，立意出家修修来世，也是他们的高意。太太倒不要限了善念。②

可谓巧舌如簧之至，因此王夫人听了觉得“大近情理”。但二人内心的真实

①　〔清〕马注著、余振贵标点：《清真指南》，宁夏人民出版社，1988 年版，第 352 页。
②　〔清〕曹雪芹著、无名氏续：《红楼梦》，人民文学出版社，2008 年第 3 版，第 1089—1090 页。

想法不过是收了丫头以供使唤。净虚的徒弟智能儿的命运大抵亦如此，所以脂砚斋评曰："一应骗布施、哄斋供诸恶，皆是老秃贼设局。"应该说，明清世情小说对僧尼道士的描写虽有文学化的处理，但作为以描摹世情为主题的小说，其内容主要还是来源于生活的。通过对这些本应在操守和思想上较在家人更为清净的形象的刻画，作者强化了作品的批判色彩，与笔下作品的主旨达到了高度的融合。

第四节　明清世情小说中"超情节僧道"形象

一、明代："超情节僧道"形象的出现与定型

"超情节人物"的概念是刘勇强先生提出的，这是从叙事学的角度所做的定义，其作用多为"很大程度上只是为了满足叙事的需要——这种需要可能是为了表达某种观念，也可以建立结构的骨干，或是推动情节的进展等"①。这类人物在世情小说中的数量通常很少，但由于其形成既有历史与现实因素使然，又渗透着创作者自己的理念，因此有必要加以详细的分说。

《金瓶梅》中有几位比较典型的此类形象，一是东京报恩寺老僧，二是永福寺道长老，三是普静。东京报恩寺老僧于第四十七回在苗员外门首出现，他为寺中缺一尊镀金铜罗汉而四处化缘，遇苗员外施舍其五十两银子，老僧只取一半。老僧还预言苗员外有血光之灾，"主不出此年，当有大

① 刘勇强：《一僧一道一术士——明清小说超情节人物的叙事学意义》，《文学遗产》2009年第2期。

灾殃”，后果应其言。永福寺道长老于第五十七回出现，他来自西印度国，逗留于永福寺，见其破败不堪，遂上门向西门庆寻求布施。经过他一番“花钱修佛像可得善果”的说辞和文采斐然的疏簿，西门庆豪捐五百两。这个人物为重修庙宇而出，本愿固属虔诚，但行事却俨然商贾，充满世俗气息。雪洞禅师普静在第八十四回出现。当月娘等人去岱岳庙烧香遇恶道士，从碧霞宫里逃出，遭殷天锡带人追赶时，逃至雪涧洞，与普静相遇。月娘拿出一疋大布谢普静，但普静不受，却提出十五年后要度化她的亲子做徒弟。小说末回，月娘等人在金兵入侵、兵荒马乱中再度遇到普静，同至永福寺。普静“见天下荒乱，人民遭劫，阵亡横死者数极多，发慈悲心，施广惠力，礼白佛言世尊，诵解冤经咒，荐拔幽魂，解释宿冤，绝去挂碍，各去超生，再无留滞，于是诵念了百十遍解冤经咒”①，死去的西门庆、陈经济、武大和众妻妾等一一被度化。随后普静带走了孝哥儿，起法名为明悟，并预言天下局势。而关于被他超度的几人的来世，作者并没有拘泥于“善有善报恶有恶报”的因果报应，而是让西门庆、花子虚、李瓶儿等人仍托生于富贵之家，而武大、张胜等人仍转生贫家。作者虽然构造了一个轮回的叙述框架，但在具体的叙事中却客观上有所违背，似要写出命运的残酷无情，其思想力度比善恶有报的处理当更强劲一些。刘勇强教授指出，“无论是有意扬弃，还是题材本身决定，与因果报应观念的疏离，都昭示了小说艺术思维的解放”②。《金瓶梅》当然还没有彻底扬弃因果报应观念，但已经透露出些许前兆，而这种“小说艺术思维的解放”在后起的世情小说巅峰之作《红楼梦》中则有了最大限度的发挥。

《金瓶梅》第九十六回的叶头陀，也是个“不会看经，只会念佛，善会麻衣神相”的僧人，其作用主要是预示陈经济的命运，谓其“印堂太

---

① 〔明〕兰陵笑笑生著：《金瓶梅词话》，陶慕宁校注，人民文学出版社，2000年版，第1359—1360页。

② 刘勇强：《一僧一道一术士——明清小说超情节人物的叙事学意义》，《文学遗产》2009年第2期。

窄，子丧妻亡；悬壁昏暗，人亡家破；唇不盖齿，一生惹是招非；鼻若灶门，家私倾丧"，并准确预测其"后来还有三妻之会……花柳中少要行走，还计较些"，虽然为众人"笑作一团"，但陈经济后来的运势却证实了其言不虚。

除此之外，小说中的道士也有如僧人中普静那样发挥"超情节"叙事作用的角色，如吴神仙。第二十九回"吴神仙贵贱相人"中有一位周守备家差来的道人吴守真，自称"粗知十三家子平，善晓麻衣相法，又晓六壬神课。常施药救人，不爱世财，随时住世"。麻衣相法据说为陈抟所创，用周易卦相进行卜算；六壬神课亦为术数，以干支配五行来预测吉凶。相人之术古已有之，据《大戴礼记》记载，相术可追溯至三皇五帝时期，"昔尧取人以状，舜取人以色，禹取人以言"。宋代以后，相术频出，其中以相传是宋初陈抟的师傅麻衣道者所作《麻衣相法》影响最大。

小说以吴神仙的出现，为西门庆和一众妻妾相面占卜，在叙事方面发挥了承前启后的作用：吴神仙的相面，是对情节发展到此时，几个主要人物气质特征、过往情节的回顾总结，更重要的是以道教神算者的身份，对西门庆和几房妻妾的命运做了现实中的尽可能符合情理的预测，体现出作者已成竹在胸，规划好了西门庆家族的走向和每个人物的宿命，作品整体大架构的建设至此已基本完成。吴神仙在书中亦为"超情节人物"的代表之一，他们同书中世俗生活中的僧尼道士不同，其作用在于整体结构的规划与作品线索的梳理，后来者如《红楼梦》第一回中预测英莲（香菱）命运的一僧一道等角色，均可看出其影响。

题材混融类小说的早期作品《禅真逸史》中的林澹然是通俗小说中比较有代表性的高僧形象。他出身武将，本是东魏的将军，反对魏主劳民伤财大兴佛寺，后来因为被高澄陷害，不得已在向月庵出家。出家前后他都怀有慈悲心肠，他反对高澄践踏百姓良田，为民除掉为害一方的野人，制服歹徒后给他们银两让他们走正路，即使知道钟守净的奸情后，他首先想到的也是"点醒他迷途，也是俺佛门相处之情"。这个人物体现出作者"三教合一”的宗教观念与理想，他一身而兼有儒的济世、佛的慈悲、道的法术，是古代文人笔下理想的僧人形象代表，甚至可以说他也是“封建时代知识分子人生追求的一个缩影”①。

明代白话短篇小说中也常有此类形象出现，并在故事中扮演较为重要的角色。如《警世通言》中《宋小官团圆破毡笠》，述宋敦见一老僧卧病庙前将死，为他出资买棺安葬，老僧感其恩，死后夜里托梦宋敦来世为其子宋金。后宋金落难，遇一高僧传授他《金刚经》，学后“觉万虑消释，病体顿然健旺”，以应其前世经历。还有的高僧形象有比较鲜明的世俗化属性，他们经历了红尘欲望的诱惑，最终经过历练或挣扎，终得解脱。其典型者如《喻世明言》中的《月明和尚度柳翠》，述柳府尹因隙陷害水月寺竹林峰住持玉通禅师，让妓女红莲引诱其破了色戒，玉通圆寂后转世为柳翠姑娘，被月明和尚、法空长老点化，皈依佛门，最后坐化。紧随其后的《明悟禅师赶五戒》也是类似的套路。这类故事中的僧人本来具有较好的德操，因一时不慎犯戒，但能选择自悔，最后通过转世和度化重新皈依，其中体现出通俗小说普遍存在的因果轮回观念和大众对出家僧众欲望的有限度的宽容。

明代世情小说中的相关形象，其特质大致受到历史上以及明代史实所记录的类似形象带给小说作者的灵感等因素的影响。佛教，因其教义的高深莫测、僧众的往来莫定，本就给普通大众以神秘的印象，在千百年口耳相传的过程中，史书的记录坐实了高僧存在，而文学作品的加工则加重渲染了这种色彩。如前所述，前代史料中已有关于高僧的记述，明代亦然。如著名的明末四大高僧云栖袾宏、紫柏真可、憨山德清、藕益智旭，他们的共同特点是融合三教，佛教内部则诸宗皆通，气度宽宏，声名远播而为世人景仰。史载，袾宏青年时期即“单瓢只杖游诸方，遍参知识”，终于“道风大播，朝野归心，若大司马宋公应昌、太宰陆公光祖、宫谕张公元

① 李剑国、陈洪主编：《中国小说通史·明代卷》，高等教育出版社，2007年版，第1018页。

忭、大司成冯公梦祯、陶公望龄，并一时诸缙绅先生，次第及门问道者以百计，靡不心折”①。憨山德清曾在五台山讲说《华严玄谈》，听众多达万余。皇太后给他赐金三千两供他修建寺庙，但他全用来赈济灾民。高僧们传奇的经历、渊博的学识使人们对他们的记述很容易变得神化。在明代的史书和杂史杂传、小说文本中，高僧或以神秘形象出场，并以预言性质的话语预测人物或事件的走向，或为孕妇所梦然后产子。这种记述当来源于人们对高僧的景仰和因距离感产生的丰富联想。关于高僧神异事迹的众多记载，自然容易成为人们津津乐道的话题，特别是容易为传奇好异的小说家所注意，成为他们创作的重要灵感素材。但是，普通大众和小说作者对高僧具体的生活状态、思想教义实际上缺乏清晰充分的了解，这就造成在加工的过程当中的几个特点：

第一，通俗小说作者笔下的这类形象拥有非凡的法力，是在小说情节中发挥关键作用的配角，他们对小说主角的命运和情节的走向常有转折性、收束性的作用。如《金瓶梅》中的普静，他与小说中出现的众多恶俗僧尼迥然不同，虽然仅出场两次，但都有比较重要的作用。先是救下月娘，后是超度小说中各主要人物，以此方式对他们的归宿做了交代，有收束全书、总结照应的效果。加之“当下化阵清风不见了”“三降尘寰人不识，倏然飞过岱东峰”，使这个人物更有几分神龙见首不见尾的神秘色彩，不同于书中的大多数凡俗中人，给小说的结尾增添了几分异色。《禅真逸史》中的林澹然，得传褚真人笺示，在独峰山五花洞中得到三本秘籍，能排兵布阵、降龙伏虎。后来林收下杜伏威、薛举、张善相三位徒弟，并把三卷经书传授给张善相。唐兴，张善相三人受二仙人点化和林澹然教诲，决定蝉蜕红尘。后来林澹然圆寂，张善相三人皆弃家学道，羽化成仙。《喻世明言》之《月明和尚度柳翠》中的月明和尚，知晓人的前世今生，他知道柳翠是玉通禅师的转世，用棒喝之法点化之使其知晓自己的前因后果。

① 〔明〕释明河撰：《补续高僧传·卷第五　义解篇》，台湾新文丰出版公司，第255页。

在小说叙事中，这样的人物常常有成为“超情节人物”的可能性。这与中国长篇小说追求结构的完整、圆融、对称有关，作者往往希望全书呈现出前后一体、浑融一致的结构风格，而“超情节人物”身份、法力的特殊性使作者有可能利用他们实现或完善这一目的，达到结构的完整和情节的开合。如前所述的《金瓶梅》中的普静禅师、《禅真逸史》中的林澹然均有类似效果。这种人物设置在清代小说中得到了进一步的发展，在小说艺术和人物的文化内蕴上都有了更丰富的内涵，如《红楼梦》中的“癫僧跛道”。这将在后文详细论述。

第二，这些形象是作者宣扬因果报应、实现小说教化目的的需要所致。古代通俗小说的作家，其创作目的不外乎教化和娱情两个层次。在很多小说家的眼中，通俗是手段，而教化才是目的，如冯梦龙谈通俗的必要性：“大抵唐人选言，入于文心；宋人通俗，谐于里耳。天下之文心少而里耳多，则小说资于选言者少，而资于通俗者多。”①而通俗可以加强小说的感染力，达到“可喜可愕，可悲可涕，可歌可舞；再欲捉刀，再欲下拜，再欲决脰，再欲捐金；怯者勇，淫者贞，薄者敦，顽钝者汗下。虽小诵《孝经》《论语》，其感人未必如是之捷且深也”②的艺术效果。冯梦龙非常看重小说的教化功用问题，他提出过“天醉”说：“自昔浊乱之世，谓之天醉。天不自醉人醉之，则天不自醒人醒之。以醒天之权与人，而以醒人之权与言。”③醒人之权，其要在言。冯梦龙的说法可以在一定程度上代表古代通俗小说作家的创作理念，即以比较通俗的手段和故事，达到教化人心的劝惩目的。

因果报应说是为许多小说家所采用的重要劝惩法则，善恶有报的观念在中国本土思想中已有很多表现，但将其理论化、系统化的还是佛教。因果认为，今生种下的业缘尘劫，会引生未来世的善恶果报，最终反作用到

---

① 〔明〕冯梦龙编：《古今小说》，许政扬校注，人民文学出版社，2007年版，序第1页。
② 〔明〕冯梦龙编：《古今小说》，许政扬校注，人民文学出版社，2007年版，序第1页。
③ 〔明〕冯梦龙编：《醒世恒言》，顾学颉校注，人民文学出版社，2007年版，序第2页。

自身，完整的说法是“三世两重因果上”。《涅槃经》说：“善恶之报，如影随形，三世因果，循环不失。”“善男子，知善因生善果，恶因生恶果，远离恶因。”①这种理念对中土百姓的信仰产生了深远的影响，也深刻影响了通俗小说的创作理念、人物设置、结构布置等各个方面，不胜枚举。但是，理念和思想，只有落实在具体的人物和情节上，才可能有生动的呈现和较强的说服力、感染力。小说中这样的任务往往落在有非凡法力的高僧身上，因为作者往往预设他们带有“超情节”性质，本就拥有洞悉一切、知晓前世今生的能力，这就在世情题材中给予了这类人物客观存在的逻辑基础。从性格上来说，他们大多法力高超，品行高洁，因而其言行对读者来说也拥有相当的说服力。所以，让他们出面作为因果轮回说的形象代言人，从而为迷失于红尘中的大众指点迷津，就显得非常自然且合理了。如《金瓶梅》中最后劝孝哥出家、为众人度化的普静，《喻世明言》之《月明和尚度柳翠》直接对柳翠宣讲“好因得好果，恶因得恶果”的法空长老，莫不如是。高僧们以其权威性和神秘感，为小说中因果报应说蒙上了一层朦胧的又有几分不可置疑的玄奥面纱，一定程度上增加了小说的感染力。

第三，他们的形象又多少沾染了尘俗的气息，夹杂着普通大众对他们的看法与想象。世俗化是明代宗教，也是明代通俗文学最重要的特质之一，在小说中常能看到市民阶层对权威的调侃乃至不敬，哪怕宗教内容占据相当部分的《西游记》《封神演义》中，我们也能看到孙悟空对如来、观音、玉帝的大胆甚至惊人的嘲讽，能看到频频出丑的黄龙真人。在凡俗色彩更甚的世情小说中，市民阶层对高僧的想象也不尽是超凡脱俗，同时带有比较浓重的尘俗味道。郑传寅《传统文化与古典戏曲》甚至认为：“艺术作品以宗教为题材，但在精神上却是反宗教的。”②例如其鲜明表现之一就

---

① 〔北梁〕昙元谶译：《涅槃经》，林世田等点校，宗教文化出版社，2001年版，第215页。
② 郑传寅著：《传统文化与古典戏曲》，湖北教育出版社，1990年版，第211页。

是“古典戏曲对仙境的存在和俗人成仙的可能性作了肯定性的回答”①。因为佛教追求来世，主张超脱凡尘；而小说、戏曲作为娱乐性很强的文艺作品，则重在现世，两者的这种根本上的差异，决定了小说、戏曲对宗教的处理必然带有较多的世俗倾向。《金瓶梅》中的东京报恩寺老僧和永福寺道长老，在小说中固属虔诚高僧，但作者却让他们为修庙塑像而汲汲于凡尘中，同西门庆等商贾周旋要价。如果说这样的高僧形象还只是一定程度上被世俗沾染，那么还有一类高僧则是彻底沦落红尘欲海，经历一番考验与挣扎后才重新获得解脱，其典型便是《月明和尚度柳翠》中的玉通禅师。他本为有德之僧，却受柳府尹陷害，遭妓女引诱，犯了色戒，圆寂后投胎为柳家女儿柳翠，行为不检而堕入娼流，以报前仇，最后经月明和尚棒喝而皈依坐化。《明悟禅师赶五戒》中的五戒禅师亦然。《禅真逸史》中的林澹然，法术绝伦，品行高尚，却先后遭高澄、钟守净陷害进谗，被迫奔走他乡。这类“高僧被美女引诱破戒”“高人大德受小人迫害”的故事模式渐渐发展为套路，它既是明代宗教生态世俗化的折射，也是反映市民阶层心态的重要文本，它写出了下层百姓心中的高僧，他们虽然有崇高之德行，但毕竟是有七情六欲之人，也会在红尘的旋涡中身不由己、仓皇奔突，但终于能冲破种种迷障，成其正果。这无疑在给普通读者传达这样一种讯息：高僧与我们一样有欲望、有烦恼，但无论贤愚，只要能痛改前非，放下过往，诚心皈依，就都能获得精神与肉体的解脱。这样的写法，一方面迎合了读者好奇娱心、游戏神佛的阅读心理，另一方面也是对人欲横流、焦躁动荡的明代社会中芸芸众生复杂心态和精神需求的一种有效纾缓与满足。

明代世情小说中的“超情节”形象固然存在，亦有其历史和现实的渊源，但从总数来看，仍是极少数。仅以《金瓶梅》论，其中可称得高僧者唯三人而已，其他出现的大量僧人的面貌均平庸甚至不堪，而出场的尼僧

---

① 郑传寅著：《传统文化与古典戏曲》，湖北教育出版社，1990 年版，第 210 页。

更是无一可称道者。这种现象背后的根源是多方面的，既有明代佛教政策与宗教现状的因素，也有文艺创作的考量在内。

首先，如前所述，明代佛教最大的特征是世俗化，这缘于统治者的佛教政策和佛教内部教派的具体情况。洪武十五年（1382），置僧录司、道录司，高僧往往被任命为僧官或住持。府、州、县层层设相关机构管理佛教事务。而且明代不同于前代，官方给僧官规定品级并发放薪俸。洪武二十一年（1388）朝廷颁布了僧官选拔的方式，“系京刹大寺，今后缺大住持，务要丛林中选举有德行僧人考试，各通本教，方许著他住持，毋得滥用”①，要通过对经典的考察才有可能晋升为僧官。僧官有权力自行处分犯戒的僧人。在服饰、仪仗等方面，各级僧官也有不同的规定，如规定僧官可张伞盖，只能用青表素里。服饰颜色亦有不同划分，“禅僧茶褐常服，青条玉色袈裟；讲僧玉色常服，绿条浅红袈裟；教僧皂色常服，黑条浅红袈裟。僧官皆如之”②。森严的等级划分容易使僧官职位的权力丧失节制，并使僧官制度趋于官僚化、衙门化。《大明会典》中记录不同官员的来源机构，“各县几处；某处闸一处；某处坝一处；僧官衙门几处”，俨然视僧官所在机构与日常衙门无二。权力的膨胀不可避免地造成掌权者的腐化堕落，如万历朝内阁首辅张四维《名公书判清明集》记录了当时一起“僧官留百姓妻，反执其夫为盗”的恶性案件。另有僧官名常琇者，与众多达官显贵结交，俨然世俗红人，“拜故南和伯方瑛为父，修武伯沈煜、泰宁侯陈桓、丰润伯曹振、锦衣指挥王珩，皆与交好。琇至各家饮酒，皆设鼓乐”③。而常琇不知检点，竟然“每招妓与乱”，最后因为徒弟与其争夺寺产，告发其罪行，遂被锦衣卫逮捕后发配辽东充军。明代前期另一位知名

① 《明实录·太祖实录》卷一九四，台湾“中央研究院”历史语言研究所校印，上海书店出版社，1982年版，第2913页。

② 《明实录·太祖实录》卷一五〇，台湾“中央研究院”历史语言研究所校印，上海书店出版社，1982年版，第2360页。

③ 《明实录·宪宗实录》卷一五二，台湾“中央研究院”历史语言研究所校印，上海书店出版社，1982年版，第2778页。

僧人姚广孝，在辅助朱棣夺取天下后，受到朱棣的高度礼遇，被任命为僧录司左善世，后来又拜为资善大夫、太子少师。朱棣每与其交谈，称之为少师而不直呼其名。姚广孝至苏湖赈灾时，前往长洲，将朱棣赐予的金银悉数分发给乡人。他拜访故友王宾，宾“亦不见，但遥语曰：‘和尚误矣，和尚误矣。’”。他复去见其姐，而“姊詈之。广孝惘然”。①明代给民众留下负面印象的僧官或知名僧侣，非止几人，他们对于民众对高僧大德的接受必然存在重要的影响。

其次，明代世情小说的世俗化、商业化，使作者和书商从利益角度出发所考虑衡量的因素较多，因而比较缺乏趣味性、娱乐性的僧人形象很难成为主要人物。世情小说的内容，如酌元亭主人在《照世杯》序言中所说，是“采闾巷之故事，绘一时之人情，妍媸不爽其报，善恶直剖其隐”，真实描摹市井坊间的善恶美丑，那么世情题材自然“在取材上由超人变为凡人，由大事变为琐事”②。他们本身远离尘俗的生活轨迹、对佛法精深的识见都难为世情小说的普通读者所理解，遑论吸引其捧卷细玩。从小说的实际描写情况来看，也很能说明这一点。《金瓶梅》中的僧尼由于多以集体做法事的面目出现，难以计算具体比例，但在众多僧尼中，可称有德性的高僧者仅三人而已，高尼则全无。如果将白话短篇包括在内，“三言”“二拍”的世情小说篇目中的僧尼形象共有59位，其中的高僧形象仅有6位，在全部作品中僧尼形象仅占比10%。总之，“超情节僧道”形象在明代世情小说中虽有其一席之地和文化阐释的空间，但注定难以成为故事的主角。

---

① 〔清〕张廷玉等撰：《明史·卷一百四十五·列传第三十三》，中华书局，1974年版，第4081页。

② 李剑国、陈洪主编：《中国小说通史·明代卷》，高等教育出版社，2007年版，第1089页。

二、清代："超情节僧道"内涵的丰富与深化

如前所述，古代小说中的"超情节"人物形象往往具有提点人物、总领情节的结构性作用，因而多带有超然物外的神秘性。由于世情小说总体情节人物的写实性，这类人物的面貌在其中就显得尤其凸出，有集中讨论的必要。清代世情小说在"超情节"人物的刻画上，对《金瓶梅》的处理既有继承之处，又有超越和创新的地方。如李渔《合锦回文传》中的不昧禅师，他"状貌清奇，神情潇洒，果不似俗僧行怪""与那些趋炎附势的俗僧大不相同"①。并果然见识不凡，于因果报应有不同流俗的见解，"善恶报应之说，原为下乘人设法，今俗僧偏好言报应，诱人喜舍，以求福报。及至祸福不齐，或君子数奇，或恶人漏网，便疑果报无准，反足灰人修德之心。殊不知冥冥之中，不在一时一世算账也。有消除前孽，也有受报来生，是以达人但辨善恶，不言祸福，只净持一心，使心上打得过，放得下便了"②。可见作者于因果报应说已无太多的迷信，而是抱以更为通达透彻的见解。这些佛教书写的变化，是清代白话长篇小说案头化、文人化带来的思想深度与文学水准上升的表现。当然，清代世情小说的"超情节僧道"，当以《红楼梦》中的书写最为典型，内涵也最为复杂深刻。这主要以书中的"一僧一道"为代表，他们入世则为形容邋遢古怪的癞头和尚和跛足道人，而超然物外时则为风骨非凡、法力广大的茫茫大士与渺渺真人。此外，在全书首末还出现一位空空道人，其作用与一僧一道几同。

"超情节僧道"主要有：癞头和尚（茫茫大士），于第一回、第三回、第二十五回、第一一五回至第一一七回、第一二〇回出现；跛足道人（渺渺真人），于第一回、第十二回、第二十五回、第六十六回、第一二〇回出

① 〔清〕李渔著：《合锦回文传》，魏武挥鞭点校，中国经济出版社，2011年版，第262页。
② 〔清〕李渔著：《合锦回文传》，魏武挥鞭点校，中国经济出版社，2011年版，第263页。

现；空空道人，于全书始末的第一回、第一二〇回出现，发现石头所录《石头记》。

前文对明代小说中出现的“超情节僧道”已有详细的交代。《金瓶梅》中已出现了普静法师这一“超情节”人物，他在组织结构和作品主旨生成中的作用前文已有分析。相比前代的描写，曹雪芹以其艺术功力与宗教修养，使《红楼梦》中的“超情节僧道”刻画在前人的基础上又具有了新的特点。

首先是“两个世界”的“两种形象”的巨大反差，从中折射出丰厚的文化内涵。“两个世界”的提出，较早见于余英时先生的著作《红楼梦的两个世界》：“作者曾用不同的象征，告诉我们这两个世界的分别何在。譬如说，‘清’与‘浊’，‘情’与‘淫’，‘假’与‘真’，以及风月宝鉴的反面与正面。我们可以说，这两个世界是贯穿全书的一条最主要的线索。把握到这条线索，我们就等于抓住了作者在创作企图方面的中心意义。……作者对两个世界的处理是采用了多么强烈对照的笔法！”①

余先生敏锐把握到了小说中截然相反的两个世界，并指出了这一构造在小说中的贯穿性作用。这种贯穿性体现在许多方面，其中之一便是一僧一道这组“超情节”人物。当他们在仙境及与“红楼外人”如甄士隐的梦中交流时，他们是茫茫大士和渺渺真人，为“仙师”形象：“生得骨格不凡，丰神迥异，说说笑笑来至峰下，坐于石边高谈快论。先是说些云山雾海神仙玄幻之事，后便说到红尘中荣华富贵。”②而入世以后、与小说中人物发生互动时，则化作癞头和尚和跛足道人联袂出现，如第一回来到甄士隐家门前欲度化英莲，以及第二十五回宝玉和王熙凤遭到马道婆“魇魔法”后前来相助。在这两处他们的形象是：

---

① 余英时：《红楼梦的两个世界》，上海社会科学院出版社，2006年版，第34页。

② 〔清〕曹雪芹著、无名氏续：《红楼梦》，人民文学出版社，2008年第3版，第2 3页。

那僧则癞头跣脚，那道则跛足蓬头，疯疯癫癫，挥霍谈笑而至。①

见那和尚是怎的模样：

鼻如悬胆两眉长，目似明星蓄宝光，破衲芒鞋无住迹，腌臜更有满头疮。

那道人又是怎生模样：

一足高来一足低，浑身带水又拖泥。相逢若问家何处，却在蓬莱弱水西。②

张新之在这里评价道：“一癞一跛，所谓天缺地陷，故各以诗重顿。”将两个“超情节”人物的生理缺陷与天地缺憾相关联，可备一说。总之，这组形象往往是以异于凡俗的样貌出现，当他们从仙界“坠入”凡间时，由“骨格不凡，丰神迥异”变为“癞头跣足”“疯疯癫癫”的样子，从而形成了强烈的视觉与感官反差。

把握住这一主要特征，我们就可以发现，类似的形象其来有自，并不始于曹雪芹笔下。这类形象的文化血脉可以分成两支，一支来自道家老庄典籍，特别是源于《庄子》中所描绘的“畸人”形象：

子贡曰：“敢问畸人。”曰：“畸人者，畸于人而侔于天，故曰，天之小人，人之君子；人之君子，天之小人也。”（《大宗师》）

支离疏者，颐隐于脐，肩高于顶，会撮指天，五管在上，两髀为胁。……夫支离其形者，犹足以养其身，终其天年，又况支离其德者乎？（《大宗师》）③

---

① 〔清〕曹雪芹著、无名氏续：《红楼梦》，人民文学出版社，2008 年第 3 版，第 10 页。
② 〔清〕曹雪芹著、无名氏续：《红楼梦》，人民文学出版社，2008 年第 3 版，第 346 页。
③ 陈鼓应注译：《庄子今注今译》，中华书局，2009 年版，第 213 页。

“畸人”之“畸”，说的是形象之古怪变异，而内蕴则是“畸于人而侔于天”的，因此其本质是，通过这种强烈的对比、荒诞的手法来体现对社会一般价值观念的嘲讽与叛逆。这类形象虽始于庄子，但更多则源于禅宗所主张的摒弃修习仪式的繁文缛节，直指人心、见性成佛的理念。因此另一脉文化源流，也更多出现这类形象的则是佛教故事。如《五灯会元》卷二载五代后梁的布袋和尚：

明州奉化县布袋和尚，自称契此，形裁腲脮，蹙额皤腹，出语无定，寝卧随处，常以杖荷一布囊并破席，凡供身之具，尽贮囊中。入廛肆聚落，见物则乞……①

还有更为知名的南宋的道济和尚，所谓“酒肉穿肠过，佛祖心中留”，被称为“济癫僧”。再如晚唐袁郊所撰传奇《甘泽谣》中的懒残僧，是“唐天宝初衡岳寺执役僧也”，因为“性懒而食残”而得名，他“昼专一寺之工，夜止群牛之下，曾无倦色，已二十年矣”。但他不凡的品格最终为人所发现：

时邺侯李泌寺中读书，察懒残所为曰：“非凡物也。”听其中宵梵唱，响彻山林。李公情颇知音，能辨休戚。谓懒残经音凄婉而后喜悦，必谪堕之人。②

他们的内在品格经常为表面所遮蔽，只有明心慧眼者出现时，才可能被识别。这类形象对后世文学创作影响颇深，在《红楼梦》同期或前代的小说和戏曲中已有表现，如明代屠隆的《昙花记》中点化木清泰的就是一个醉僧和一个疯魔道人，其唱词也多阐发人世无常、富贵易散

① 〔宋〕普济著：《五灯会元》，苏渊雷点校，中华书局，1997年版，第121页。

② 〔唐〕袁郊撰：《甘泽谣　附录》，中华书局，1985年版，第5页。

之意：

> 只道是富贵黄金铸得牢，又谁知一日抛，须臾少壮成衰老。身子里紫绶虽堪贵，头儿上白发不曾饶。悲来有今夜，运去没明朝，恩情那得恋，歌舞为谁娇？容华谢桃李，憔悴掩蓬蒿。恨无情抔土，断送几英豪，今古价，有谁逃？……
>
> 偌大英雄正好，得意时无常来到。抛了夫人，觑了爱妾，将儿孙嘱着。舍了金宝，撇了爱宠，辞了圣朝，独自个苦伶们黄泉路遥。……①

这些唱词乃至具体的语句，都很容易令人想起《红楼梦》中癞僧跛道的话语，尤其是《好了歌注》。而在同为明清白话小说的《西游记》《济公全传》中亦有呈现。《西游记》第十二回“观音显像化金蝉”中，观音奉如来之命，与徒弟木叉共往到长安寻求取经人，他们化身为两个疥癞游僧，长安城里的愚僧“见菩萨变化个疥癞形容，身穿破衲，赤脚光头，将袈裟捧定，艳艳生光，……菩萨道：‘袈裟价值五千两，锡杖价值二千两。’那愚僧笑道：‘这两个癞和尚是疯子！是傻子！这两件粗物，就卖得七千两银子？只是除非穿上身长生不老，就得成佛作祖，也值不得这许多！拿了去！’”②。而观音全不争吵，与木叉只是往前走。《济公全传》中济公出场，“脸不洗，头不剃，醉眼乜斜睁又闭若痴若傻若颠在，到处诙谐好耍戏，破僧衣，不趁体，上下窟窿钱串记。丝绦七断与八结，大小疙瘩接又续。破僧鞋，只剩底，精光两腿双胫赤”③。总之，这些僧道的共同特点是，于仙界则法相庄严，入凡俗则猥琐邋遢。但其无一例外道行高深，法力广大。这是作者要通过“一僧一道”形象所表达的第一层意旨，即深谙

① 〔明〕屠隆著：《昙花记》，田同旭评注，吉林人民出版社，1997年版，第374页。
② 〔明〕吴承恩著：《西游记》，李天飞校注，中华书局，2014年版，第176页。
③ 〔清〕郭小亭编著：《济公全传》，青阳点校，凤凰出版社，2008年版，第6页。

人情冷暖、看破富贵荣华之人，通过表面上的破落残衰来考验世人的智慧，启发世人的心性。

对这一意旨，前人已有不少点评。或着眼于其点醒世人的深意，如脂砚斋指出“通部中假借癞僧跛道二人，点明迷情幻海中有数之人也”，王希廉认为一僧一道“俱是凭空撰出，并非实有其人，不过借以叙述盛衰，警醒痴迷”，王伯沆说，“这和尚也是提‘好’‘了’二字为言，句读者莫滑过”。或强调在书中结构主旨方面的作用，如陈其泰说“出僧道，是一部大线索”，东观主人指出“一僧一道是此书枢纽”。他们通过对书中某些主要人物（如甄士隐、黛玉、宝钗、贾瑞、宝玉和王熙凤）的点化或救治，起到了结构全文和推进情节的作用。其往来情节见下表：

回目及一僧一道出场	红楼中人	相关情节
第一回，僧、道并出	顽石	携顽石入红尘
第一回，僧、道并出	甄士隐	梦中讲述“还泪”故事，以通灵宝玉示士隐；现实中点出英莲命运
第三回，癞头和尚	黛玉	要黛玉出家，指出“总不许见哭声”，“点明迷情幻海”（脂批）
第七、八回，癞头和尚	宝钗	荐“冷香丸”、金锁
第十二回，跛足道人	贾瑞	荐“风月宝鉴”
第二十五回，僧、道并出	宝玉、王熙凤	摩挲通灵宝玉，救治二人
第六十六回，道士	柳湘莲	点化柳湘莲出家
第一百二十回，僧、道并出	宝玉	点化宝玉，引宝玉出家

由上表可见，凡僧、道所出现处，无一不是度脱、救治芸芸众生的情节。这一形象实则是作者宗教关怀、慈悲观念的投射。佛教“四圣谛”

苦、集、灭、道，阐述了一切皆苦的道理，认为世间是苦果，而业障与烦恼是苦的根源，众生无往不在苦痛之中，欲摆脱苦痛，就应该达到涅槃这一解脱清净的境界。《中论疏》曰：“四谛是迷悟之本，迷之则六道纷然，悟之则有三乘贤圣。”①在解脱的过程当中，情是最难参破的症结。晚明紫柏尊者谓“无我而灵者，性也；有我而昧者，情也”。只有斩断情缘，修心清净，方能摆脱尘垢。如《舍利弗阿毗昙论》所说“心性清净，为客尘染。凡夫未闻故,不能如实知见，亦无修心。圣人闻故，如实知见，亦有修心。心性清净，离客尘垢”②。可以说，在宝玉从“因空见色”“因色生情”进入“传情入色”的阶段，并最终完成“自色悟空”的过程当中，一僧一道起到了关键性的度化作用。他们是作者“点明迷情幻海中有数之人” 的创作主旨的人格化表现，是作者人文关怀的重要体现。

此外，一僧一道还具有疏离社会、孤标傲世的文化内蕴。对此陈洪先生曾有过精到的分析：“（这类人物）物质上被社会蔑视，精神上却足以蔑视社会。这曲折地反映出下层人士的心理状态，也被自居于异端或失势于朝廷的人物欣赏。”③“其特点在于以反文化的态度来表现对社会价值标准及社会伦理秩序的批判，以抛弃社会（一定程度地，也可说‘被社会抛弃’）为代价来追求个体人格的完整，以消极、玩世的态度来反抗现实。” ④所以，一僧一道的形象与作品整体的构思具有高度的一致性，这种构思不仅体现在书中的“两个世界”上，而且体现在“超情节”人物与主要意象上：

① 〔唐〕沙门吉藏撰：《中观论疏、中论科判》，台湾新文丰出版公司，1986年版，第21页。

② 《大正新修大藏经》第28卷《毗昙部三》，第531页。

③ 陈洪著：《结缘：文学与宗教——以中国古代文学为中心》，北京师范大学出版社，2009年版，第287页。

④ 陈洪著：《结缘：文学与宗教——以中国古代文学为中心》，北京师范大学出版社，2009年版，第287页。

	入　世	出　世
结构:“两个世界”	“现实的世界”，世俗、肮脏、混浊的	“乌托邦的世界”，超然、清净、冷峻的
人物:一僧一道	疯癫、邋遢，有道术，被世人视为异端	骨格不凡，丰神迥异，法力广大
意象:顽石	“通灵宝玉”常被声色所迷，“粉渍脂痕污宝光”，失其通灵之效	朴拙、笨重，但有灵性

这组人物设置，大则与作品整体的构思相契会，小则与最关键性的意象（包括如“风月宝鉴”等）相关联，从而构成了作品完整而圆融的主旨表达，既是作者胸中磊落不平之气的外在具象化，同时也是对貌似法相庄严实则道貌岸然的世俗僧道乃至社会的深沉抗议与讽刺。此正如小说中太虚幻境中的名联所云：“假作真时真亦假，无为有处有还无。”

其次，清代世情小说改变了明代小说如《金瓶梅》中或僧（普静）或道（吴神仙）单独出现的设置，而改为一僧一道联袂登场。这既由于佛、道二教本就在教义上有诸多相通之处，同时也源于中国特有的、在明清以后日趋风行的“三教合一”现象。佛教与道教虽一为外来宗教，一为土生土长，但在漫长的历史进程中，相互吸收融合，最终形成了难解难分的态势。道教不仅从道家学说中汲取甚多——主要表现为以老庄为代表的哲学思想、养生与炼丹方术和民间的祭拜鬼神活动——而且也吸收了其他派别的许多理念，如佛教的因果轮回、儒家的伦理纲常和神道设教等。因而最终形成了历史上佛教和道教的几个重要的相似性——都宣扬神祇的法力，都有解脱之说，以及佛道混融、三教合一的独特宗教现象。

二教都宣扬神祇的法力。道教的来源中，老庄的哲学思想和养生与炼丹方术有着重要作用，这些本身就带有强烈的法术性和神异性。在《庄子》中，记述了很多具有神异色彩的人物，如“肌肤若冰雪，绰约若处子。不食五谷，吸风饮露，乘云气，御飞龙，而游乎四海之外”①的藐姑射之神人。《山海经》中的神同样带有原始宗教的萌芽色彩。东晋葛洪的《枕中书》和南朝梁陶弘景的《真灵位业图》，已经构造了早期较为复杂的神仙谱系。因此对于神仙法术的渲染敷衍就自然是道教的题中之义。佛教的典籍中亦多有相关记载，南朝梁僧慧皎《高僧传》就记载了许多高僧的神异故事或神奇法力，如晋僧竺昙猷在赤城山清修，与自然山水相沟通，感动山神，以至“神现形诣猷曰：‘法师威德既重，来止此山，弟子辄推室以相奉。’”②北魏高僧释昙始被拓跋焘下令拿去喂虎，结果“虎皆潜伏，终不敢近。试以于师近槛，虎辄鸣吼”。后来唐释道宣《续高僧传》、宋赞宁《宋高僧传》中的《感通》部分皆延续了《高僧传》的这类相关记述。

二教都崇尚解脱，倡导脱离声色的困缚。佛教有“六根”“六尘”之说，前者指人的眼、耳、鼻、舌、身、意，后者指色、声、香、味、触、法，分别对应于人的主要感官和主要外在诱惑，佛教认为这些是人们迷失心性本真的根源。《摩诃般若波罗蜜多心经》谓：“舍利子，色不异空，空不异色，色即是空，空即是色，受想行识亦复如是。……是故空中无色，无受想行识，无眼耳鼻舌身意，无色声香味触法……”③道教典籍中同样有相关理念，主张清心寡欲，克制声色欲望。《道德经》曰：“五色令人目盲，五音令人耳聋，五味令人口爽，驰骋畋猎令人心发狂，难得之货令人行妨。” 因此，佛道二教在崇尚法术、解脱等的诸多相似处，是形成历史上的“三教合一”思想、宗教混融局面的基础。

到了宋代，理学促使二教进一步融合，并一直延续到明清。因此，自宋代始，“三教合一”日趋发展为主流思潮，几乎成为各家各派的共识。明代圆极居顶所撰《续传灯录》谓：“然则三教一心，同途异辙。” 清代李西月所撰《张三丰先生全集》中有这样的记述：

---

① 陈鼓应注译：《庄子今注今译》，中华书局，2009 年版，第 25 页。
② 〔南朝梁〕慧皎撰：《高僧传》，汤用彤校注，中华书局，1992 年版，第 375 页。
③ 陈秋平、尚荣译注：《心经》，中华书局，2016 年版，第 113 页。

解州邵薛村道士陈公求诗云："须知三教皆同道，可信重玄也似禅。趋破异端何足慕，纷纷皆是野狐涎。"又过太原南阳镇，题紫微观壁诗云："三教根源本自同，愚人迷执强西东。南阳笑倒知音士，反改莲宫作道宫。"注云：观旧佛寺杓人改佛像为道像，故有此作。①

可以看出，到了清代三教已归于同道，生硬区分与改造的做法容易遭到嘲笑。陈洪先生曾指出："与诗文那样的纯然士大夫文学不同，小说是在社会板块的交会处、摩擦处产生的。因此，它总是包含着来自不同文化层面的内容，这些内容又彼此渗透而出现复杂的变异。"②小说中僧道联袂出现，正是历史上佛道二教混融、"三教合一"现象的曲折反映，这一复杂历史现象在明清小说中还有诸多的细节表现。如《红楼梦》第十三回，写为秦可卿大办超度仪式，其人员安排如下："（贾珍）吩咐去请钦天监阴阳司来择日，择准停灵七七四十九日，三日后开丧送讣闻。这四十九日，单请一百单八众禅僧在大厅上拜大悲忏，超度前亡后化诸魂，以免亡者之罪；另设一坛于天香楼上，是九十九位全真道士，打四十九日解冤洗业醮。然后停灵于会芳园中，灵前另外五十众高僧、五十众高道，对坛按七作好事。"③僧道数量等齐，功用仿佛，同台登场，其排场之盛已然超过超度活动本身之意义。《西游记》中的须菩提祖师的面目更是极其模糊，其名字来源于释迦牟尼的弟子，但其教与孙悟空的法术却俨然道门，而其对弟子们的讲授内容也是"说一会道，讲一会禅，三家配合本如然"，合并三教的创作意图再明显不过。

再次，"超情节僧道"于小说人物塑造与结构所发挥的作用。从人物来

① 〔清〕李西月重编：《张三丰全集》，盛克琦、芮国华点校，华夏出版社，2017 年版，第 788 页。

② 陈洪著：《浅俗之下的厚重——小说·宗教·文化》，南开大学出版社，2006 年版，第 2 页。

③ 〔清〕曹雪芹著、无名氏续：《红楼梦》，人民文学出版社，2008 年第 3 版，第 172 页。

说，茫茫大士和渺渺真人在整部书中共同出现的次数屈指可数，他们一同出现三次，除共同出现以外，他们还在书中点化了多个人物。如甄士隐。此二人曾先后三次出现于甄士隐的生活中，不仅对甄士隐的人生起了转折性、预示性的作用，而且和甄士隐一起成为红楼外线人物中起提纲挈领作用的几位。如黛玉。她初进贾府时被别人问起她的不足之症，黛玉回答："我自来是如此……三岁时，来了一个癞头和尚，说要化我去出家，我父母固是不从。他又说：'既舍不得他，只怕他的病一生也不能好的了。若要好时，除非从此以后总不许见哭声；除父母之外，凡有外姓亲友之人，一概不见，方可平安了此一世。"①众所周知，林黛玉为还泪而降生于世，一生与泪难分，最终泪尽而逝。因此作者在此处已用癞头和尚的反语向读者暗示了其前因后果的命运，如评点者谓"正触和尚外亲之戒也"（张新之）、"既不能忌此，那得不死"（张子梁），对黛玉这一关键性人物的命运做了重要的提示。而对其他人物如以"菱花空对雪澌澌"预示香菱的遭际，以金锁赠宝钗，等等，都对人物的命运做了隐晦而富有张力和预设性的安排，构成了叙事上的紧张感和对读者心理的吸引。这一点在《金瓶梅》中的吴神仙、普静等身上已有较好的体现。

从结构来说，一僧一道的贯串起到了曹雪芹最初构思全书整体框架的用意，使作品前后呼应，实现了以"超情节"人物开合全局的目的，这一点为续书作者所基本继承，也同样见于其他明清世情小说。此外如《续金瓶梅》开篇的普静、《青楼梦》开篇的赠镜道人等，均发挥着开启全书、构成宗教性叙事氛围的结构性作用。

《红楼梦》以一僧一道作为"超情节"人物的安排，对后世小说产生了相应的影响。如产生于《红楼梦》之后的《姑妄言》，书中的僧道出现频率非常之高，其中大多为淫邪纵欲的形象。但在最后的结尾处出现了这样一组僧道形象：

---

① 〔清〕曹雪芹著、无名氏续：《红楼梦》，人民文学出版社，2008 年第 3 版，第 39 页。

钟生不爱交游，惟与东山笑和尚相善，往来无间。这笑和尚不知何处人，语似楚音。忽来瓢子岗，寄栖一座破大王庙中。捆履为食，不乞化一文。人有与之者，笑而弗受。入市卖履，口不二价。他从不肯轻与人言，见人辄笑。人问之，则大笑不止。常山谷独行，则鼓掌高笑。或临池独立，每顾影自笑。捆履之暇，或仰天长笑，或倚风豪笑。……

和尚有一厚友叫做哭道士，也不知何处人，来江阴席冒出，盖了一间茅屋独居。冬夏戴一箨冠，麻履入市求食。人与之，必北面再拜而祭，祭必哭，哭必哀。人问其故，哭而不答。固问之，则放声大哭。起初人皆怪异，后皆识其诚。每入市，人都道："哭道士来了！"争与之食，食必祭，祭必哭。哭罢，诵《黄庭经》以报之。……

道士善哭，每于风雨临花、月明绕树，或云纫远嶂，雪满空山，莫不对景悲哀。椎心泣血，闻者莫不酸鼻，然不知他是为何故。又年余，道士辞别钟生，携手痛哭，往终南而去。次年，笑和尚也要别去。钟生挽留不住，乃握手大笑而别，并不知所之。①

书中所写的笑和尚和哭道士，作为出现在全书结尾处、与书中多数僧道迥乎不同的一组形象，实有其深意存焉：狂笑与痛哭本为全然矛盾之举，然皆有荒诞之成分，在面对世界的堕落与纷扰时，狂笑与痛哭一样是先知先觉的主体在未获得先进思想武器的情况下抒发内心复杂感受的途径，其实带有超脱与破解之色彩。试看《红楼梦》第一一九回：

宝玉仰面大笑道："走了，走了！ 不用胡闹了，完了事了！"众人也都笑道："快走罢。"独有王夫人和宝钗娘儿两个倒像生离死别的一

① 〔清〕三韩曹去晶著：《姑妄言》，中国文联出版公司，1999年版，第1256页。

般，那眼泪也不知从那里来的，直流下来，几乎失声哭出。但见宝玉嘻天哈地，大有疯傻之状，遂从此出门走了。正是：走求名利无双地，打出樊笼第一关。①

对比《姑妄言》中所写的笑和尚和哭道士，实有异曲同工之妙。特别是“钟生挽留不住（笑和尚），乃握手大笑而别，并不知所之”的叙述，与《红楼梦》续书结尾处“贾政不顾地滑，疾忙来赶。见那三人在前，那里赶得上。……只见白茫茫一片旷野，并无一人”的细节有着高度相似之处。这些地方均可以明显看出《红楼梦》创作中的宗教精神及相关情节对后代作品的显著影响——虽然此处属于续作，但前作中俯瞰式的宗教视角、在留恋尘世和解脱出世之间的矛盾心态与戏剧张力，仍有相当程度的延续。同时，对比此前小说，起“超情节”作用的人物大多为单独出现的僧或道（如《金瓶梅》中的普静、吴神仙等，《于少保萃忠传》第一回中预言于谦将来为“救时宰相”的僧人等），即使并肩出现的僧道，关于他们的描写也基本流于平庸（如《金瓶梅》中共同做法事的僧道群体等），甚至不堪（如《水浒传》中瓦官寺的和尚道士等，《西游记》中高老庄里“不济的和尚，脓包的道士”等）。到了清代，以曹雪芹为代表的优秀小说家，取历史上宗教混杂现象和类似的僧道形象为创作基础，吸收了庄禅崇尚天然、去伪存真的宗教精神元素，创造出一僧一道式的“超情节”人物，对小说的结构和情节产生了重要的推动作用。更重要的是提升了全书的宗教品格和精神层次，为这一极摹世态人情的小说题材增添了一种超然的叙事视角和轻灵的叙事风格。

---

① 〔清〕曹雪芹著、无名氏续：《红楼梦》，人民文学出版社，2008年第3版，第1577页。

第三章

明清世情小说结构框架的宗教元素分析

第一节　因果轮回的主导性观念
——以《金瓶梅》为例

以市井人情为描摹对象的明代世情小说，其宗教色彩不仅体现在为数颇多且有重要作用的宗教人物身上，而且也表现在其中不可忽视的宗教元素方面，如因果轮回的宗教观念、大量的寺庙观宇和法事描写等。作为中国小说史上第一部以普通人的人生轨迹与日常欲望为描写对象的长篇小说，《金瓶梅》以主要笔触细腻刻画了西门庆发迹变态的历程，以及他攫取权力和女性的手段。虽然如有学者指出的那样，作者在字里行间表现出“不仅对性行为兴趣浓厚，而且对笔下的西门庆不无艳羡之意”①。但无论是作者开篇的引文，还是全书中各细节、诗词、赞语所流露的意识取向，无不体现出其劝导世人弃恶从善、克制淫欲的初衷，以及希望挽救世风的愿景。这一点，为众多《金瓶梅》的序跋作者的共识。欣欣子谓之：“其中语句新奇，脍炙人口，无非明人伦，戒淫奔，分淑慝，化善恶，知盛衰消

① 李剑国、陈洪主编：《中国小说通史·明代卷》，高等教育出版社，2007年版，第1116页。

长之机，取报应轮回之事，如在目前……至于淫人妻子，妻子淫人，祸因恶积，福缘善庆，种种皆不出循环之机。”①廿公云：“中间处处埋伏因果，作者亦大慈悲矣。今后流行此书，功德无量矣。不知者竟目为淫书，不惟不知作者之旨，并亦冤却流行者之心矣！”②他们均指出全书的主旨之一在于劝惩人心，其手段则以宣扬因果轮回、善恶报应不爽为主。

在文学作品中宣扬因果报应本非新鲜事，在前代小说中已有大量的相关创作。在此，我们要重点研究的是这一做法在明代白话长篇小说、在《金瓶梅》中是以何种面貌出现的，又是如何对小说风貌和艺术成就产生或显或潜影响的。

小说的开篇给全书定下了总的基调。此处词话本和崇祯本有较大的不同。词话本开篇是“酒、色、财、气”四首谏词，正文第一回则通过评说刘邦、项羽，意在强调“情色”对人生命的摧残和异化，以为“撞着虞姬、戚氏，豪杰都休”，并引出潘金莲西门庆故事。可见词话本开头即反映出作者认为“红颜祸水”的传统观念。崇祯本则对此做出了很大的改动，虽然崇祯本在开篇仍然保留了关于“财、色”的大段议论，但注入了更多的宗教观念。崇祯本引用《金刚经》中的语句：

> “如梦幻泡影，如电复如露”。见得人生在世，一件也少不得，到了那结果时，一件也用不着。……内中又有几个斗宠争强，迎奸卖俏的，起先好不妖娆妩媚，到后来也免不得尸横灯影，血染空房。正是：善有善报，恶有恶报；天网恢恢，疏而不漏。③

张竹坡在此处夹批道：“是一部大主意，大结果，大解脱，所以有普静

① 朱一玄编：《金瓶梅资料汇编》，南开大学出版社，2012 年版，第 176 页。
② 朱一玄编：《金瓶梅资料汇编》，南开大学出版社，2012 年版，第 177 页。
③ 〔明〕兰陵笑笑生著：《新刻绣像批评〈金瓶梅〉》，齐烟、汝梅校点，齐鲁书社，1989 年版，第 11 页。

也。”又在回前总评中说：“一部一百回，乃于第一回中，如一缕头发，千丝万丝，要在头上一根绳儿扎住；又如一喷壶水，要在一提起来，即一线一线同时喷出来。”足见张竹坡对头回内容和作用的重视。具体到第一回的宗教文字上，就不能不关注这些内容在照应全书主旨方面的作用。

因果报应思想在中国古代的文艺作品中有诸多表现，究其来源，既有本土的，亦有外来的，既有远古的，亦有近世的。中国传统典籍中已有很多表现出朴素的善善恶恶观，传统的道教经典中已经有承负报应的天道观，这种观念以道家的“天道循环”为基础。《道德经》认为，道之所分，渐生万物，但这个过程是循环往复的，万物最终将复归于道，所以说：“道生一，一生二，二生三，三生万物。万物负阴而抱阳，冲气以为和。”“夫物芸芸，各复归其根。”以此为基础，道教经典《太平经》产生了“承负报应”之说：“（天、地、人）三统共生，长养凡物名为财，财共生欲，欲共生邪，邪共生奸，奸共生滑，滑共生害，而不止则乱败，败而不止，不可复理，因究还反其本，故名为承负。”①认为元气生成三统，三统则先后产生财、欲、邪……最后到不可复理的程度，穷则返本，称为承负。关于什么是承负，《太平经》中也有说明：

> 承者，乃谓先人本承天心而行，小小失之，不自知，用日积久，相聚为多，今后生人，反无辜蒙其过谪，连传被其灾，故前为承，后为负也。
>
> 负者，流灾亦不由一人之治，比连不平，前后更相负，故名为负。②

意即承、负二者存在先后和因果的关系，先人的作为，无论过失还是善行，积聚后都会加诸其后人，“死中尚得有余过，故流后生也”，“善者自

① 王明编：《太平经合校》，中华书局，1960年版，第305页。
② 王明编：《太平经合校》，中华书局，1960年版，第70页。

兴，恶者自病，吉凶之事，皆出于身”①。人们的命运不仅受自己和祖先行为的影响，而且会累及子孙后代，这就解释了为什么生活中时常发生行善者遭恶，而作恶者无恙的现象。道教认为，人之命运由天道决定，而天道决定的准则就在于人本身的善恶，所谓“祸福无门，唯人自召。善恶之报，如影随形。是以天地有司过之神，依人所犯轻重，以夺人算”②。《太平经》还进一步将人的善恶特别是统治者的善恶与自然灾异联系起来，统治者清正，则天地和畅、阴阳协调，反之则天地昏暗不明、阴阳失衡，以之为对统治者昏乱的警告，“无道之国，其治污浊，多奸邪，自蔽隐，故其三光不明矣”“王者行道，天地喜悦；失道，天地为灾异”。③道教的承负报应思想尚无来世概念，但强调代际的延绵和灾异之说，具有遍传众生的共通性和宗教的神秘性。在道教为普及所作的劝善书里，于民间影响较大的有《太上感应篇》和《文昌帝君阴骘文》，两部书里都有劝人“诸恶莫作，众善奉行”的内容：“诸恶莫作，众善奉行。永无恶曜加临，常有吉神拥护。近报则在自己，远报则在儿孙。”可见善恶各自有报并且延及子孙的思想，在道教这一中国本土宗教的观念中根深蒂固。

先秦两汉的许多思想家的“天人感应”理论亦有报应论的雏形。《易·坤·文言》：“积善之家，必有余庆；积不善之家，必有余殃。”④强调善恶皆非无因，都由人所自招，行善可积德，作恶必遭殃。《尚书·洪范》：“曰肃，时雨若；曰乂，时旸若；曰晰，时燠若；曰谋，时寒若；曰圣，时风若……”⑤即统治者的治理好坏与气候情况直接相关。孔子也认为人与天之间有感应关系：“邦大旱，毋乃失诸刑与德乎？”“获罪于天，无所祷也。”儒家之外的其他学派也有类似说法。如墨子说：“爱人利人者，天必福之；

① 王明编：《太平经合校》，中华书局，1960年版，第241页。
② 王明编：《太平经合校》，中华书局，1960年版，第70页。
③ 王明编：《太平经合校》，中华书局，1960年版，第72页。
④ 陈鼓应、赵建伟注译：《周易今注今译》，商务印书馆，2015年版，第44页。
⑤ 慕平译注：《尚书》，中华书局，2009年版，第138页。

恶人贼人者，天必祸之。”这些都表现出朴素的天人辩证关系。汉代董仲舒作《天人三策》，吸收前人学说，以“天人感应”论为核心，提出“灾异谴告”之说，“国家将有失道之败，而天乃先出灾害以谴告之，不知自省，又出怪异以警惧之，尚不知变，而伤败乃至。以此见天心之仁爱人君而欲止其乱也”①。上天视君王行为性质而提出不同的“灾异谴告”，就是一种善恶报应的思想。这些思想对后世产生了极大的影响。以帝王而言，天人感应对皇帝的确起到了相当程度的警策作用，汉代宣帝、元帝、成帝和光武帝等，在出现自然灾异时都会下罪己诏。除此之外，先秦的史书和子书中，已有鬼魂报恩和复仇的故事出现，它们可以看作后世长篇小说中因果轮回故事及框架的滥觞，如《左传》中著名的“结草衔环”、《墨子》中杜伯报怨的故事等。

如果说中国本土的传统观念和道教对此还只是只言片语的表述，那么自佛教传入后，就将因果报应从理论上进行了更加全面的论述，并加入了轮回的说法。转世轮回之说在早期的印度婆罗门教中已经存在，只是佛教重缘起，因果报应源于佛教的“三世两重因果说”。三世，指过去世、现在世、未来世。过去者为因，现在者为果，现在者为因，未来者为果，是为三世因果。十二因缘中，无明、行两支，为过去二支因。识、名色、六入、触、受五支因，为现在五世果，是为一重因果。爱、取、有三支，为现在三支因，其中，爱和取为烦恼，有为业，即现在世的惑业，为招感未来果的因。生、老死两支，为未来二支果，是现在世惑业之因所招感的果。这是二重因果。以上便称为三世两重因果。大量的佛教经典都有相关的阐述，《十善业道经》说：“菩萨有一法，能断一切诸恶道苦。何等为一？谓于昼夜，常念思惟，观察善法。令诸善法，念念增长，不容毫分，不善间杂。是即能令诸恶永断，善法圆满。”②《无量寿经》：“善护口业，不讥他

① 〔汉〕董仲舒著：《春秋繁露·天人三策》，陈蒲清校注，岳麓书社，1997年版，第208页。
② 《大正新修大藏经》第15卷《经集部二》，第157页。

过；善护身业，不犯律仪；善护意业，清净无染。”①至六朝慧远作《三报论》《明报应论》诸文，从理论上较为详细地论说了因果轮回。他首先在《明报应论》中指出因果报应的根本原因：“无明为惑纲之渊，贪爱为众累之府。”就是说，人类的缺乏明智、贪婪滥情是祸患和烦恼的根源。《三报论》中则提出了“现报”“生报”“后报”等概念，即所谓“三世报应”：“经说业有三报，一曰现报，二曰生报，三曰后报。现报者善恶始于此身受，生报者来生便受，后报者或经二生三生、百生千生后乃受。”现报就是当下作善或恶，马上得到相应的报偿；生报则是人在来生受到报应；后报则更远，即使在二生三生乃至百生千生后，也仍要受到报应。因为人的感应有迟速之分，所以报应也有先后之别，但总会到来。因此这就从理论上论证了因果报应不只是本世的事情，而存在着轮回循环，报应不爽。如《楞严经》说：“如是恶业，本自发明，非从天降，亦非地出，亦非人与。自妄所招，还自来受。”②一切自身所遭受的恶业都是自作自受。这对此后中国人精神世界的构建、文艺作品特别是小说的创作都产生了莫大的影响。可以说，后世小说作品中的因果报应之说，主要来自佛教。

除了对上述施政举措的影响，善恶报应在文学文艺特别是小说中留下的痕迹尤为显著。魏晋以降，小说中受因果报应思想影响者不胜枚举。如《搜神记》《异苑》《宣验记》《幽明录》等笔记均有大量相关情节。唐宋时期，佛教在中土的传播已经相当成熟，上至皇室贵胄，下至平民百姓，佛教信徒的基础已经相当广泛雄厚，而且这也是“始有意为小说”的小说艺术发展成熟的重要阶段。短篇小说无论是笔记还是传奇，有关因果轮回的故事比比皆是，以宋代《太平广记》论，五百卷的篇幅中从第一百零二卷至一百三十四卷均为“报应类”，而且按佛教经典、人物类型又有细致的划

① 《大正新修大藏经》第37卷《经疏部五》，第91页。

② 赖永海编、刘鹿鸣注：《楞严经》，中华书局，2012年版，第381页。

分，仅以《金刚经》为主题的就有七卷。明清时期，宗教的世俗化倾向深刻影响了小说的创作观念，以因果轮回组织小说叙述框架、基本思路的数见不鲜，其典型者如《三国志平话》和《说岳全传》。前者通过阴司判决串联起从汉初到三国的历史，让三位负屈的开汉功臣韩信、彭越、英布分别转世为曹操、刘备、孙权，瓜分汉室天下，而汉高祖刘邦则转世为献帝，吕后则为伏皇后，受曹操专权欺凌。很明显，这种安排体现了民间文艺思维善善恶恶的伦理道德和对有功之臣无辜遭戮的同情悲悯。后者则虚构了一个神话故事，以金翅大鹏和女土蝠的恩怨解释岳飞与秦桧的忠奸对立。这些描写虽然能看出创造者对作品整体结构确有其艺术思考，但多流于生硬甚至庸俗，把本来复杂深刻足以引人深思的历史悲剧化作简单的因果报应，降低了小说的艺术品格。相比而言，世情小说在行文中由于对人情物理的细腻描摹，从而使情节人物的发展走向有贴近生活逻辑的可能性，于是一定程度上降低了因果报应所带来的负面影响，甚而对小说的结构与思想有一定的推动，其中尤以《金瓶梅》为典型。

《金瓶梅》中的因果轮回观念是显而易见的，词话本更加明显。无论从全书整体结构安排，还是行文中的诗作，莫不能看出作者于此种观念鲜明的显扬意图。这类书写历来受到不少学者的指摘，如赵景深指出："这书不是没有缺点的。过多的色情的描述实在是不需要的。另外，宿命论的思想也很浓厚。吴月娘带了她的遗腹子要到济南去，途遇普静和尚，引她到永福寺，用因果现梦来点化孝哥，孝哥就出了家，结尾充满了因果报应的色彩。"①支冲认为："将一切压迫、剥削、谋杀的冤仇都归于宿命，以佛法解消。这是符合反动统治的宗教雅片（笔者按：原文如此），也是书中重要的思想毒素。"②这些说法固然有其道理，毕竟在一定程度上，过多的因果报应说教削弱了小说的艺术感染力，令人时有千篇一律之感。但这些笔墨的存在，对于小说的文学和文化价值却并非一无是处。《金瓶梅》中因果

① 赵景深著：《中国小说丛考》，齐鲁书社，1980年版，第307页。
② 支冲：《〈金瓶梅〉评价新议》，《上海师范大学学报（哲学社会科学版）》1981年第2期。

轮回描写的影响体现在方方面面，作为作者所采用的主旨之一，因果轮回首先体现在对全书整体结构的统领上。全书以西门庆家族的兴亡起落为核心内容，以个中主要人物如西门庆及其几位妻妾的寿夭祸福为横向情节主线，其他人物的情节为次要纬线；这个家族的总体走向构成纵向主轴，与社会的种种千丝万缕的联系则构成次要经线，从而形成一个首尾相顾、四角俱全的网状结构。论其始，则是以西门庆纳潘金莲等一众妻妾、结交达官显贵等的“酒色财气”的情节为网状顶端；究其尾，则是西门庆等纵欲而死或死于非命，家族衰落，众魂魄为普静禅师超度。而在这其中，作者又多次通过“超情节僧道”的角色设置进行穿插性的点染，如吴神仙为众人相面、报恩寺老僧预示苗员外的命运、潘道士指说李瓶儿命运、普静禅师超度解说和王、薛姑子唱颂佛曲儿等宗教活动描写，使全书不仅前后因果呼应，而且其间有大大小小的铺垫、点缀，从思想观念上有混融一体之感。因此这些描写绝非可有可无的部分，而是构成全书结构的有机组成部分。正如张竹坡所说：“先是吴神仙，总览其盛，再是黄真人，少扶其衰；末是普静师，一洗其业——是此书大照应处。”①他所谓的“大照应处”正是着眼于这些书写对小说整体结构的作用。刘勇强先生在分析因果报应对小说艺术的影响时曾指出：“因果律对小说家思维的另一个影响是赋予了他们一种整体思维的眼光,把本来头绪杂乱的现象统一起来。”②这是指出了因果律对小说家整体思维的举足轻重。善恶报应、因果轮回观念作为全书主旨的统筹，客观上使全书结构显得前后呼应、紧凑连贯。词话本第一回从女色起笔，但落脚点仍是邪淫作恶必得报应的论调：

说话的如今只爱说这情色二字做甚？故士矜才则德薄，女衒色则情放。若乃持盈慎满，则为端士淑女，岂有杀身之祸。今古皆然，贵

① 朱一玄编：《金瓶梅资料汇编》，南开大学出版社，2012年版，第425页。

② 刘勇强：《一僧一道一术士——明清小说超情节人物的叙事学意义》，《文学遗产》2009年第2期。

贱一般。如今这一本书，乃虎中美女，后引出一个风情故事来。一个好色的妇女，因与了破落户相通，日日追欢，朝朝迷恋，后不免尸横刀下，命染黄泉，永不得着绮穿罗，再不能施朱傅粉。①

在全书的行文中，相关的诗词也屡见不鲜：

湛湛青天不可欺，未曾举意早先知。休道眼前无报应，古往今来放过谁？（第五十九回）

行藏虚实自家知，祸福因由更问谁？ 善恶到头终有报，只争来早与来迟。闲中点检平生事，静里思量日所为。常把一心行正道，自然天理不相亏。（第六十二回）

平生作善天加福，若是刚强定祸殃。舌为柔和终不损，齿因坚硬必遭伤；杏桃秋到多零落，松柏冬深愈翠苍。善恶到头终有报，高飞远走也难藏。

往事堪嗟一场梦，今身不值半文钱。世间一命还一命，报应分明在眼前。（第八十七回）②

这些诗句大多意思浅白刻露，几无艺术水准可言，但其大量存在的事实足以说明作者对因果轮回说深信不疑的信仰及其在全书中的分量。具体到小说情节，各人最后的结局均由其生时的善恶作为所决定，如西门庆作恶多端，最终纵欲身亡，家道衰落；潘金莲杀生害命、淫邪放荡，最后死于武松之手；陈经济“真猪狗不如”，被仇人忿杀；李瓶儿被宿世冤愆诉于阴间，“定数难逃，难以搭救了”；而月娘、孟玉楼等少数人能得善终，则是她们平日较为忍让大度、信佛诵经所积累的善果。可以说，西门庆及其

① 〔明〕兰陵笑笑生著：《金瓶梅词话》，陶慕宁校注，人民文学出版社，2000 年版，第 3 页。

② 〔明〕兰陵笑笑生著：《金瓶梅词话》，陶慕宁校注，人民文学出版社，2000 年版，第 734、777、1193 页。

妻妾以及周围人的命运走向，始终都受到善恶有报、因果轮回原则的统摄，这就彰显了佛教因果轮回说贯穿过去、现在、未来三世的说法。作者在末尾总结：

> 闲阅遗书思惘然，谁知天道有循环。西门豪横难存嗣，经济颠狂定被歼。楼月善良终有寿，瓶梅淫佚早归泉。可怪金莲遭恶报，遗臭千年作话传。（第一百回）①

这就对全书意旨起到了统筹的作用，而中间一些相关的笔墨，如吴神仙为西门庆全家相面则起到了伏笔的作用，增加了小说的悬念，使前后线索更加贯通，正所谓“草蛇灰线，伏脉千里”。

不过值得注意的是，作为一位高明的小说家，笑笑生虽然利用因果轮回观念进行点化结构、警醒世人之用，但又并未完全被这一框架束缚。这是因为，首先，如果纯以因果框架套用于情节，则实际的劝惩作用反而可能被弱化甚至消解。以《说岳全传》的金翅大鹏和女土蝠前世故事而言，既然二人的前世恩怨已经使今生的命运轨迹清晰化、固定化，那么无论岳飞与秦桧的忠奸斗争怎样激烈、岳飞的悲剧命运怎样令人唏嘘不已，最终的艺术效果也必然因预先设置的因果框架而大为弱化。笑笑生则没有停留在苍白的道德说教上，在实际的情节叙述中，开始时较为固定的预设框架往往为鲜活的人物形象、丰满的生活细节和灵光乍现的新设想所突破，作者并没有以因果报应作为解释一切情节进展、人物命运的“万金油”，而是从细腻的日常琐事出发，摹写了这个家庭中的成员一步步走向衰亡的经过，因此因果报应论对实际人物塑造的影响虽是制约性的但也是有限度的。以西门庆为例，他最后的结局完全是他一生的经历所决定的，因为他所选择的就是纵欲无度的淫乱生活，以及在官场、商场和妻妾之间周旋耗

① 〔明〕兰陵笑笑生著：《金瓶梅词话》，陶慕宁校注，人民文学出版社，2000年版，第1365页。

神的红尘俗务。潘金莲同样如此，她的出身本为被侮辱与被损害者，直到她对武大的厌弃、对武松的追求，也都可以理解为年轻女性对异性渴求的正常欲望。而西门庆的出现和她本身所具有的尚不太多的恶意使她走上了杀生害命的道路，进入西门庆家后则在“众星拱月”的局面下为了赢得西门庆眷顾、满足自身惊人的性欲而愈发地心理阴暗扭曲起来，最终走向自取灭亡。作者就是通过对人物现实命运细针密缕的勾描，从生活逻辑和社会现实自身而非呆板的因果律出发，使各色人物的收场有了尽可能合情合理的解释，因而是让人信服的。欣欣子说：“至于淫人妻子，妻子淫人，祸因恶积，福缘善庆，种种皆不出循环之机。故天有春夏秋冬，人有悲欢离合，莫怪其然也。”①也正是强调循环轮回的情理性。不仅如此，小说还将因果报应的范围由个人扩大到周边，如西门庆的好色贪淫是他妻妾众多且内斗频繁的根本原因，这便埋下了李瓶儿悲剧的导火索，而李瓶儿对花子虚的亏负又使她即使死后灵魂也备受煎熬，和潘金莲的恩怨不仅导致了自身死亡的加速且直接导致官哥儿的夭折；西门庆占有来旺的妻子宋惠莲、韩道国的妻子王六儿，最后来旺携孙雪娥私奔，韩道国裹其财物与王六儿出逃，以见报应不爽。因此作者将因果报应由西门庆、潘金莲等几个主要人物扩大到整个家族乃至更多有关或无关者，使作品主旨的社会意义更加强化。廿公《金瓶梅》跋谓“中间处处埋伏因果，作者亦大慈悲矣”，也正是着眼于这一社会现实性。而末回述普静荐拔众人灵魂，这几人的来世颇值玩味。其中西门庆、花子虚、李瓶儿等人转世后仍生于富贵之家，而武大、张胜等人仍然普通甚至贫寒。也就是说，作者并没有拘泥于“善有善报、恶有恶报”的因果报应，而是虽然构造了一个轮回的大框架，但在叙述中却客观上有所违背，似要写出命运的残酷无情，其思想力度比善恶有报的处理当更强一些。而且在具体行文中，刘勇强教授指出，“无论是有意扬弃，还是题材本身决定，与因果报应观念的疏离，都昭示了小说艺术思

---

① 朱一玄编：《金瓶梅资料汇编》，南开大学出版社，2012 年版，第 176 页。

维的解放”①。《金瓶梅》当然还没有彻底扬弃因果报应观念，但已经透露出一些前兆，而这种“小说艺术思维的解放”在后起的世情小说巅峰之作《红楼梦》中则有了最大限度的发挥。

其次，明代世情小说中的因果报应书写，也体现出作者复杂的宗教心态。换言之，作者对于因果轮回乃至整个宗教认识有矛盾之处。他们虽然有比较明确的因果轮回观念和比较真诚的宗教信仰，但笔下的人物对宗教的态度却多为实用甚至嘲讽，作者本人塑造的僧尼形象也多为不堪。这既是明代民众宗教心态的投射，也带有作者自己的艺术加工。此外，作者虽然在创作主旨上有比较明确的劝善意图，但却淹没于琐碎细密的人情市井描写和淫秽色情段落中，其效果是“劝百讽一”。这对后世艳情小说打着“以淫止淫”的招牌实则放笔描写纵欲过程的套路，不啻有开启先河的作用。这种“情”与“理”的冲突在明代中后期的通俗小说中相当普遍，应该说，这是商品经济发展、物欲膨胀造成的社会思潮与传统道德产生矛盾冲突所带来的必然结果。这一点将在下文分析明代世情小说体现出的宗教心态中详细论述。

总之，明代以《金瓶梅》为代表的世情小说中的因果报应书写已经相当之多并已较为成熟，这些书写在结构全书、刻画人物和凸显主题等方面均有不可忽视的作用。到了清代，以《醒世姻缘传》和《红楼梦》为代表的世情小说，对因果报应书写又有了进一步的发展，给予了更为艺术化的处理。

---

① 刘勇强：《论古代小说因果报应观念的艺术化过程与形态》，《文学遗产》2007 年第 1 期。

第二节　因果轮回框架的延续性发展——以《醒世姻缘传》为例

小说的宗教意识自然来源于社会的主流宗教思想，而小说所形成的宗教观念经传播之后，反过来又会作用于社会思潮和更多的文学作品。随着明清“三教合一”思潮的演进，小说中的因果轮回观也逐渐不止于佛教思想，而是融入了道教与儒家伦理的成分，其面貌日趋混融。清代以降，更多的长篇小说特别是世情小说，有多部采用因果轮回结构故事框架。其中，有的如《续金瓶梅》《醒世姻缘传》，基本延续了前代作品的因果轮回结构并进一步扩散至全书的情节安排、人物命运；有的则独出心裁，以诗意的笔调在具体行文中突破和深化了原有的构想，其佼佼者当推《红楼梦》。

被称为“天崩地坼”的明清鼎革之际，是中国历史上又一次大动荡、大混乱，顾炎武《日知录》卷十三《正始》论亡国、亡天下之辨时曾有“有亡国，有亡天下。亡国与亡天下奚辨？ 曰：‘易姓改号，谓之亡国；仁义充塞，而至于率兽食人，人将相食，谓之亡天下。’”①的著名论断。明清鼎革之际正是这样一个“率兽食人”的乱世，知识分子对这一局面形成、发展的原因一直做着各种形式、各种角度的思考，并试图找出自己的答案。产生于由明入清及清初的两部重要的世情小说《续金瓶梅》和《醒世姻缘传》，代表了文人以长篇白话小说这一特殊文体对乱世与人性进行的思索。

《醒世姻缘传》由明末清初小说家西周生辑撰，学界多认为，这部作

① 〔清〕顾炎武著：《日知录》，郑若萍注译，崇文书局，2017年版，第69页。

品上承世情小说的开山之作《金瓶梅》，下启以《红楼梦》《儒林外史》《歧路灯》为代表的世情小说创作高峰，在小说史上占有重要的位置。与其他渗透着因果轮回思想观念的小说有所不同的是，这部作品几乎完全以因果轮回结构全书、统摄人物，以此为主体线索，作者将作品分为较为独立的两个部分。前二十二回为小说的第一部分，叙事以晁源为中心，写其父晁思孝在官场发迹并左右逢源、步步高升，以至被“两学秀才，四乡百姓，恨晁大尹如蛇蝎一般”，以及他的独子晁源从小不喜读书，养成了游手好闲、飞扬跋扈的习性。晁源在其父做官后，更加仗势欺人，为非作歹，并纵情声色。他狎妓虐妻，娶了妓女小珍哥做妾后便喜新厌旧，百般虐待原配计氏。一日晁源上山打猎，遇一美女，其狐精本相被鹰犬逼出，晁源遂将其一箭射死，于是结下今生后世的冤仇。晁源听信珍哥诬蔑计氏之语，计氏被逼自缢。晁源与鞋匠小鸦儿的老婆唐氏私通，奸夫淫妇被小鸦儿杀死；而珍哥与狱吏私通后，制造火灾趁机越狱，委身于狱吏做小妾，后事泄受刑而死。这二十二回写的是前世姻缘。后七十八回主要写今世姻缘，从第二十三回至一百回全书终结为第二部分，写第一部分的几个主要人物死后转生的第二世生活，是为小说的主体部分。这样的架构由于有了因果轮回的统摄，从而显得脉络清晰，其中经受轮回的人物一一对应他们的前世：四个死者先后转世，晁源托生在绣江县狄员外家，名希陈；狐仙托生在薛教授家为女，名素姐；计氏托生在北京乌银匠童七家为女，名寄姐；珍哥托生在北京一个挂名皂隶韩芦家为女，名珍珠。素姐由父母做主，嫁给了希陈。由于这二人有前世的仇雠，加之过门前夜素姐梦中被恶鬼换心变成悍妇，造成了她公然虐待其夫、忤逆公婆的行事作风。而希陈生性怯懦，吃尽苦头。后来他以监生资格入京考官，得了个候补府经历，并在京城娶了寄姐做妾，又买了珍珠做奴婢，而此两人也是前世冤家，所以寄姐待珍珠十分刻薄，但希陈却爱怜珍珠，于是寄姐迁怒于珍珠，百般折磨虐待之。后得高僧元翳向众人陈说这段两世因果，希陈遂悟，立下持诵《金刚经》一万卷的誓愿，从而才化解冤孽。后来素姐病死，寄姐扶正，希陈高寿。

由于《醒世姻缘传》以冤冤相报的两世姻缘故事架构全部情节，这种较为呆板的方式受到不少学者的诟病。这诚然不无道理，然而凡见小说有因果报应便加以否定，却也未免失之于简单化。因此本书要做的是尽可能充分地、实事求是地从文本出发，去分析作者这样安排的原因，以及这样安排所产生的文学与文化效果、所体现出的作者的文艺与宗教倾向。

众所周知，以因果报应观念组织结构并非《醒世姻缘传》原创，之前的小说戏曲特别是明代作品已有相当数量的尝试。从题材来看，这类尝试大体可以分为两类。第一类是以因果报应解读历史事件、名人运数，其典型者如上节提到的《三国志平话》和《说岳全传》。短篇小说如《喻世明言》卷三十七《梁武帝累修归极乐》，述千佛寺一曲鳝长期听经，遂生佛性，死后投生为火工道人，再投生财主家为黄复仁，最后转生梁武帝萧衍，因其前世缘分，因而虔心向佛，最终坐化。《后水浒传》梁山好汉托生为杨幺起义军，等等。这类安排难免在处理上流于套路化、庸俗化，将复杂史事的前因后果、历史教训归结附会为简单的因果框架或浅陋的神话故事，削弱了作品于思想解读层面上进行深化的可能性。

第二类是以因果报应解读人情百态，这类作品的数量要远多于前者。正如有学者所指出的那样，“在古代小说史上，除了说经话本，再没有一个流派像明清人情派那样笼罩着佛门香烟”①。西周生在小说前的《姻缘传引起》中有这样的表述：

> 看官你试想来，这段因果却是怎地生成？这都尽是前生前世的事，冥冥中暗暗造就，定盘星半点不差。只见某人的妻子善会持家，孝顺翁姑，敬待夫子，和睦妯娌，诸凡处事，井井有条。这等夫妻，乃是前世中或是同心合意的朋友，或是恩爱相合的知己，或是义侠来

---

① 方正耀著：《明清人情小说研究》，华东师范大学出版社，1986年版，第177页。

报我之恩，或是负逋来偿我之债，或前生原是夫妻，或异世本来兄弟。这等匹偶将来，这叫做好姻缘，自然恩情美满，妻淑夫贤，如鱼得水，似漆投胶。又有那前世中以强欺弱，弱者饮恨吞声；以众暴寡，寡者莫敢谁何；或设计以图财，或使奸而陷命。大怨大雠，势不能报，今世皆配为夫妻。

看官你想，如此等冤孽寇雠，反如何配了夫妇？难道夫妇之间没有一些情义，报泄得冤雠不成？不知人世间和好的莫过于夫妇。虽是父母兄弟是天合之亲，其中毕竟有许多行不去、说不出的话，不可告父母兄弟，在夫妻间可以曲致。所以人世间和好的莫过于夫妻，又人世仇恨的也莫过于夫妻。①

这段文字鲜明体现出了作者的创作宗旨与指导思想，即认为导致姻缘之优劣的根源不是内在因素如夫妻感情，亦不是外在因素如门第、亲族，而是前世所种之因，才结下了后世之果。此外如《续金瓶梅》乃至《红楼梦》等作均在结构上有此痕迹。

首先在结构上，因果轮回是全书连接故事情节的关键。这其中最主要的体现是，作者以因果报应阐释从晁源到狄希陈的两世姻缘。以果报理论看，凡事有因必有果，前世的晁源种下了因，后世的狄希陈则“种瓜得瓜，种豆得豆”地来忍受这个果。在前世故事中，晁源偏爱珍哥，最终导致计氏的自杀，而计氏和珍哥转世后分别成为寄姐与珍珠，后者备受前者折磨；此外晁源还射杀了一只仙狐，之后他被这只仙狐的鬼魂纠缠不休，既而又因奸情最终被杀。然而这些恩怨并未随着晁源的死而结束，在后世故事中，几个人各自投胎：狐仙托生为薛素姐，计氏托生为童寄姐，珍哥托生为珍珠，晁源则为狄希陈。由于有前世的起因，四人的恩怨皆为注定，狄希陈备受其妻素姐虐待，并被寄姐欺辱；珍珠最后也被寄姐摧残而

① 〔清〕西周生辑著：《醒世姻缘传》，袁世硕、邹宗良校注，人民文学出版社，2015年版，第5页。

死。全书主体故事皆围绕这一因果报应的大框架展开，而小说第二部分中，晁家故事并未隐退，作者将叙事重点交织在晁源死后其亲友经历和狄希陈及其妻妾家室两条线索之间展开，时而旁逸斜出一些枝蔓，穿插其他人物和故事，而这些较为次要的人物故事的作用正是“连缀狄希陈和晁夫人这两条故事主线的倾向。小说正是要以这样的结构来证实因果轮回的不同侧面”①。

有了这样的预设性安排，在全书中可以看到作者多处以情节、诗词或韵文的形式刻意强调轮回报应的思想。如第十回回首诗“民怨彻心，神恫入髓。恶贯满盈，云何不死”，第二十三回末尾“万事到头终有报，善人自有鬼神知”的说法；回目中也多直表此意，如第二十四回“善气世回芳淑景　好人天报太平时”，等等。可见作者对于因果报应的灌输和运用是非常自觉的，而且时时不忘提醒读者这一观念对于结构全书之重要。作者既写了“现世报”，也写了“来世报”，前者多体现于穿插在书中的小故事，而后者则应用于全书的整体结构。“现世报”中，如晁思才抢夺寡妇财产，终遭恶报，家产被人瓜分；麻从吾作恶甚多，逼走张仙庙的道士，对卖豆腐的丁利国恩将仇报致其夫妇双双病死客店，不仅自己被丁氏夫妇附身折磨致死，也连累自己的儿子和家人。晁源父子死后，其族人中的晁思才（“思财”）、晁无晏（“无厌”）贪得无厌，纷纷来到其家中争夺财产，而他们最终的下场也因而十分悲惨。

但除此之外，作者还花了许多笔墨写了迥异于一众卑劣小人的、充满博爱胸怀的正面人物形象——晁源之母晁夫人，连神明如韦驮尊者都给予了她“在通州三年，劝他的丈夫省刑薄罚，虽然丈夫不听他的好言，他的好心已是尽了。这六百两的米谷，两年来也活过了许多人，往后边的存济正没有限量哩”的评价。不仅如此，在其夫死后，她主动将自家田产分给穷困的族人；逢灾年资助农民，带动其他富家大姓渐渐都捐米捐柴，“完成

① ［美］黄卫总著：《中华帝国晚期的欲望与小说叙述》，张蕴爽译，江苏人民出版社，2012年版，第137页。

了这一片救人的心肠，成就了这一赈荒的美事”。作者没有亏负晁夫人的善行义举，让她以博施济众的带有鲜明儒家济世风范的人格，为自己赢得了“活了差不多舜帝的年纪”，到一百零四诞辰时“沾亲带故，平日受过赈济，平粜过米粮，城里城外的士民百姓，十分中到来九分九厘”的声望，以及去世后“阖城大小，男男女女，老老幼幼，都换了素服，罢了市，都来哭临。城里城外，大小庵观寺院，成群合伙，瞒了晁梁，都替晁夫人建醮超度”的哀荣，最终成为峄山圣母。纵观作者对晁夫人生平的描写，可谓以儒为始，以佛道而终。作者认为：

> 但凡人做好事的，就如那苦行修行的一般。那修行的人修到那将次得道的时候，千姿百态，不知有多少魔头出来琐碎。你只是要明心见性，任他甚么蛇虫毒蟒、恶鬼豺狼、刀兵水火，认得都是幻景，只坚忍了不要理他，这就是得道的根器。（第三十二回）①

体现出儒家伦理与神道设教意图的融合，这根植于明末三教合一、儒佛融通的时代思想背景。王阳明援佛入儒，“心之体，性也。性即理也。……仁义只是吾性，故穷理即是尽性。如孟子说‘充其恻隐之心，至仁不可胜用’，这便是穷理工夫”，“释氏于世间一切情欲之私，都不染着。似无私心。但外弃人伦。却是未当理”。② 他看重佛教不染情欲的修行，但更看重“仁义只是吾性”的有所作为。而藕益智旭则以佛解儒，他认为，“自心者，三教之源。三教皆从此心施设。苟无自心，三教皆无。昧自心，三教俱昧”，“佛祖圣贤之学无他，求尽其心而已。尽其心者，不于心外别立一法，不于心内欠缺一法”。③以心统三教，务求尽心。当心性成为三教共同

① 〔清〕西周生辑著：《醒世姻缘传》，袁世硕、邹宗良校注，人民文学出版社，2015 年版，第 36 页。
② 〔明〕王守仁撰：《王阳明全集》，吴光等编校，上海古籍出版社，2010 年版，第 766 页。
③ 〔明〕憨山德清：《憨山老人梦游集》，北京图书馆出版社，2005 年版，第 78 页。

论述的主题，“明心见性”成为共通的修行方式时，以弃恶从善为主题的小说《醒世姻缘传》，其因果报应的主题特质就由佛、道统一在儒家的教化旗帜之下，儒家的道德观念实现了通过神道设教弘扬其本质的目的。所以，这种总体结构对于小说体现伦理观念的根本意图有着不可忽视的作用，作品正是由前世今生、转世复仇的设计出发，方才有可能从更深刻的层面上探究罪恶的根源和成因，其中可看出作者的惨淡经营，确实不应该简单视为“陈旧的民间迷信或是作者对通俗小说叙述传统的屈从”。因为对西周生来说，因果报应不仅是他组织框架结构的指导思想，同时也是推进全书故事发生发展的动力，因为小说的具体情节往往是按照既定的因果关系所安排和撰写的。正如作者本人所表述的那样：“这伙凶棍，若天爷放过了，叫他们得了意去，这世间还有甚么报应？” 这样坚信善有善报、恶有恶报，坚信天道轮回、报应不爽的理念，正是作者为谋篇布局所选择的内在驱动力。

因此，在具体行文中，读者亦被经常提醒：因果轮回是解释小说情节看似不合理处的逻辑基础，特别是素姐对狄希陈的极端仇恨与令人发指的虐待，原是为对狄希陈——前身晁源杀戮仙狐——的报复行为。素姐常常抱怨不知是何原因使她仅仅看见狄希陈的影儿就会发疯：“我来到家里，我就想起他是俺兄弟媳妇；我在那头，也是看见他就生气。”“这却连我也自己不省的……他如今不在跟前，我却明白又悔，再三发狠要改，及至见了，依旧又还如此。我想起必定前世里与他家有甚冤仇，所以神差鬼使，也由不得我自己。”①这反复提及的“看见他就生气”“合我有世仇一般”“必定前世里与他家有甚冤仇”“所以神差鬼使”等说辞十分鲜明地体现出作者对因果轮回观念的重视与践行。

以因果报应结构小说的做法在中国古代小说创作中由来已久，如南北朝时期的许多文言小说，为鲁迅所称“释氏辅教之书”，其纯以宣扬佛教思

① 〔清〕西周生辑著：《醒世姻缘传》，袁世硕、邹宗良校注，人民文学出版社，2015 年版，第 789 页。

想、轮回超生之说而作。《醒世姻缘传》作为白话长篇小说艺术已经高度发达后的一部巨著，其创新之处即在于，作者以因果轮回模式为主导的叙事构架之下，除了设置了大量因果报应的故事情节外，还展现出了明末清初丰富多彩的社会生活画卷，真实而多方位地再现了当时的社会风貌。鲁迅在论及《醒世姻缘传》的写法时有过“以报应因果之谈，写社会家庭之事，描写则颇仔细矣，讥讽则亦或锋利矣。较之《平山冷燕》之流，盖诚乎其杰出者也”①的评价。即因果报应是手段，而仔细刻画社会家庭之事、辅之以锋利之讥讽才是目的。以《醒世姻缘传》为代表的世情小说，在使用因果报应框架方面的新意，主要就在于其虽然结构有固化的倾向，但作者却并未满足于此，而是通过生动鲜活的细节描写赋予了这一构架以丰满的血肉，因而小说面貌给人的感觉就仍然是灵动工巧的。西周生当对明末清初的社会生活了如指掌，无论是各种行当如衙门、监狱、商贾、医药，以及科举、教育、宗族、婚姻、宗教、民俗等，还是各阶层人物如权贵、官员、小吏、地主、书生、农民、商人、娼妓、僧道等，靡不毕集其笔下，特别是世风之浇薄、官场之腐败、人心之不古，刻画得入木三分。正是这些精彩纷呈的书写，给予了《醒世姻缘传》以区别于其他小说的特征，有了足以摆脱因果报应框架的呆板模式的可能性。同为世情小说，可以说《醒世姻缘传》是有意作为对《金瓶梅》比较缺乏报应与惩罚的书写的“回应”来结构全篇的。

《醒世姻缘传》与《续金瓶梅》均成书于明末清初，《续金瓶梅》成书于顺治十八年（1661），《醒世姻缘传》的成书年代素有争议，邹宗良先生考证当创作于明崇祯十年（1637）至清顺治年间（1644—1662）。②也就是说，两书作者都经历了由明入清、天崩地坼的历史大变局，改朝换代、战火频仍的狼藉景象给他们的心灵与创作留下了深刻的烙印，动荡不安的社会现实令他们在震撼之余思索着其中的缘由与出路，这成为他们创作思想

① 《鲁迅全集》第十一卷，人民文学出版社，2005 年版，第 352 页。

② 李剑国、陈洪主编：《中国小说通史·明代卷》，高等教育出版社，2007 年版，第 1285 页。

中惩恶劝善、重视因果轮回之说的现实因子。因此，这两部作品中假托的故事发生时间，一在明代正统至成化年间，一在北宋南宋之交际。前者是明代历史上的英宗至宪宗朝，这一阶段，明代由早期进入中期，由盛转衰，内忧外患，特别是王振弄权和土木堡之变，令大明的伦常和国运几近于崩溃的边缘，而挽狂澜于既倒的大功臣于谦的含冤而死，更给当时士人的心理留下了深重的创伤。后者则是中国历史上中原王朝首次沦于敌手，其对于北宋王朝全方位的打击在中国历朝历代中都是罕见的。这两次巨变与小说作者所处的明末清初均属乱世，它们的共同点之一就是在纷乱的历史背景下，世道浇漓，恶行丛生，这自然为有志于稗官的作家所关注。《醒世姻缘传》题识中作者说："余愿世人从此开悟，遂使恶念不生，众善奉行，故其为书有裨风化，将何穷乎？"①《续金瓶梅》序中亦云："涤淫秽而入莲界，拔贪欲以返清凉……上翊天道，下阐王章，正莫正于此。"②都可见其现实关怀之所系。因此，以《醒世姻缘传》和《续金瓶梅》为代表的世情小说，采取以因果轮回架构小说的彻底态度，既是中国古代小说在此方面传统的赓续，也同样是时代使然与末世中小说家出于现实因素而引发的对世道民生的终极关怀，以及由这种关怀而生发出的对于解脱救赎之道的思索与尝试，虽然这种尝试于文学表现中不免有滞涩和牵强的地方。

另外，明末宗教现象中很重要的一景是"三教合一"的强化、儒家教化的主导倾向与大量善书的传播。成书于宋代的《太上感应篇》被认为是现存最早的善书，与《文昌帝君阴骘文》《关圣帝君觉世真经》一起被称为"善书三圣经"。《太上感应篇》中说："夫心起于善，善虽未为，而吉神已随之，或心起于恶，恶虽未为，而凶神已随之。其有曾行恶事后自改悔，诸恶莫作，众善奉行，久久必获吉庆，所谓转祸为福也。故吉人语善、视善、行善，一日有三善，三年天必降之福。凶人语恶、视恶、行恶，一日

① 〔清〕西周生辑著：《醒世姻缘传》，袁世硕、邹宗良校注，人民文学出版社，2015年版，题识第5页。

② 〔清〕丁耀亢著：《续金瓶梅》，上海古籍出版社，1993年版，序言第1页。

有三恶，三年天必降之祸，胡不勉而行之。”①《太上感应篇》虽属道教，但与佛教、儒学均有很深的渊源与密切的联系，其中的“诸恶莫作，众善奉行”即来源于佛教，著名的“祸福无门，唯人自召。善恶之报，如影随形”同样与佛教的因果报应有内在相通之处。在南北朝时，佛教的因果观念已经对文艺产生了很大的影响，其表现之一就是志怪小说集中已出现了大量以因果报应为内容的作品，如《宣验记》《冥祥记》等。它们在顺应当时的中国本土伦理的基础上又宣扬了佛教的因果报应、慈悲好生、六道轮回的教义。如鲁迅先生所说：“释氏辅教之书，……大抵记经像之显效，明应验之实有，以震耸世俗，使生敬信之心……”②这些成为佛、道伦理观念作用于小说创作的先导。同时，《太上感应篇》中同样有许多文字与儒家的伦理道德标准相符契，如“积德累功，慈心于物；忠孝友悌，正己化人；矜孤恤寡，敬老怀幼；昆虫草木，犹不可伤”“宜悯人之凶，乐人之善；济人之急，救人之危。见人之得，如己之得；见人之失，如己之失”等内容，均与儒家忠孝节义的价值观念、积德行善的行为准则并无二致。因此，以《太上感应篇》为代表的明代劝善书，在道教本身的准则之上，吸取了儒家主流的伦理观念和价值标准，融合了佛教的因果报应观念，在弘扬行善积德的道德实践层面将三家融为一体，这是明清时期“三教合一”在宗教传播方面所形成的必然结果。

而到了明末，“大量的善书被编纂和传布开来……呈现出善书空前繁荣的景象”，包括“‘善书’这个名称也是到了明代才最后确立的”。③面向民众的劝善思潮，无论是在中国古已有之的道教还是外来宗教佛教中，都是题中之义，但只有当中国传统主导思想儒学的倡导者们投身于劝善活动中时，其效果方更为显著，这一现象就始于晚明。劝善活动的影响波及整个清代，江慎修编纂的《放生杀生现报录》序言说：“天地之大德曰生，如

① 《太上感应篇》，中华书局，2008年版，第56页。
② 《鲁迅全集》第九卷，人民文学出版社，2005年版，第55页。
③ 袁啸波编：《民间劝善书》，上海古籍出版社，1995年版，第182页。

来之大道唯慈。人物虽异，心性是同。举凡三乘六凡，如来视之，皆如一子。何以故？ 以其皆具佛性，皆堪成佛故。护惜物命，体天地好生之德，全吾心恻隐之仁。”①程德全为该书的题词中说：“孟子有言，祸福无不自己求之者。……岂知祸福之来，匪求弗获。唯现世造因，现世受报，则众信翕然。夙世造因，而今世受报；或今世造因，而来世受报，则唯佛证知，而凡情所惑。”类似文字，正如冯梦龙所言：“崇儒之代，不废二教，亦谓导愚适俗，或有藉焉。以二教为儒之辅可也，以《明言》《通言》《恒言》为六经国史之辅，不亦可乎!”②明确地揭示出了中国传统社会在教化领域中三教所发挥作用的相互关系，即以佛、道助儒，崇佛的目的是弘儒，因果轮回的佛、道框架为儒家伦理的核心思想所统摄，最终宣扬的还是儒家惩恶扬善、仁义礼智的观念。

明末清初的劝善运动，其思想渊源十分久远，从《春秋》中的“惩恶而劝善”，到从魏晋至明未曾中断的因果轮回、善恶报应的思想，都是其前导。而晚明劝善思想相比前代，又具有新的特质，主要体现在世俗性和宗教性两点上。因此，劝善书就能够将世俗化了的道教的功利性和儒家的伦理精神、佛教的因果报应相结合，最终通过文本的形式，对社会与民众的思想行动构成约束，直至清代呈普遍之势。例如《歧路灯》第四回有这样的描写：“张类村请了个本街文昌社，大家捐费，积了三年，刻成一部《文昌阴骘文注释》版，昨日算刻字刷印的账，一家分了十部送人。谁爱印时，各备纸张自去刷印。如今带了两部，分送二公。”③

因此，因果报应的完整理论设计虽然为佛教所提出，但明清时期在小说中的表现已经高度儒学化，所体现出的是更多的儒家积极入世、劝善惩恶的伦常观念。儒家本有深远的善恶观，宋元以后学者对此论述尤多，如

① 〔清〕江慎修著：《放生杀生现报录》，序言第2页。

② 〔明〕冯梦龙编著：《醒世恒言》，顾学颉校注，人民文学出版社，1956年版，第863—864页。

③ 〔清〕李绿园著：《歧路灯》，齐鲁书社，2008年版，第13页。

“二程”说“天人之间甚可畏，作善则千里之外应之，作恶则千里之外违之”。《醒世姻缘传》作者署名“西周生”，西周诞生了周公及其对后世伦常礼教影响深远的周礼，因此学者多认为这一化名其中包含作者以重整夫妻人伦为切入角度、对世道重回周礼般井然有序状态的愿景。儒家思想在古代中国社会是根深蒂固的、属于核心统治地位的官方思想。但儒家所宣扬的“三纲五常”“忠孝节义”的说教，因其缺少先天的强制性，为了更好地面向普通民众，不仅佛教、道教为了保持自身的生命力需要同儒家靠拢，儒家伦常为了增加其说服力与威慑力，也同样自然地吸收了佛、道明确的因果轮回、善恶有报的观念，从而完成了比较完整的惩恶扬善的理论架构。这与明清时期三教合一、三教并用的政策与时代风尚是一致的。小说中的胡旦、梁生二人由戏子而入佛门，分别为无翳、片云，他们秉持佛戒，认真修行。片云为报晁夫人恩德，转世投生为其子晁梁，在晁夫人死后欲为其守孝，而妻子姜氏劝他说：

> 你做了半生孝子，不能中举中进士，显亲扬名，反把禀受父母来的身体发肤弃舍了，去做和尚道士？父母虽亡，坟墓现在，你忍得将父母坟墓不顾而去？ 你虽说晁冠长成，有人奉祀，毕竟是你的儿子。你出家修行去了，你倒有儿子在家，只是父母没有了儿子。我听见你读的书上，“逃墨必归于杨，逃杨必归于儒”。你读了孔孟的书，做了孔孟的徒弟，这孔孟就是你的先生。你相从了四五十年的先生，一旦背了他另去拜那神佛为师，这也不是你的好处……不必说那为僧为道的勾当，你只把娘生前所行之事一一奉行到底，别要间断，强似修行百倍。①（第九十三回）

在妻子的劝解开悟下，晁梁放弃为僧，从此走儒家修齐治平之路，成

① 〔清〕西周生辑著：《醒世姻缘传》，袁世硕、邹宗良校注，人民文学出版社，2015 年版，第 1230 页。

为孝子良臣之典范。晁梁经过抉择，选择儒家道路而不是佛家戒律，选择做孝子而不是遁入空门，实际是作者儒家入世的、现实的伦理道德意志对佛教出世道路的压倒性胜利。可以说，在西周生的小说实践中，崇佛只是途径，最终的目的是弘扬儒家伦理，因果轮回的情节模式的最终指向，是儒家伦常中孝悌忠信、温良恭让的价值观，是“世人从此开悟，遂使恶念不生，众奉善行”的创作宗旨。可以说，西周生小说中的宗教思想总特征就是以佛助儒、援佛入儒。

同佛教类似，明、清两代道教的显著特点之一也是世俗化特征的强化，其重要成因是明、清两代二教义理的停滞与影响力的衰微。因此，为了扩大道教的社会影响与信徒总数，道教徒与学者势必努力将其引向普通民众容易接受的层面，其重要表现之一即是倡导修道成仙的道教在明清时也主动向儒家伦理靠拢，强调忠孝仁义，所谓“在事不留事，在物不恋物”。

与此同时，这一框架在具体叙述中也会出现逻辑上的矛盾之处，其中最显著的一点是，因果轮回框架控制下的情节，许多恶行有了貌似天然的解释，这样的先验性的逻辑便在很大程度上淡化了评判恶行的合理道德基础，如素姐对狄希陈过分暴虐的态度。这样一来，许多有血有肉的人物实质上成了报应棋局中被掌控摆布的棋子，反而削弱了作品本应具有的感染力。另外，作者在具体行文中所要表达的，往往比因果本身更为丰富。如以两世姻缘的起因——晁源射杀狐仙而论，首先狐仙并非无辜，她本有引诱晁源之意图（“他处心不善，久有迷恋晁大舍的心肠。……今见晁大舍是个好色的邪徒，带领了妓妾打围，不分男女，若不在此处入手，更待何时？ 遂变了一个绝美娇娃，年纪不过二十岁之下。”①），这种意图在相当程度上降低了她被杀戮命运的悲惨程度，也令人感到晁源的后身狄希陈所遭受的折磨同他犯下的罪行其实并不算十分相称。因此，与其说在这里因果报应起了主要作用，不若说这实际是作者以晁源经历为样板，对人欲泛

① 〔清〕西周生辑著：《醒世姻缘传》，袁世硕、邹宗良校注，人民文学出版社，2015年版，第20页。

滥后所带来的灾难给予的一种形象化警示。总之，以《醒世姻缘传》为代表的明清之际的长篇小说，开始将因果轮回作为结构全书情节的方式，在为全书提供了预设性的伦理框架的同时也必然带来一些固有的问题。消解这些弊病、以因果轮回这一陈旧框架迸发崭新的艺术效果的，还有待于更晚出世的小说《红楼梦》。

第三节　因果轮回框架的创新性发展
——以《红楼梦》为例

古代小说中的因果轮回框架虽然不免有僵化之弊，但随着小说艺术的发展，在优秀的作家笔下，却也不乏点铁成金、化腐朽为神奇的例子。其中，对这一模式率先做出思考与改革的是《金云翘传》。这部小说设置了前世、今生两重境遇，前世通过王翠翘梦刘淡仙，得知自己原是“断肠部”中人，并被反复告知“孽债未完，如何去得”，遂题断肠十咏。今生则是由三合道姑出面，道出王翠翘因为“后遭苦难，纯是孝心，了无他愿。今又不念狎昵小恩，而重朝廷大义，尚能劝逆归顺，免东南百万生灵之荼毒”①，所以超脱“断肠部”，“功德大而宿孽可消，新缘得结矣”。前者为前世所酿成的“来世报”，后者为今生善行所结下的“现世报”。前、后业报了然，可见作者于因果模式中求新求变的努力。而且其间专收才高命薄女子的“断肠部”、王翠翘的组诗十首，均可见出对《红楼梦》太虚幻境中各司名目、各女子判词的直接启发。因此在世情小说发展史上，《金云翘传》的影响不可小觑，其中许多书写和结构对之后的作品产生了相当的影响，其中最显著但亦最能推陈出新者，当属《红楼梦》。

① 〔清〕青心才人编次：《金云翘传》，魏武挥鞭点校，中国经济出版社，2010年版，第181页。

《红楼梦》又称《石头记》，这一命名除书中所谓的这本小说“字迹分明，编述历历”于石头之上的说法以外，更重要的是这一“石—玉”框架对全书的统摄。小说第一回首先交代了一块女娲补天时弃而未用的、感慨于“众石俱得补天，独自己无材不堪入选，遂自怨自叹，日夜悲号惭愧”的具有灵性的顽石。顽石的先天定位决定了它在全书中的命运，正是他灵性的萌动，引发了他强烈要求一僧一道携己进入红尘的愿望：

这石凡心已炽，那里听得进这话去，乃复苦求再四。二仙知不可强制，乃叹道：“此亦静极思动，无中生有之数也。既如此，我们便携你去受享受享，只是到不得意时，切莫后悔。”石道：“自然，自然。”那僧又道：“若说你性灵，却又如此质蠢，并更无奇贵之处。如此也只好踮脚而已。也罢，我如今大施佛法助你助，待劫终之日，复还本质，以了此案。你道好否？”石头听了，感谢不尽。那僧便念咒书符，大展幻术，将一块大石登时变成一块鲜明莹洁的美玉，且又缩成扇坠大小的可佩可拿。①

顽石化作宝玉，至“昌明隆盛之邦，诗礼簪缨之族，花柳繁华地，温柔富贵乡”历尽了离合悲欢、炎凉世态，几世几劫之后，被空空道人经由此地而发现，石上“原来就是无材补天，幻形入世，蒙茫茫大士、渺渺真人携入红尘”，“后面又有一首偈云：无材可去补苍天，枉入红尘若许年。此系身前身后事，倩谁记去作奇传？ 诗后便是此石坠落之乡，投胎之处，亲自经历的一段陈迹故事”。②就这样，顽石与宝玉相联系，形成了“石—玉”这一相互关联而又对比鲜明、独具特色的叙事格局，赋予小说的叙事以独特的艺术感染力和深厚的哲理意味。

《红楼梦》的结构除了“石—玉”框架外，还有开篇即设置的“谪凡—

① 〔清〕曹雪芹著、无名氏续：《红楼梦》，人民文学出版社，2008年第3版，第3页。
② 〔清〕曹雪芹著、无名氏续：《红楼梦》，人民文学出版社，2008年第3版，第4页。

报恩”框架：

> 只因西方灵河岸上三生石畔，有绛珠草一株，时有赤瑕宫神瑛侍者，日以甘露灌溉，这绛珠草始得久延岁月。后来既受天地精华，复得雨露滋养，遂得脱却草胎木质，得换人形，仅修成个女体，终日游于离恨天外，饥则食蜜青果为膳，渴则饮灌愁海水为汤。只因尚未酬报灌溉之德，故其五内便郁结着一段缠绵不尽之意。恰近日这神瑛侍者凡心偶炽，乘此昌明太平朝世，意欲下凡造历幻缘，已在警幻仙子案前挂了号。警幻亦曾问及，灌溉之情未偿，趁此倒可了结的。那绛珠仙子道：“他是甘露之惠，我并无此水可还。他既下世为人，我也去下世为人，但把我一生所有的眼泪还他，也偿还得过他了。”①

以此看来，神瑛侍者和绛珠仙草的化身——贾宝玉和林黛玉的爱情，是前生还泪的因缘所注定的，因而其悲惨的结局也在开头就可以预知。但这一设计却远胜于之前许多小说简单甚至庸俗的因果轮回路数，为宝黛爱情乃至整个小说的主旨氛围均增色良多。

“转世”/“谪凡”的故事，在中国小说中由来已久。“转世”模式如魏晋南北朝时期的《冥祥记》中有这样的故事：

> 晋王练，字玄明，琅琊人也，宋侍中。父珉，字季琰，晋中书令；相识有一梵沙门，每瞻珉风采，甚敬悦之，辄语同学云：“若我后生，得为此人作子，于近愿亦足矣。”珉闻而戏之曰：“法师才行，正可为弟子子耳。”顷之，沙门病亡。亡后岁余而练生焉。始能言，便解外国语，及绝国之奇珍、银器、珠贝，生所不见，未闻其名，即而名之，识其产出；又自然亲爱诸梵过于汉人。咸谓沙门审其先身，故珉

① 〔清〕曹雪芹著、无名氏续：《红楼梦》，人民文学出版社，2008年版，第8页。

字之曰阿练，遂为大名云云。①

孙逊先生指出，采用“谪世”模式的小说基本分为两类，“一种是作者运用奇特的浪漫手法，想象丰富，大胆夸张，作品仍保留了强烈的神奇色彩；另一种是作者对小说主体部分基本遵循现实主义的原则，以平实的写实手法，写出具有现实品格的人物”。明清世情小说中的“谪凡”书写基本属于后者。

第一，“还泪”神话预设本身即具有鲜明而浓郁的浪漫与抒情色彩，与小说的基调特别是宝黛爱情的基调高度一致。

众所周知，长篇小说如何能够在有限的篇幅内尽可能连贯、有逻辑地叙事写人，容纳尽可能多的内容，同时又能加以升华，使之具有哲学意味与宗教关怀，是很多小说家面临的问题，而“佛道‘转世’‘谪世’观念的引进小说，正为古代小说家加大时间的跨度和情节的容量提供了一种很好的选择。这种两世以上的生命历程，就使小说家在采用连贯叙述的叙事时间上获得了相当的自由度。而时间的变化必然会带来空间的变化，由于超越了生死大限，人物的活动空间也随之扩展到上、中、下三界。即便同是人世，其时空的自由度也变得相当大”，“在以‘转世’‘谪世’为构架的小说里，无论是爱与恨，还是情与欲，都显示了相当大的时空跨度，而且有穿越三世与三界的特点，从而为加大作品的容量和表现力，提供了可能和条件”②。可以试想，如果没有“谪凡”框架与“还泪”预设，《红楼梦》所描写的时空将主要局限于现世，缺乏一些如王国维所谓“天眼”般俯瞰与思索世界的哲学思维及宗教关怀，而宝黛爱情打动人心的力量也会大为削弱。

第二，作者在“还泪”的框架之下，细腻描写了宝黛爱情发生、发展

---

① 鲁迅校录：《古小说钩沉》，齐鲁书社，1997年版，第287页。

② 李根亮著：《〈红楼梦〉与宗教》，岳麓书社，2009年版，第221页。

直至破灭的过程（续书基本完成了这一预设结局），特别是其中丰赡的细节描写，使得宝黛爱情的经过合情合理，而不是强行以神话预设解释其悲剧结局。正如有学者所指出的："如果说宝黛爱情中那种深沉隽永的诗意情怀是它的血脉，那么这些带有俗世色彩的委曲细腻的叙说便是它的肌理，两者一道构成一个既有诗意理想又有日常温情的情感世界，这就超越了前此才子佳人小说白日梦式的后园相会、诗简酬唱之类的单调叙述，别具真实的感染力。"①这种诗意情怀所构成的血脉，除了宝黛二人本为贵族出身且有高度文化修养的青年男女这层因素之外，很大程度上缘于"还泪"的神话预设所增添的浪漫情致，这是前此许多才子佳人小说所不具备的。曹雪芹揭示出了理学和礼教是使宝黛爱情走向毁灭的因素，而非前世过失云云，神瑛侍者浇灌绛珠仙草更非邪恶的行为，这正是《红楼梦》前世今生架构安排的高明之处，这种处理与《说岳全传》等作品把岳飞的悲剧归结为前世近乎荒唐的神话中的小故事小错误的安排就迥乎不同了。正是因为曹雪芹一方面赋予了宝黛爱情以神话的预设，另一方面又抒写了宝黛爱情在理学与封建礼教的摧残下走向毁灭的自然合理的过程，因而才既具有诗意的血脉、独特的框架，又拥有内在的温情的情感肌理，揭示出封建家族婚姻制度对真挚爱情的无情扼杀，在动人的艺术魅力之外同时具有深刻的历史认识价值。这是作者合理而创造性地运用因果框架，并与写实性描写有机结合后所带来的高妙创作。

不仅如此，作者还巧妙地将"还泪"预设与人物的设定有机融合，从而使因果轮回情节不仅不显生硬，还为主要人物的性格塑造提供了带有神话色彩的依据。以绛珠仙草和神瑛侍者的人物设定而论，林黛玉在贾府终日以泪洗面，从心理学、社会学等方面解读其现实原因，自然是由于她寄人篱下的身世、多愁善感的天性和作为贵族女性群体的普遍悲惨命运，这方面多为人所关注。但从"还泪"的神话预设中，同样可以看出另一层面

---

① 李剑国、陈洪主编：《中国小说通史·清代卷》，高等教育出版社，2007年版，第1386页。

的浪漫因子，即她的前世绛珠仙草为了报答神瑛侍者的灌溉之恩才转世为林黛玉，从而可以把一生的泪水还给神瑛侍者的转世贾宝玉。同理，作为前世悉心浇灌绛珠的神瑛侍者，转世而为贾宝玉后其天性中“护花使者”的温柔细腻便显得自然而然、水到渠成。因此，“还泪”预设实际上为宝、黛的人物个性做了富于浪漫色彩和神话色彩，同时又符合逻辑的铺垫，使神话与现实巧妙融为一体，神话预设由于有了现实的延伸而得到落实，现实则由于有了神话的预设而使爱情更添凄美动人的韵味，相映而成趣。同时也告诉读者，“还泪”绝非无病呻吟，而是带有一定宿命色彩的，同宝玉有着深切情感交流的必有之举。作者这一架构于人物塑造特别是宝黛爱情的增色，正映射于此。

第三，“木石前盟”所体现出的反传统的价值取向、逸出于封建正统的观念，与全书的佛教书写特别是作者通过“癞僧跛道”所传达出的思想，具有内在的一致性。在书中，宝玉、黛玉的“木石前盟”与世人所看好的宝玉、宝钗的“金玉良缘”是对立存在的。而作者对“木石前盟”所灌注的“一把辛酸泪”，则是与社会传统价值取向相背离的。

在中国传统社会的一般话语体系中，“金”“玉”为高贵之物，也是许多诗词所选取的美好意象：

> 菊散金风起，荷疏玉露圆。……露凝千片玉，菊散一丛金。（李世民《秋日二首》）
>
> 金风玉露一相逢，便胜却人间无数。（秦观《鹊桥仙》）
>
> 金闺文作字，玉匣气成虹。（包佶《酬于侍郎湖南见寄十四韵》）

如此不一而足。《红楼梦》中也不乏相关书写。如黛玉对宝玉所言：“至贵者宝，至坚者玉。”宝玉为晴雯所作的《芙蓉女儿诔》里也说“女儿曩生之昔，其为质则金玉不足喻其贵”。这些都是从社会普通价值观念出发所作出的价值判断并衍生出的比喻。因之，在这样的大环境下，世人认为门当户对、举案齐眉的美满婚姻自然就是所谓的“都道是金玉良缘”。“都道是”充分说明了家族与社会对宝玉、宝钗婚姻归属的普遍趋向，“俺只念木石前盟”却充满着一种以一人而逆万众、“冒天下之大不韪”的勇敢甚至执拗。因为相比于“金、玉”，“木、石”则象征着平凡、普通、缺少价值。因此这样的爱情婚姻观念就不仅局限于一家一族，而是上升至对于传统社会婚姻观念的挑战。因此，作者的青目选择了“木石前盟”而非世人看好的“金玉良缘”，就不只是对封建家族“父母之命、媒妁之言”的包办婚姻的深沉抗议，而且是与整个传统社会的价值取向相抗衡。不惟如此，依据陈洪先生的研究成果，在曹雪芹生活的时期，以雍正皇帝及其臣子为代表的统治集团的话语体系中，“木石”是一个出现频率相当之高的词语，在雍正斥责臣下的用语中，“非木石”一语的高频度使用成为其突出特色之一。而在这样的语境之下，曹雪芹却屡屡强调“木石姻缘”“木石前盟”，这不仅“和历代文士歌咏的‘木石’有着文化血脉的联系，显示出作者在价值取向上的自我放逐”，而且“是和当时统治者标榜的主流话语‘非木石’构成特殊的互文关系，曲折地流露出作者倔强地‘唱反调’情绪”①。明乎此，我们就更能够理解作品中这组主要意象在悖逆传统、离经叛道方面所传达出的深意所在了。

“石—玉”框架和“谪凡”框架共同组成了《红楼梦》的宗教哲学结构。它们有共性，即共同构筑了小说主人公贾宝玉、林黛玉的今生命运；它们亦有不同，主要体现在其文学色彩的差异上。如陈洪先生指出：“石头的框架与绛珠的框架在意味上也是有区别、有分工的。绛珠的框架以‘还泪’为深邃所在，意味凄绝，对应于作品缠绵悱恻的情缘描写；石头的框架以‘化玉’为龙睛，意味深迥，对应于作品冷峻超脱的哲理思考。”②

此外，这样的二重框架没有以往多数小说因果报应论的道德劝惩色

① 陈洪著：《〈红楼梦〉“木石”考论》，《文学与文化》2016年第3期。

② 陈洪著：《结缘：文学与宗教——以中国古代文学为中心》，北京师范大学出版社，2009年版，第146页。

彩，顽石化通灵宝玉是因其思凡，而神瑛侍者和绛珠仙草下凡的动因则是富有浪漫意味的“还泪”——两重框架均由“情”字这一主线贯穿。作者利用看似陈旧的因果表象，贯彻了自己“大旨言情”的创作宗旨，可谓旧瓶装新酒之举。虽然在行文中作者偶尔也发出“自古穷通皆有定，离合岂无缘”“冤冤相报实非轻，分离聚合皆前定”“有恩的，死里逃生；无情的，分明报应”等似乎浸透着因果报应论的感慨，但多为点到为止。作者更多的是将笔墨集中于细腻揭示女儿们乃至整个大家族走向衰落的现实因素，而非什么前世的报应，这就迥然有别于《醒世姻缘传》中各个人物的命运必须与其前世扯上关系的处理，因而淡化了其浓郁的道德劝惩格调。而与英雄传奇、历史演义小说的相关处理相比，《红楼梦》则摒弃了其过分的神异感应和荒诞意味，而是选择以二重框架赋予情节的前因后果以富于浪漫情怀的诠释和诗意的韵味。我们不妨回顾一下此前几部英雄传奇类小说的相关处理：

《水浒传》以“洪太尉误走妖魔”作为梁山好汉聚义的前世缘由。写杨幺起义的《后水浒传》同样将故事套在前世因果的框定之中，开篇借罗真人之口说明宋江等三十六人转世重聚而为杨幺起义军，从而“完劫数、报奸仇”，最后他们“脱去躯壳、各现本来面目”。《三国志平话》通过阴司判决让三位负屈的开汉功臣韩信、彭越、英布分别转世为曹操、刘备、孙权，瓜分汉室天下，而汉高祖刘邦则转世为献帝，吕后则为伏皇后，受曹操专权欺凌。这种安排体现了民间文艺思维中善善恶恶的思想观念和对有功之臣无辜受戮的同情悲悯。《说岳全传》则虚构了金翅大鹏和女土蝠的神话恩怨来解释岳飞与秦桧的忠奸对立。这些故事结构和具体描写的共同特征是体现出佛教因果报应观念影响的深广。当然从小说艺术的角度来说，也有利于作者能够更为便捷地组织文本的考虑。但是，这类描写虽能看出创作者对作品整体安排确有其艺术思考，但往往流于生硬甚至庸俗。特别是容易把本来复杂深刻、值得深思的历史悲剧简化为因果轮回，客观上降低了小说的艺术品格。

到了清代，世情小说的因果轮回框架明显呈现出与之前不同的特质，这既与其题材性质的细腻性、生活化相关，也同小说的进一步文人化、作者更为深厚的文学修养有关，因而便有了如前所述的更为深刻丰富的意味。因此，《红楼梦》的因果轮回框架实质上构成了对善恶有报的小说因果教化套路的质疑与颠覆，大而言之，也是对传统道德伦理秩序的质疑与颠覆。从这个意义来说，《红楼梦》作品结构的宗教元素框架既是创新的，又是对这一古代小说结构传统所做出的精彩终结。

第四章

明清世情小说中的佛教活动与佛教观念书写

第一节　寺院尼庵的写实性描写与艺术作用

除了一般人家的法事以外，宗教活动的集中发生场所主要是寺院观宇，它们为僧尼道士进行宣教、善男信女礼拜偶像提供了专门的场地。因此本身就是世情小说中佛教书写的重要组成部分，其客观描写与主观书写特点有着集中研究的必要。明代世情小说写到寺院观宇的不在少数，但若论次数之多、描写之详尽，当以《金瓶梅》为最。书中人物生活的日常宗教活动与数量众多的宫观院庙关联密切。其中，属于佛教系统的有：第五回和第六十五回的报恩寺，第二十六回的地藏寺，第三十九回的观音寺、黄梅山寺，第四十回的法华庵，第四十七回的报恩寺，第四十八回的慈惠寺，第四十九回的寒庭寺，第五十回的莲花庵，第五十一回的地藏庵，第五十四回的观音庵，第五十七回的广成寺，第六十五回的宝庆寺，第七十回的相国寺，第七十一回的黄龙寺，第七十三回的古孝光寺，第七十六回的弘化寺，第八十回的昭化寺，第九十六回的水月寺等；属于道教系统的有：玉皇庙、岳庙、清虚殿、紫虚观、上清宝篆官、玄明观、真武庙、五岳观、上清宫、土地庙、岱岳庙、碧霞官、晏公庙等。但其中大多寺庙只是在行文中提及，而出现频率最高、于小说人物情节主旨作用最大者，非玉皇庙和永福寺莫属。作为书中最重要的宗教场所，玉皇庙和永福寺在《金瓶梅》中有大量的出现，它们在结构全书、推进情节、塑造人物等方面起着重要的作用。现将全书涉及这一寺一庙的人物、情节及所在回目列出：

回目	地点	人物	情节
第一回	玉皇庙	西门庆等十兄弟；吴道官	十兄弟结拜，吴道官主持。
第十四回	永福寺	常时节、西门庆、花子虚等	西门庆和常时节等人在永福寺饮宴，花子虚被公人拘捕；西门庆在玉皇庙打醮。
第二十八回	永福寺	西门庆、贺千户	西门庆及众人为升官的贺千户送行。
第三十五回	永福寺	西门庆、荆都监、白来创等	西门庆在永福寺会荆都监等，借白来创口说玉皇庙打中元醮事。
第三十九回	玉皇庙	西门庆、吴道官	官哥降生，西门庆在玉皇庙打醮，给官哥起学名吴应元；众人听《鸿门会》评书；吴道官宴请西门庆，并为官哥准备衣物礼品。
第四十九回	永福寺	西门庆、道坚长老、胡僧	西门庆送行宋乔年；与道坚长老交谈，见永福寺之破败；遇胡僧并得壮阳药。
第五十七回	永福寺	西门庆、道长老	永福寺来历；道长老向西门庆集资。
第五十九回	玉皇庙	西门庆、吴道官	西门庆在玉皇庙举行官哥葬礼，吴道官等道士为其送殡。
第六十二回	玉皇庙	西门庆、玳安	西门庆差玳安去玉皇庙为李瓶儿求符。
第六十三回	玉皇庙、西门庆家	西门庆、吴道官	吴道官在西门庆家做李瓶儿的首七。

续表

回目	地点	人物	情节
第六十五回	玉皇庙、永福寺、西门庆家	西门庆、吴道官、道坚长老	吴道官从庙里带来大量奠仪，在西门庆家做李瓶儿的二七；挂李瓶儿遗像；永福寺道坚长老领众僧在西门庆家做李瓶儿的三七。
第六十七回	玉皇庙、永福寺	西门庆、众僧尼	西门庆遣玉皇庙、永福寺、报恩寺等寺庙的僧尼为李瓶儿送疏。
第七十八回	玉皇庙、西门庆家	吴道官、西门庆	西门庆家中，吴道官为李瓶儿做百日；正月初三，吴道官造访西门庆家，同时送打醮之帖。
第八十回	玉皇庙、西门庆家	吴道官	西门庆家中，吴道官为其做二七。
第八十八回	永福寺	春梅、陈经济	永福寺中，春梅下葬潘金莲尸首，陈经济寄存其父亲灵柩于此处，同时吊慰潘金莲。
第八十九回	永福寺	吴月娘、春梅	月娘祭西门庆，同时在永福寺遇春梅。
第九十八回	永福寺	周守备、陈经济等	众人送周守备，陈经济送其直至永福寺。
第九十九回	永福寺	韩爱姐	永福寺陈经济下葬，韩爱姐为其上坟。
第一百回	永福寺	吴月娘、普静禅师	普静荐拔群冤使之各去超生，点化吴月娘，携孝哥出家。

（表中内容出自《皋鹤堂批评第一奇书〈金瓶梅〉》，王汝梅校注，吉林大学出版社，2011 年版）

从表中可以看出，这两处场所自始至终几乎见证了西门庆家族所有的红白大事，对于全书的起结承转自有其作用所在。张竹坡对此两处非常重视，在评语中多次点出，他在崇祯本《金瓶梅》读法中说全书“起以玉皇庙，终以永福寺”。之后在小说第一回回评中说：“《金瓶》内，每以一笔作千万笔用。如此回玉皇庙，谓是结弟兄；谓是对永福寺，作双峙起结……”①第一回夹批中说：“玉皇庙、永福寺，须记清白，是一部起结也，明明说出全以二处做终始的柱子。”②第四十九回回评中说：“玉皇庙、永福寺是一部大起结。”③这些显然都是着眼于其总领、点题之用。词话本和崇祯本对这两处的处理有所不同，本书研究会兼及两个本子的描写。

纵观全书，这一庙一寺的作用可以概括为：

第一，作为全书诸多情节发生发展的地点，提供了情节发展、人物性格生成的场所并发挥了结构全书的作用。崇祯本第一回“西门庆热结十兄弟”便以谢希大之口引出这两处，由西门庆决定于玉皇庙结拜。此后，玉皇庙和永福寺成为诸多情节发生的场所，它们默默注视着这个家族的盛衰和家族中诸多成员的兴亡。

其间，不乏世人迎来送往的事务。如第十四回西门庆对吴月娘说：“今该常时节会，他家没地方，请了俺们在门外五里原永福寺去耍子。”第二十八回西门庆及众人在永福寺为升官的贺千户送行；为蔡御史送行，二人“出城外，到于永福寺，借长老方丈摆酒饯行。来兴儿与厨役早已安排桌席停当。李铭、吴惠两个小优弹唱”。可以说，本为佛门净地的寺院在《金瓶梅》中经常被世人作为饮宴相送的场合，这和明代寺院的世俗化发展、进行商业经营的实际情况均不无关系。通过第一章的分析我们可以看出，明代宗教的世俗化表现之一是朱元璋出于“今天下之僧，多与俗混淆，尤不如俗者甚多，是（等）[皈]其教而败其行，理当清其事而成其宗”的考虑而将僧人按职责划分为禅、讲、教三类，其中教僧也称瑜伽僧，其职是专为在家人完成法事、诵佛经等日常宗教活动。《金陵梵刹志》记录的洪武二十四年（1391）的《申明佛教榜册》中对瑜伽僧“赴应世俗”的所酬之资

① 朱一玄编：《金瓶梅资料汇编》，南开大学出版社，2012 年版，第 446 页。
② 朱一玄编：《金瓶梅资料汇编》，南开大学出版社，2012 年版，第 176 页。
③ 朱一玄编：《金瓶梅资料汇编》，南开大学出版社，2012 年版，第 504 页。

有明确详细的规定，而且要求并鼓励所得酬资须和全寺僧人均分，“已上诸经布施钱，诵者三分得一，二分与众均分，云游暂遇者同例。若有好事者额外布施，或施主亲戚邻里朋友乘斋下衬者，不在此限”①。僧众的日常生活遂有了较强的商业色彩，这也带动了寺院经济活动其他途径的发展，除一般佛教用品外，还出售其他商品，甚至形成街市，史载城隍庙开市时，“日用所需，精粗毕备，羁旅之客，但持阿堵入市，顷刻富有完美。以至书画骨董真伪错陈，北人不能鉴别，往往为吴侬以贱值收之。其他剔红填漆旧物，自内廷阑出者，尤为精好……”②；南京报恩寺前“陈百戏、说稗官者甚夥”，均可谓琳琅满目。可以说明代庙会的功能其商业性已经远远盖过了宗教性。在土地方面，明代寺院多数采取招佃收租的方式，寺院常会将空闲房屋、场地出租，供商人等经商往来之用，《金陵梵刹志》第五十卷就记录了各寺的租额条例。《金瓶梅》中寺院等宗教场所的世俗性应用，就是明代佛教世俗化在小说中的反映。

对于永福寺和玉皇庙的书写特征，张竹坡在小说第四十九回中有评语道：“永福寺葬金莲，却先死西门庆瓶儿，是玉皇庙热之源，永福寺冷之穴也。”事实确实如此，在小说前多半部分中，西门庆热结十兄弟、官哥寄名、瓶儿荐亡等“烈火烹油”之“热”事均发生于玉皇庙；其后诸事，如金莲下葬、普静度脱官哥儿等寂寥悲怆之“冷”景则均上演于永福寺。自始至终，这一庙一寺就如冷热两极，在不动声色中见证着这个家族的兴衰和众人的悲欢。在具体的情节演进中，一庙一寺时隐时现，它们的存在不仅是人物活动和故事发生的场地，而且在推动情节进展方面发挥了不小的作用，甚至成为故事转换的界点。如第三十回，西门庆因李瓶儿生得一子而焚香祭祖，立卜愿景发一百二十分清醮来祈祷瓶儿母子平安。以此为始，情节才得以发展至第三十九回的玉皇庙打醮，吴道官举行盛大的打醮仪式，并将官哥寄名于玉皇庙内，成为吴道官之徒。这一回的打醮引发了

---

① 〔明〕葛寅亮撰：《金陵梵刹志》，何孝荣点校，天津人民出版社，2007年版，第61页。

② 〔明〕沈德符撰：《万历野获编》，中华书局，1959年版，第613页。

两个后果，一是吴道官为官哥所赠衣物引发众妻妾包括王姑子在内的冷嘲热讽，二是潘金莲因正逢自己生日但西门庆在玉皇庙打醮而没有给自己上寿，因而内心对瓶儿母子愈发嫉妒。这样的情节安排可谓“一击空谷，八方皆应”，以玉皇庙为中心的一个情节引发出了更多的枝蔓，极为自然和生活化。这之后的第四十一回，金莲见官哥与乔家长姐联姻而生抱怨，被西门庆责骂后恼羞成怒，不仅拿春梅出气，而且对瓶儿嫉恨更甚，最终处心积虑用猫吓死官哥，李瓶儿也因之不久病亡。因此，在李瓶儿故事中，玉皇庙的情节成为她命运的重要转折点与线索，特别是玉皇庙的平安醮最终成为李瓶儿母子走向灭亡的开始，令人唏嘘之余备感人心叵测，不能不说其中暗含了作者对于道教的讽刺。第四十九回“遇梵僧现身施药”，西门庆在永福寺为蔡御史饯行时得遇一胡僧，从彼处得到壮阳药，服用后的西门庆大战王六儿、李瓶儿，从而埋下了后文李瓶儿血崩的病根和西门庆自己纵欲身死的伏笔。这之后，全书节奏则逐渐转向清冷，而永福寺可以说是对这种风格的总结收束：潘金莲为武松所杀后被庞春梅葬于永福寺，这个一生欲火旺盛的女人最终埋于佛门净地；而庞春梅于清明节祭扫金莲之墓时遇吴月娘，使人颇感白云苍狗、世事无常；孟玉楼又则在永福寺遇李衙内，二人结为连理，她成为西门庆众妻妾中结局较好的一位，给惨淡的故事落幕平添了一丝难得的暖色调；而最后普静于永福寺度化众人魂魄，至此，全书本末终始皆归拢井然。张竹坡说：

> 至于永福寺，金莲埋于其中，春梅逢故主于其内，而月娘、孝哥俱于永福寺讨结果。独于瓶儿，未有永福寺之瓜葛也。不知其于此回内，已为瓶儿结果于永福之因矣。何则？瓶儿病以梵僧药，药固用永福寺中求得，然则瓶儿独早结于永福寺矣。故玉皇庙、永福寺是一部大起结。①

① 朱一玄编：《金瓶梅资料汇编》，南开大学出版社，2012年版，第504页。

总之，玉皇庙和永福寺不仅是书中诸多故事发生的场所、发展的节点，而且作为宗教观念的外化意象，直接参与到了小说的结构铺排和人物形象塑造中，这就显得深入贴合而并非游离于情节之外，从而贯穿全书始终，使小说有浑然一体之感和前后呼应的统一整齐之美，与传统审美相适应，并且使庙宇有人物之生动感，人物有佛、道观念之浸染，相得益彰。所以，这一庙一寺就不仅仅是两个没有生命的所在，在小说中因与之相关的情节流动和人物风貌而被赋予了戏剧化的定位，以及结构和线索布设中的重要位置，作者可谓深谙地域空间在小说叙事中的作用，正如有学者所言："地域空间最主要的特点，还在于它是一致精神文化空间，是社会关系的具体表现。正是这个特点，使其成为小说叙事格局的内在依据，小说家对情节的设计与安排在很大程度上受到它的掣肘。"①这对后世世情小说在寺庙观宇的描写上都产生了深远的影响。

如果对这两处场所相关的情节做一个划分，则全书可以以第五十九回为一个分界。第五十九回之前，寺庙以玉皇庙出现居多，且多为结拜、饮宴、打醮等盛大之事，如曲调之高亢泼辣；第五十九回以官哥之死为始，寺庙以永福寺出现居多，多为送殡、度化等凄凉事，如曲调之低回哀婉。这正是"夫玉皇庙，皆起手处也；永福寺，皆结果处也"——无论就具体情节的起落，还是全书的整体结构，这一判语都是准确的。正如日本学者大塚秀高所指出的："《金瓶梅》的前半部是以玉皇庙所象征的世俗和潘金莲为中心开展情节；而始于官哥和李瓶儿之死，到西门庆死后进入正式化的后半部情节，则以吴月娘为司仪，以普静和永福寺所象征的荐拔和转生为中心而展开。这是《金瓶梅》的基本构造。"②这一庙一寺前后呼应，如两峰遥相对峙，支撑起全书结构的重要组成部分，使小说体现出一种根植于传统审美风格的对称之妙。第三十九回和第八十九回分别有对玉皇庙和

① 徐岱著：《小说叙事学》，商务印书馆，2010年版，第292页。

② ［日］大塚秀高、柯凌旭：《从玉皇庙到永福寺——〈金瓶梅〉的构思（续）》，《明清小说研究》2001年第2期。

永福寺建筑风貌的具体描写：

> 青松郁郁，翠柏森森；金钉朱户，玉桥低影轩官；碧瓦雕檐，绣幙高悬宝槛。七间大殿，中悬勅额金书；两庑长廊，彩画天神帅将。祥云影里，流星门高接青霄；瑞霞光中，郁罗台直侵碧汉。①
>
> 山门高耸，梵宇清幽。当头敕额字分明，两下金刚形势猛。五间大殿，龙鳞瓦砌碧成行；两廊僧房，龟背磨砖花嵌缝。前殿塑风调雨顺，后殿供过去未来。钟鼓楼森立，藏经阁巍峨。②

两者在描写上的风格差异显而易见，一者金碧辉煌、气势隆盛，一者朴素淡然、禅意缭绕，一如发生在两地的红尘中事一样。如果把《金瓶梅》全本看作一个自行运转的宇宙，那么一寺一庙就是其中冷热荣枯的两极，相映成趣，对峙而又统一，分离而又呼应，在无声中见证着西门家族和一众世人悲欢歌哭的人生历程。总之，小说以寺庙之“冷”眼静看红尘喧嚣之“热”景，一幕幕酒色财气的活剧上演在本应超然于尘世之外的净土之中，其中的人物无论教门僧众还是红尘俗众，都是“天下熙熙，皆为利来”之辈，使小说的批判意味、讽刺意味更加鲜明深刻。比较而言，玉皇庙常作为“热”事发生的场所，崇祯本第一回“西门庆热结十兄弟”即选择玉皇庙为舞台，让西门庆的一众兄弟应伯爵、谢希大等依次粉墨登场，西门庆的几个女眷潘金莲、李瓶儿、庞春梅也被依次引出。此后的情节中，小说中“烈火烹油，鲜花着锦”的诸多事件纷纷在这里上演；而永福寺的作用则在末回得到了最充分的展示——普静禅师超度亡魂、度化孝哥，对书中主人公的最终结局做了交代。

---

① 〔明〕兰陵笑笑生著：《金瓶梅词话》，陶慕宁校注，人民文学出版社，2000 年版，第 458 页。

② 〔明〕兰陵笑笑生著：《金瓶梅词话》，陶慕宁校注，人民文学出版社，2000 年版，第 1219 页。

第二，小说里呈现出的寺庙形态和寺庙中众僧尼的言行，是明代尤其是嘉靖年间宗教生态和民众宗教观念的真实展现。如前所述，西门庆十兄弟结拜的场所就是玉皇庙，此地金碧辉煌，宝相庄严。第五十七回，永福寺有重要作用，张竹坡说“此回单为永福寺作地”。在之前的第四十九回中，作者即借西门庆之口评论此处“这寺院也宽大，只是欠修整”，第五十七回则交代了永福寺的前世今生，并详尽描写其残破寥落：“不消几日儿，把袈裟也当了，钟儿、磬儿都典了，殿上椽儿、砖儿、瓦儿换酒吃了。弄得那雨淋风刮，佛像儿倒的，荒荒凉凉，将一片钟鼓道场，忽变做荒烟衰草。三四十年，那一个肯扶衰起废！”果然是“坍塌得不成模样了”。①此处极写永福寺的衰败萧条，一方面是永福寺作为全书结尾的收束象征，作者刻意渲染其破败之相，以为后文造成一定的伏笔作用；另一方面也是《金瓶梅》成书的嘉靖年间佛教现状的实录。

而相比之下，小说中所写的玉皇庙就极尽雄峻气派之能事，崇祯本第一回即从西门庆眼中写出其“殿宇嵯峨，宫墙高耸。正面前起着一座墙门八字，一带都粉赭红泥；进里边列着三条甬道川纹，四方都砌水痕白石。正殿上金碧辉煌，两廊下檐阿峻峭。三清圣祖庄严宝相列中央，太上老君背倚青牛居后殿”②的样貌。后来在第三十九回借西门庆玉皇庙打醮，小说再次详细描绘了“天宫般盖造”的玉皇庙富丽堂皇的装潢、气派奢华的陈设。这一方面是由于道观相比佛寺来说本就更注重装饰建筑，这些装饰也均是道教观念的外化呈现，如松柏、灵芝、麒麟和龙凤象征延年益寿、君子品行和祥瑞；青龙、白虎为东方七宿星君四象之列，与朱雀、玄武并称“四灵神君”；此外还有以蝙蝠谐音“福”、以鹿谐音“禄”等，都体现了道教渴求福禄双全、修仙成真的愿景。

---

① 〔明〕兰陵笑笑生著：《皋鹤堂批评第一奇书〈金瓶梅〉》，王汝梅校注，吉林大学出版社，2011年版，第874页。

② 〔明〕兰陵笑笑生著：《皋鹤堂批评第一奇书〈金瓶梅〉》，王汝梅校注，吉林大学出版社，2011年版，第21页。

第九十三回，陈经济投奔的晏公庙描写亦有类似处：

> 山门高耸，殿阁崚层。高悬敕额金书，彩画出朝入相。五间大殿，塑龙王一十二尊；两下长廊，刻水族百千万众。旗竿凌汉，帅字招风。四通八达，春秋社礼享依时；雨顺风调，河道民间皆祭赛。万年香火威灵在，四境官民仰赖安。①

同样是着重写其装潢之气派、世俗气息之浓重，这些显然与小说中描写佛寺时重在刻画其衰索的笔法迥然不同。因此另一方面，作为本应是道家清净之地的观宇，作者的笔下却着眼于其外在颜色形态，除作者意在凸显其背后遮挡不住的世俗气之外，此类书写的宗教现状背景亦不可忽视。嘉靖皇帝朱厚熜是历史上有名的佞道皇帝，其对道教的痴迷近乎走火入魔，他在位期间高度宠信道士和方士，如邵元节、陶仲文等，命邵元节总领道教，居显灵宫，统辖朝天、显灵、灵济三宫；给陶仲文加少师、少傅、少保。嘉靖还沉迷于斋醮，频繁设坛举行延年祈福的仪式；并且大量度道和修建道教殿坛。同时，他以相当严厉的措施禁绝佛教，嘉靖一朝，由于佞道抑佛，导致佛教受到极大打击。《万历野获编》"释道　毁皇姑寺"条记载："皇姑寺在京师西山，不知所始。嘉靖六年丁亥，上谕辅臣杨一清云：'前有旨下部，谓尼僧与僧道不同，而尼僧寺与僧寺道观又不同。今因桂萼奏毁尼寺，已行下矣，今若皇姑寺仍留，是不去其根也。'……此旨既下，其后因循至今，又八十年矣。尼僧之增日多，宣淫日甚，檀施亦日益不赀矣，盖其根株俱在内廷。以世宗英断，尚不能铲除，况后世乎？自丁亥后又十年，而霍文敏（韬）为南礼卿，首逐尼僧，尽毁极庵，金陵一片地顿尔清净。霍去而尼复集，庵复兴，更倍往日矣。是时，上又下密谕阁臣曰：'朕又将有议此寺额名之意，并告卿知，夫顺天、保明者，明是

① 〔明〕兰陵笑笑生著：《金瓶梅词话》，陶慕宁校注，人民文学出版社，2000年版，第1271页。

我国朝号，此言尼僧之祖，能顺圣祖奉天开极，此唯皇天命之，何待后日！以一妖尼能保大明也哉？’……予向曾记汰尼，因及皇姑寺始末，然不如此之核，因再述世宗屡诏，以见先朝遏邪之严。”①除了裁汰尼僧、毁弃寺庙外，嘉靖对佛骨等物的破坏同样严重，“初年用工部侍郎赵磺言，刮正德所铸佛金一千三百两。晚年用真人陶仲文等议，至焚佛骨万二千斤”②。佛教建筑受到严重破坏，在明代不始于嘉靖。《万历野获编》“释道京师敕建寺”条载：“京城内有大隆福寺，景帝所建……成化间，又以妖僧继晓建护国大永昌寺，致劳宪宗亲幸，不逾时晓诛寺毁，此皆聚民膏血所成。二寺俱逼近禁御。隆福今尚存，而永昌则无寸椽片瓦矣。”③这些都加剧了明中后期佛教失势于朝廷的局面和寺庙受损严重的状况，因此嘉靖一朝，道教得势，被帝王尊崇，而佛教则备受打压。《西游记》中受迫害的车迟国、灭法国僧人均有对历史的影射，《金瓶梅》中永福寺、黄龙寺的破败萧条，玉皇庙的富丽堂皇，也正是这一时期佛教处境困难、道教如日中天的写照之一。

第二节　小说中的宗教活动描写与明清社会

明清宗教世俗化的一个重要表现，是宗教活动愈来愈多地沾染了功利化的色彩，与寻常百姓的生活发生着愈来愈紧密的关联。明清世情小说中有为数不少的相关描写，这些描写兼有文学和文化意义，其文学意义主要在于刻画人物形象，推动情节发展，拓展小说描写空间；其文化意义主要

① 〔明〕沈德符撰：《万历野获编》，中华书局，1959年版，第198页。

② 《明实录·世宗实录》，台湾“中央研究院”历史语言研究所校印，上海书店，1982年版，第759页。

③ 〔明〕沈德符撰：《万历野获编》，中华书局，1959年版，第199页。

在于记录了当时宗教活动的仪轨流程，保存了相关的史实文献。因此对明清世情小说中的宗教活动，我们有集中探讨的必要。

一、水陆法会

水陆法会是明清世情小说中较为常见的佛教活动，也称水陆大会、水陆会、水陆斋仪、法界圣凡普度大斋胜会等。相传始自南朝梁武帝，因其是为超度水陆所有鬼魂，普济六道四生，故名“水陆法会”，以诵经设斋和礼佛拜忏的方式追荐亡灵。《佛祖统纪》卷三十三：“梁武帝梦神僧告之曰：六道四生，受苦无量，何不作水陆大斋以拔济之……帝即遣迎《大藏》，积日披览，创立仪文，三年而后成……常设此斋流行天下。”①自宋代始，水陆法会开始流行，并逐渐风行于全国。宗赜《水陆缘起》中说：“江淮两浙、川广、福建，水陆佛事，今古盛行。”②志磐续《水陆仪文》成《水陆新仪》六卷，记录了相关仪轨的具体步骤。现行依据基本是清代六卷本《法界圣凡水陆普度大斋胜会仪轨会本》。

水陆法会其形式上的特点是规模较大，长者七七四十九天，短者也要七天；人数亦较多，参与的僧人常达几十甚至上百。元朝曾在金山寺设水陆法会，所参与僧众总数多达一千五百人。明初，太祖将佛寺和僧人按性质分为禅、讲、教三类，太祖对教即瑜伽教一类的专业职能、科仪、法事价格等均做出了详细规定（见本书第一章）。明代的佛教政策使瑜伽教僧所从事的法事活动更加频繁且专业化，与民间的联系也更为密切，这些均在世情小说中有所反映。《金瓶梅》第八回写了潘金莲在武大郎百日时在家所做的水陆：

---

① 〔宋〕志磐撰、释道法校注：《佛祖统纪校注》，上海古籍出版社，2012年版，第730页。

② 陈玉女：《明代瑜伽教僧的专职化及其经忏活动》，《明代的佛教与社会》，北京大学出版社，2011年版，第278页。

光阴似箭，日月如梭，又早到八月初六日。西门庆拿了数两散碎银钱、二斗白米斋衬，来妇人家，教王婆报恩寺请了六个僧，在家做水陆，超度武大升天，晚夕除灵。道人头五更就挑了经担来，铺陈道场，悬挂佛像。王婆伴厨子在灶上，安排整理斋供。西门庆那日就在妇人家歇了。不一时，和尚来到，摇响灵杵，打动鼓钹，宣扬讽诵，演《法华经》，礼拜《梁王忏》。早辰发牒，请降三宝，证盟功德，请佛献供。午刻召亡施食，不必细说。①

第六十三回和第六十五回在李瓶儿死后也有相关描述：

须臾过了，看看到首七。正是报恩寺十六众上僧，黄僧官为首座，引领做水陆道场，诵《法华经》，拜《三昧水忏》。

到李瓶儿三七，有门外永福寺道坚长老，领十六众上堂僧来念经，穿云锦袈裟，戴毗卢帽，大钹大鼓，早辰取水，转五方，请三宝，浴佛；午间加持召亡破狱，礼拜《梁皇忏》，谈《孔雀》，甚是齐整。②

这些都是明代瑜伽教僧举办水陆道场在小说中的反映，从中我们看到明人宗教生活的真实写照，而且其中描写大多是符合水陆法事仪轨资料的。首先是“铺陈道场，悬挂佛像”，这正是水陆仪轨的一般程序开始：“将为启建胜会，先当资其法力，故首之以外坛诵经，道场开启。众胜将临，当须内外洁净，行止有禁，故次之以内坛结界。坛仪既净，于是昭告人天，故次之发符悬幡。”③坛分内坛、外坛，而以内为主，在内坛悬挂毗

① 〔明〕兰陵笑笑生著：《金瓶梅词话》，陶慕宁校注，人民文学出版社，2000年版，第88页。

② 〔明〕兰陵笑笑生著：《金瓶梅词话》，陶慕宁校注，人民文学出版社，2000年版，第805、824页。

③ 〔南朝梁〕志公禅师等撰、〔明〕云栖袾宏补仪：《水陆仪轨会本》卷一，《水陆大意纶贯》，第2页。

卢遮那佛、释迦牟尼佛和阿弥陀佛三尊佛像。“王婆伴厨子在灶上，安排整理斋供”，内坛下置供桌，以放置香花果品等物。“和尚来到，摇响灵杵，打动鼓钹，宣扬讽诵，演《法华经》，礼拜《梁王忏》”。忏法指通过念经拜佛以忏悔罪业的仪轨。据传最早制作忏法的是梁武帝，他所制定的《慈悲道场忏法》被后世称为《梁皇忏》，成为最常用的忏法。以上描写的是外坛佛事，共分大小六个坛场，每坛都有僧人诵经，其中大坛所诵就是《梁皇宝忏经》《妙法莲花经》等经文，同时要配以木鱼、灵杵之类的法器。“早辰发牒，请降三宝，证盟功德，请佛献供。午刻召亡施食，不必细说”。此处“施食”是“放焰口”的别称，全称是“瑜伽焰口施食仪”，本为密宗科仪，后为一般寺院广泛采用，始见于《救拔焰口饿鬼陀罗尼经》，焰口是其中饿鬼的名字，后世便以“放焰口”作为对饿鬼施以食物仪式的别称。明代，佛界诸家对放焰口的理解莫衷一是，导致在实际操作中出现人为增删的情况，《金瓶梅》对放焰口的描写一笔带过，未加重视，或可窥见一斑。

一般而言，“除灵”（即灵位在家中停放七七四十九日后烧掉）时的水陆道场的规模不如丧葬时的大。如《红楼梦》中秦可卿死后，宣坛上的僧道对坛榜文即写有“恭请诸伽兰、揭谛、功曹等神，圣恩普锡，神威远镇，四十九日消灾洗业平安水陆道场”以及“禅僧们行香，放焰口，拜水忏；又有十三众尼僧，搭绣衣，靸红鞋，在灵前默诵接引诸咒，十分热闹”①的描写，可见其排场规模自然远胜《金瓶梅》中武大郎的“待遇”。小说中武大郎死后的道场不仅难与秦可卿之奢华相比，比同作中的其他人亦有不如，后拖延到五月十五日。如小说中写孟玉楼为杨宗锡除灵、李瓶儿为花子虚做道场时，请的僧人都是十二个（“请了报恩寺十二众僧人，在家念经除灵”“请十二位高僧念经烧灵”，见小说第七回、第十六回）。前面提到的李瓶儿死后的僧人数量则为十六，可见其排场均在武大之上。

① 〔清〕曹雪芹著、无名氏续：《红楼梦》，人民文学出版社，2007年版，第175—176、183页。

明乎此水陆法事的规格差别，再联系同回中潘金莲与西门庆在武大丧事期间仍然淫乐以至被和尚偷听，才更能看出潘金莲的薄情和冷漠，这一细节可以视为对潘金莲性格的重要注脚之一。

二、宣卷

宣卷是明清时期又一常见的民间佛教活动，世情小说如《金瓶梅》中多有描写西门庆家请尼姑进行宣卷的情节，在第三十九、四十、五十、五十一、七十三、七十四、八十二、八十三、九十五等回中均有涉及。其中有四次描写得较为详细：第一次于本书第二章第二节已述及，在第三十九回，大师父和王姑子为众人讲述唐高宗时期五祖弘忍由富家员外到抛弃家财妻子、转世后成了正果的故事。第二次在第五十一回，潘金莲生日，请了薛姑子演颂《金刚科仪》，宣扬人生如电光火石般迅速，以及轮回不爽的思想。《金刚科仪》是在追荐亡灵的法会上演唱的。第三次在第七十三回，孟玉楼生日，薛姑子、大师父、王姑子和两个小姑子妙趣、妙凤为孟过生日，都来西门庆家举行宣卷活动，由薛姑子宣唱，内容是五戒禅师被红莲美色所迷，破了色戒，转世为苏东坡，明悟禅师转世为佛印。第四次在第七十四回，由薛姑子演说《黄氏女卷》。其中提及名称的宝卷共有三部，分别是《金刚科仪》《黄氏女卷》《红罗宝卷》。另，《五祖黄梅宝卷》和《五戒禅师宝卷》虽未提及其名，但从宣唱的内容则不难判断。因此小说涉及的宝卷一共有五部。足见宣卷在明代百姓日常宗教活动中出现的频率之高。

“宣卷”，即宣讲宝卷，指由僧尼受邀去人家中以通俗的说唱形式演说佛法、宣扬因果思想的活动。一般认为，这一活动发端于唐代僧众演说佛法的“俗讲”。按其内容可分为“讲经”和“说因缘”两类，其中歌唱的部分来自佛教的歌赞佛曲。宝卷实际上是宣卷的脚本，风靡于明、清两代，特别是在明代开始有了显著的发展。首先表现在，不仅佛教而且各民间宗教也惯于在宣扬教义的过程中使用宝卷作为工具；其次是，宝卷自身具有的故事性和娱乐性以及明清佛教世俗化进程的加速，促使宣卷日益成为民间带有宗教信仰色彩的娱乐活动。

宝卷的原文有不少流传下来，其代表性作品如《香山宝卷》《三世修行黄氏女宝卷》《刘香女宝卷》《红罗宝卷》，但明代民间的佛教宣卷具体情况在佛教相关典籍中却未见记载，因此如《金瓶梅》等文艺作品就为我们了解这一佛教活动提供了非常直观的资料。

宣卷有一整套完整的仪式和内容，通常在晚间进行，开始时摆上“经桌”，要焚香供烛，延请佛祖。宣卷的僧尼手上通常拿有名为“击子儿”的伴奏乐器（僧众诵经时用的手铃），底下的听众随着他们的唱诵“齐声接佛”，主宾唱和相随，第三十九回、第七十四回均有相关描写。第三十九回写王姑子、大师父讲《五祖黄梅宝卷》：“月娘吩咐小玉把仪门关了，炕上放下小桌儿，众人围定两个姑子，在正中间焚下香，秉着一对蜡烛，都听他说因果。”第七十四回写：“不一时，放下炕桌儿，三个姑子来到，盘膝坐在炕上。众人俱各坐了，挤了一屋里人，听他宣卷。月娘洗手炷了香。这薛姑子展开《黄氏女卷》，高声演说道……”这两次宣卷的地点都在吴月娘的房中，因为宣卷是当时民间家庭宗教活动的重要组成部分，人们习以为常。但第五十一回姑子们宣讲《金刚科仪》时就不然了，而是位于“明间”即家中正房的客厅，因该宝卷多用于荐亡法会、还愿时唱诵，更为严肃和正规。宣卷以大段佛教故事为开始，中间杂以韵文、白文、散曲和偈子，其中尤以韵文、偈子和散曲的民间说唱风格最显著：

> 说八个，众夫人，要留员外；告丈夫，休远去，在家修行。你如今，下狠心，撇下妻子；痛哭杀，儿和女，你也心疼。……
>
> 老员外，唤梅香，把灯点起；将钢刀，拿在手，指定夫人。那一个，把明灯，一口吹死；图家财，害我命，改嫁别人。若不说，一剑

去，这头落地；一个个，心害怕，倒在埃尘。……①

宣卷由“俗讲”“说经”的体制演变而来，因而保存着这种白文、散曲和偈所共同构成的文风。偈是佛经中用于赞颂的文体，共四句，每一句由相同的字数构成。如第七十四回薛姑子所道的“众等所造诸恶业，自始无始至如今。灵山失散迷真性，一点灵光串四生。一报天地盖载恩，二报日月照临恩，三报皇王水土恩，四报爹娘养育恩，五报祖师亲传法，六报十类孤魂早超身”。但因这种文字较为深奥，所以宣卷人常常紧接其后要加以大段阐述。然后全部宣卷过程才算结束。其时间往往较长，因此小说中每每描写“宣毕卷，已有二更天气”，听众“昏昏欲睡”。

综上，可以看出《金瓶梅》中描写的宣卷活动，有几个特点：首先，其功用多为追悼亡灵或民间妇女的佛教活动，前者多唱诵《金刚科仪》，后者则多为故事性较强的《黄氏女宝卷》《刘香女宝卷》等。其次，其内容是讲因缘的宝卷占了大多数，如《红罗宝卷》者，盖因一般民众的宗教修养大多不高，通过因果轮回、善恶报应的故事，能够使他们容易理解和接受。从小说艺术角度来看，宣卷活动也自有其价值所在：一是丰富人物形象。宣卷的主角薛、王二姑子前已详述，她们在宣卷的同时不忘售卖送子符药、与西门家女眷套近乎，甚至为分钱不均而互责，其世俗气息显露无遗。同时，在宣卷情节中，西门庆及家人的性格也得到了一定程度的丰富，如书中的宣卷活动都是由吴月娘邀请就行的，这是为了突出这一人物“好善看经，礼佛布施”的角色定位。二是对明代宗教世俗化的又一展露，因为相比宋元时期的佛教宝卷形式，明代的已简化许多，并常乐于接纳新的民间曲调，以增强其娱乐性和可观性。

① 〔明〕兰陵笑笑生著：《金瓶梅词话》，陶慕宁校注，人民文学出版社，2000年版，第469页。

第三节　复杂矛盾的宗教态度：对佛教的信仰和对僧尼的厌恶

明代世情小说中表现出的宗教态度是十分复杂的，以《金瓶梅》论，其中写了大量的僧尼、道士，但多为庸俗甚至邪淫贪财之辈，不要说一个出家人应有的操守，甚至比起许多普通人的德性亦大不如。作者甚至不顾刻露说教之弊端，多次在书中径直加以批判，如第八十四回写庙祝石伯才及其徒弟趋时揽事，有这样的评论：

> 看官听说：但凡人家好儿好女，切记休要送与寺观中出家，为僧作道，女孩儿做女冠、姑子，都称瞎男盗女娼，十个九个都着了道儿。有诗为证：
>
> 琳宫梵刹事因何？ 道即天尊释即佛。广栽花草虚清意，待客迎宾假做作。美衣丽服装徒弟，浪酒闲茶戏女娥。可惜人家娇养子，送与师父作老婆。①

这样的评论在薛、王二姑子出场时亦有不少，结合全书的相关描写，不难看出作者对当时僧道尼姑的反感厌恶之深。我们已经分析了明代世情小说中恶俗僧尼道士的多方面成因，但另一方面，这些小说于方方面面又深受佛道思想的浸染，作者往往表现出对宗教义理的虔诚信念。于是，对宗教人物的极端丑化和对宗教本身的崇信的鲜明反差，构成了明代世情小说中非常复杂的宗教态度。

---

① 〔明〕兰陵笑笑生著：《金瓶梅词话》，陶慕宁校注，人民文学出版社，2000年版，第1163页。

明代世情小说中复杂的宗教态度有多方面的成因，其主要原因自然首先来自明代宗教自身。换句话说，这是明代宗教政策、教义、组织形式等各方面世俗化所产生的结果之一。虽然明清两代的帝王皆重视佛教、道教“阴翊王度”的政治影响，并于政策上多有扶持，但不可回避的现实是，明清时期的宗教日益走上世俗化的道路，正如陈洪先生所指出的，“为了自身的生存，二者不约而同地走上了世俗化的道路，佛教各宗派都向最近世俗的净土宗靠拢，道教则背离了全真保和、清心寡欲的原旨，而完全倒向了画符禁咒、斋醮祈祷的一面”①。以佛教而论，明清两代，禅宗仍是汉地佛教的主流。鲁迅先生有言，中国旧时代的知识分子身上都带着三件小玩意，一是《论语》，二是《庄子》，三是《维摩经》，这实际说的就是中国知识分子受佛教特别是中国化了的佛教宗派——禅宗的思想影响之巨。明清文人的创作与行为处世，受佛教的影响都是很显著的，明末清初的著名文人金圣叹与佛教渊源甚深，其自称十一岁即读《法华经》，成年后亦有众多佛学专著，如《法华百文》《法华三昧》《法华讲场私钞》《宝镜三昧私钞》《西城风俗记》等。他还曾借扶乩诡称天台高僧之灵附体，并以高僧之灵的名义与钱谦益进行了佛学义理的切磋。而钱谦益、王夫之等著名文人的创作与理论同样受佛教影响甚巨。②以《金刚经》等经典立宗的禅宗，其思想主张“性空幻有”“扫相破执”“无住”等，认为佛性本有，心性本自清净，只因被凡尘烦恼遮蔽，所以不能自见。因而主张明心见性，从而认识自家本来面目，方可成佛。佛性本有，本心即佛，然则佛性于内在当下自求，尊重内心，尊重个人意志与欲望，所谓“要困即困，要眠即眠”，摆脱外在的束缚羁绊即可。“曰：‘云何即得解脱？’（慧海）师曰：‘本自无缚，不用求解，直用直行，是无等等。’”③《古尊宿语录》卷四《临济慧照禅

① 陈洪著：《结缘：文学与宗教——以中国古代文学为中心》，北京师范大学出版社，2009年版，第288页。

② 陈洪：《清初文论中的佛学影响》，《南开学报》1996年第6期。

③ 〔宋〕普济著：《五灯会元》，苏渊雷点校，中华书局，1997年版，第155页。

师语录》引慧照语："道流佛法无用功处，只是平常无事，屙屎送尿，着衣吃饭，困来即眠。"①当然，摆脱外在如经典、偶像的束缚只是手段，目的和关键是悟道。但既然把主体心性提升到了"即佛"的高度，更多的人就往往更重手段而轻目的，重我心本身而于悟道无谓了。修行者认为，平常心即是道，无论衣食住行，日常种种，莫非道之所在，所以礼佛读经皆为无用。其发展所向，便是出现了所谓"狂禅"思潮，强调本心即道、本心即佛，而忽视了经教、戒律和实修的重要作用。

唐代，禅宗教团内部就已经出现呵佛骂祖现象，如德山宣鉴禅师那段著名的言论：

> 这里无祖无佛，达摩是老臊胡，释迦老子是干屎橛，文殊、普贤是担屎汉，等觉、妙觉是破执凡夫，菩提涅槃是系驴橛，十二分教是鬼神簿、拭疮疣纸，四果三贤、初心十地是守古冢鬼，自救不了。②

他对一切的束缚，无论偶像、神佛、经典云云，都是一副嬉笑怒骂的姿态。然则思想与欲望本非泾渭分明，心性中除了成佛悟道外，也必然包含喜怒哀乐、七情六欲，因此禅宗特别是"狂禅"在高度重视心性的同时，也客观上为人欲的解放开了方便之门。

明代，佛教衰微，禅宗失去活力，虽然到了中后期有一定程度的崛起，但主要还是因知名禅师对禅宗的现状不满，痛斥"禅病"而起，而其中较著名者如云溪袾宏、憨山德清等人秉承宋以来三教合一的主张，既重禅学，也重义学和净土，于义理上并无什么大的进展。被称为"明初第一宗师"的楚石梵琦，于禅法上更是不修经教，延续了呵佛骂祖的做法，极显禅教中的"平常心"："心本是佛，造作还非。""观世音菩萨，变作一条

---

① 《古尊宿语录》卷四《临济慧照禅师语录》，中华书局，1987年版，第43页。
② 〔宋〕普济著：《五灯会元》，苏渊雷点校，中华书局，1997年版，第374页。

黑漆柱杖子。”“一大藏教，只是个卖田乡帐。”①因此，禅发展到这一阶段，将随缘任性的生活代替了心性修养的功夫，导致禅门一时戒律荡然，世俗意味浓浊。当然，其末流带来种种弊端，违背了禅的初衷，因此为一些高僧如元贤、袾宏等所批评，这是另一话题了。

“狂禅”发展至明中后期，其主体主要是反抗程朱僵化教条与假道学的思想者。这时思想界的另一活跃部分是王学的兴起。王阳明发展了陆九渊的“心学”。其哲学思想有许多来自禅宗，刘宗周径直称其为“阳明禅”。心学本质上是欲将外在之“天理”转移至人的内心，以变为人固有内在之“良知”。这就打破了外在束缚如程朱理学和经典的神圣帝王，客观上是张扬了人的主体意志。王阳明明心返本的主要功夫是“致良知”。他说：“吾平生讲学，只是致良知三字。”“致良知是学问大头脑，是圣人教人第一义。”②在王阳明看来，良知本为清净，但被私欲蒙蔽，只要时时有致良知之念，“为善去恶是格物”，则能本心澄明。这显然深受前述禅宗“明心见性”“破相扫执”的修行方法的影响。无怪乎刘宗周曾说“良知之说，鲜有不流于禅者”。而在历史实际中，无论是“明心见性”，还是“致良知”，都往往容易突出人这一本体在实践中的主导性，从而客观上促进了人的自我意识的觉醒，正如陶慕宁先生所指出的：“关于心、性、情、良知等概念的形上思辨本身就很容易在适当的社会气候条件下将人的心灵世界导向内省化、私向化和复杂化。”③嘉、万期间，王学之泰州学派更受禅宗“随缘任运”观念之影响，以个体生命个性之解脱为根本点，更加具有离经叛道的倾向。四库馆臣论及二者关联：“如王守仁之末派，皆以狂禅解经之类。”“盖明末心学横流，大抵以狂禅解易。”④“王学左派”中最具代表性

---

① 麻天祥著：《中国禅宗思想发展史》，武汉大学出版社，2007年版，第236页。

② 〔明〕王守仁撰：《王阳明全集》，吴光等编校，上海古籍出版社，2011年版，第1091页。

③ 陶慕宁著：《青楼文学与中国文化》，东方出版社，1996年版，第138页。

④ 〔清〕永瑢等撰：《四库全书总目》卷一《经部一》，清乾隆武英殿刻本，中华书局，1965年版，第1页。

的是受王艮、王畿影响的李贽，他肯定人欲，追求个性的自由发展，批判假道学，以“童心”为最高理想人格，“穿衣吃饭，即是人伦物理”，“夫童心者，绝假纯真，最初一念之本心也。若失却童心，便失却真心；失却真心，便失却真人”。①均强调本性之清净纯真，反对“道理闻见”对本性的戕害。他肯定人的世俗需求，“如好货，如好色，如勤学，如进取，如多积金宝，如多买田宅为子孙谋，博求风水为儿孙福荫，凡世间一切治生产业等事，皆其所共好而共习、共知而共言者，是真迩言”②。在文艺创作观念上，他主张“趣为第一”，重视小说的娱乐消遣作用，“天下文章当以趣为第一。既是趣了，何必实有其事并实有其人？ 若一一推究如何，岂不令人笑杀？”。他对假道学深恶痛绝，《列朝诗集小传》中记载：“平生痛恶伪学，每入书院讲堂，峨冠大带，执经请问，辄奋袖曰：‘此时正不如携歌姬舞女，浅斟低唱。’诸生有挟妓女者见之，或破颜微笑曰：‘也强似占道学先生作伴。’”③可见，当人的本心被提到了前所未有的高度后，与心性平分秋色的欲望也随之滋长。

心学与禅学既有相通之处，在商品经济发展、市民阶层扩大和物质欲望膨胀的时代下就更易合流。因此，当两者相汇合，促使人们以“本心”之力重新审视偶像、经典与权威的时候，认识主体的独立性与批判性就被大大强化，张扬起叛逆与质疑之风。这样的思潮自然对通俗小说的创作产生了深远影响。《西游记》中的孙悟空敢于嘲笑如来是“妖精的外甥”，说观音“该他一世无夫”，对道家的玉帝、老君更是极尽调侃之能事。《水浒传》中则奉献出了带有浓郁“狂禅”色彩的鲜活的鲁智深形象。世情小说由于题材的写实性，不可能着重书写神魔或英雄，然则作者笔下的和尚、道士、尼姑就很容易成为调侃戏谑甚至丑化的对象。加之明代佛教政策与佛教义理的世俗化、明代历史中僧尼道士亦确有许多不佳的记载，明代世

---

① 〔明〕李贽著：《焚书·续焚书校释》，陈仁仁校释，岳麓书社，2011 年版，第 21、172 页。
② 〔明〕李贽著：《焚书·续焚书校释》，陈仁仁校释，岳麓书社，2011 年版，第 39 页。
③ 〔清〕钱谦益著：《列朝诗集小传》，上海古籍出版社，1959 年版，第 328 页。

情小说中大量恶俗的僧尼道士形象的出现就成为一种必然了。

然而我们知道，在特定历史条件下，具有开拓性、颠覆性的时代思潮往往是一把双刃剑。明中后期后，商品经济繁荣，市民阶层扩大，整个社会物欲膨胀、人欲横流。统治者如武宗朱厚照、世宗朱厚熜等都是以荒淫著称的皇帝，史载武宗时期“佞幸益杂修建，大增鳌山之戏、内苑之供，造军器、缯绮、豹房、僧寺，镇国延寿”①，武宗迷恋藏传佛教，实则是迷恋秘教，藏僧“以秘戏进”，“以秘术得幸，出入宫禁”，满足了武宗对声色的追逐。他不顾在位期间国库入不敷出的现状，大建藏传佛寺多所，包括豹房内的护国寺、镇国寺、大慈恩寺等。豹房不仅有佛寺，还多构密室，建有妓院、校场等场所，武宗广招乐妓，荒淫无度，《明史·武宗本纪》评曰：“耽乐嬉游，昵近群小，至自署官号，冠履之分荡然矣！”②世宗极度崇信道教，对在位期间的政治风气和财政状况都造成了极为负面的影响，前已述及。

统治者对情色欲望的极度沉溺不可避免地蔓延到了社会中下层，人们不以床笫之事为耻，所谓“士人嗜谈情性，以纵情逸乐为风流，所谓‘一日受千金不为贪，一夜御十女不为淫’”③。袁宏道自述平生五种至乐，第一便是“目极世间之色，耳极世间之声，身极世间之鲜，口极世间之谭”④。《金瓶梅》中蔡太史的翟管家为西门庆大摆筵席，但见“几十样大菜，几十样小菜，都是珍馐美味，燕窝鱼翅，绝好下饭”⑤。追欢逐欲成为一时之风尚，大量露骨的艳情小说也产生于这一时期。而禅宗和心学的流布虽然使人们重视个性的张扬，但同时也容易成为纵欲荒淫、为非作恶之

---

① 〔清〕张廷玉等撰：《明史》卷一百四十五《列传第三十三》，中华书局，1974年版，第212页。

② 〔清〕张廷玉等撰：《明史》卷一百四十五《列传第三十三》，中华书局，1974年版，第213页。

③④ 吴存存著：《明清社会性爱风气》，人民文学出版社，2000年版，第1—3页。

⑤ 〔明〕兰陵笑笑生著：《金瓶梅词话》，陶慕宁校注，人民文学出版社，2000年版，第670页。

人打出的旗号。大众在表面的醉生梦死中迷茫和痛苦着，这是为部分有识之士所感到痛心的。中国古代通俗小说，本有寓以劝惩的传统，刘勇强先生指出："劝惩与娱乐是白话小说发展中形成的两大基本功能。如果还要细分的话，宋元时期更偏于娱乐，而明中后期则突出了劝惩意义。"①因此作为有一定良知和洞察力的作家，在小说作品中以宗教观念、宗教典籍寓以劝惩，也是小说创作的题中之义，并不宜纯以虚言套话视之，许多评论家都曾于此三致意焉。如冯梦龙："试今说话人当场描写，可喜可愕，可悲可涕，可歌可舞，再欲捉刀，再欲下拜，再欲决脰，再欲捐金。怯者勇，淫者贞，薄者敦，顽钝者汗下。虽小诵《孝经》《论语》，其感人未必如是之捷且深也。"②"自昔浊乱之世，谓之天醉。天不自醉人醉之，则天不自醒人醒之。以醒天之权与人，而以醒人之权与言。"③而宗教思想是许多小说家所选择的途径，以大乘佛教"性空幻有"的主旨、道家清净无为与承负报应的观念点醒世人，正是有志于以小说寓以劝惩而匡救人心的作家的重要选材之一。更重要的是，大乘佛教"无住""性空幻有"的主旨对于挣扎在欲海中的世人不啻一剂清醒的良药。而对于敏感灵性的文人来说，般若思想对他们最大的影响莫过于其"如露亦如电"的空幻、无住的思想：世间的一切空幻不实皆非永恒，它们只是一种幻相，如露如电，倏忽而逝。对此，唐人已多有歌咏，"梦幻将泡影，浮生事只如""开时不解比色相，落后始知如幻身"。而在明清小说作家笔下，这种空幻无住的思想为他们提供了重要的灵感，使他们在观照社会人生、品评人物故事时多了一层空幻感伤的色彩，这对明清很多通俗小说的主旨设定和情节安排都产生了深远影响。从《金瓶梅》开篇即引"如梦幻泡影，如电复如露"句以证"人生在世，一件也少不得，到了那结束时，一件也用不着"和薛姑子"电光

---

① 刘勇强著：《中国古代小说史叙论》，北京大学出版社，2016 年版，第 372 页。

② 〔明〕冯梦龙编著：《喻世明言》，许政扬校注，人民文学出版社，1958 年版，叙第 1 页。

③ 〔明〕冯梦龙编著：《喻世明言》，许政扬校注，人民文学出版社，1958 年版，叙第 2 页。

火石”的讲说，到毛氏父子为《三国演义》开篇添加的“是非成败转头空，青山依旧在，几度夕阳红”词句莫不如是。而高手如曹雪芹者则充分吸收了禅宗“空幻”“无住”的精髓，并将其与感伤悲幻的时代文学风貌相融合，不仅产生了如《好了歌注》这样的杰作，而且与《红楼梦》全书鲜花着锦般的主体故事有机融合，创造出冷热悲喜交织的极富张力的艺术世界，大大丰富了小说的美学意蕴与宗教内涵。这些笔墨的存在让小说于热闹非常的情节之外，多了一种冷眼旁观的叙事视角和一种冷峻而富有禅意的审美风貌，提升了作品的艺术价值与思想层次。但是，如果创造者功力不逮，则易流于生硬肤浅，如《说岳全传》将岳飞、秦桧的忠奸斗争归结以庸俗的神话故事并以因果轮回作为全书始终，以如来念诵“金刚六如偈”收尾，反而削弱了作品的现实批判力度。总之，出于劝惩与创作的双重考虑，《金刚经》及其主旨成为不少小说创造者吸收利用的养分。

综上所述，人们（尤其是中下层文人和平民）一方面在“狂禅”与心学合流的时代思潮下，对宗教与经典抱有一种实用主义和玩世不恭、戏谑玩笑的态度；一方面作为在动荡时代下彷徨于欲海、难以掌控自己命运的个体，对佛道的广大神异功能又充满敬畏与膜拜的心理。这种深层次的矛盾复杂的心态，是造成明清通俗小说许多篇目中的佛教书写笔法纠结的重要根源。而文人对宗教经典的思想进行领悟吸收后创作出的相关书写，给小说本身增添了清冷空幻的艺术神采，加深了其思想深度，成为明清小说中佛教书写的重要一环。

第四节　世情小说的涉禅情节

清代小说的高度文人化，不仅表现在作品艺术的日趋成熟高雅，而且表现在作品所体现出的思想高度。其中表现之一是，涉及禅的话语、情节乃至直接谈禅的描写开始出现在小说中，这与小说的思想内涵、艺术成就都有直接的关联。其典型者如《红楼梦》《老残游记》，在佛教书写上均表现出更上乘的审美追求。唐宋之后，文人和文学受禅宗思想的影响日深，不仅诗歌的意象和意境多富禅意，而且小说的结构、意蕴也常常融入禅思，从而营造出更加艺术化的境界和更高的审美层次。故本节以《红楼梦》为主，兼及其他相关作品，来分析明清世情小说中的涉禅书写。

对于古代小说中与禅意、禅境相关的描写，陈洪先生曾指出有三种主要的情况："一种是在具体情节中呈露出'空''禅'意味，甚至由某些'空''禅'之论生发为小说中的人物、情节；一种是借人物之口直接谈禅论空；一种是整部作品的主题与'空''禅'有关，'空''禅'的意味弥漫于全书。"①归结起来，其主要表现在三个层面：禅语和禅境，禅意与作品主旨，谈禅的情节。本节的分析将主要从这三个方面入手。

禅是梵文音译"禅那"的略称，唐宗密《禅源诸诠集都序》："禅是天竺之语，具云禅那，中华翻为思维修，亦名静虑，皆定慧之通称也。"②汉代传入的禅学在中土经历了一个不断演变和发展的过程。魏晋时期，道安将汉代传入的大乘般若学和小乘禅学相融会，以般若学解禅，认为"苟宅心本无，则斯累豁矣"，突出实相基础上的心的本然状态，与后来禅宗思想的形成有莫大的关系。这一时期大乘中观学派的代表人物是鸠摩罗什的弟子僧肇，他以"中道空观"论说玄学的有无问题，强调本体无相、即体即用，"象形不即无，故曰非无；非真非实有，故曰非有"③，反对那种将有、无对立起来的二元思维。般若空观一方面指出色即是空，世间一切法由因缘而起，缘起而法生，缘灭而法尽，非人所能，本质为空；另一方面，指出空即是色，并非还有一个独立于色之外的空。于是，经过大乘般

① 陈洪著：《结缘：文学与宗教——以中国古代文学为中心》，北京师范大学出版社，2009年版，第141页。

② 李淼编著：《中国禅宗大全》，长春出版社，1991年版，第113页。

③ 〔东晋〕僧肇：《不真空论》，陈洪主编《诸子百家作品经典》，大连出版社，1994年版，第500页。

若学的影响，禅学逐渐摆脱了早期的小乘禅学形式化倾向，其重心逐渐由修持的形式转向了对宇宙实相的证悟和思辨，主体的修炼和超脱越发被强调。虽然般若学以后衰落了，但其思想却融入了禅宗之中，与老庄崇尚自然的人生态度相结合，使禅宗最终表现出一种任运自然的风貌。东晋竺道生则倡涅槃佛性论，将佛性导向自心自性，为日后禅宗“般若扫相”和“即心成佛”的理论基础开辟了道路。自此，般若学祛除了早期小乘禅学的形式化倾向，以思辨取代神通；佛性论将实相和心性融为一体，将体认转向对自身心性的体悟。这些都为禅宗这一中国化的佛教宗派的诞生奠定了前提。

东土初祖达摩的禅法对后世禅宗影响深远。他首先区分了宗和教，前者指远离文字的自证自觉，后者指教法；其次他将心性本净和般若扫相结合，成为禅法基础；他还把“与道冥符，寂然无为”作为最高境界，明心见性遂成禅修的根本。至五祖以后，“南能北秀”——惠能和神秀逐渐演变为南、北二宗。北宗倡导渐修禅法，为“渐悟”；南宗则主张顿悟和见性成佛，不拘泥于“坐禅”“观定”。可以说直到惠能，禅宗“顿悟”的修持方法和“教外别传，不立文字”“明心见性”的显著宗旨才正式确立。因其简便易行，信徒众多而影响深远，成为中国禅宗的主流。

惠能的禅学观点对南宗禅及后世影响巨大，他把成佛看作个体自身的本性显现，强调本心是成佛的关键：“善知识！　菩提般若之知，世人本自有之，只缘心迷，不能自悟，须求大善知识，示导见性。”①“世人性本清净……如天常清，日月常明，为浮云盖覆，上明下暗。忽遇风吹云散，上下俱明，万象皆现。”②后人将其主张发展为“不立文字，教外别传，直指人心，见性成佛”的说法。此外，他反对佛法同世间脱离，强调“佛法在世间，不离世间觉；离世觅菩提，恰如求兔角”。因此论者认为，“在坚持佛教基本立场、观点与方法的同时，禅宗又将佛教的思想与传统的思想，

① 丁福保笺注：《坛经》，上海古籍出版社，2011年版，第38页。
② 丁福保笺注：《坛经》，上海古籍出版社，2011年版，第95页。

特别是老庄玄学的自然主义哲学与人生态度以及儒家的心性学说水乳交融般地结合在一起，形成了独特的哲学理论与修行解脱观”①。所以，禅的精神不是缺乏生命力的枯寂，也不是无谓的妄动和偏执，而是于沉静中蕴藏活泼的生气。梁归智教授将禅的本质与精髓概括为“诗、哲、活”三点，这决定了禅作为一种思维方式与文学艺术天然的联系，当禅与小说相结合时，首先表现出的是最显著的禅语与禅境的构造。

一、禅语和禅境

作品中富有禅意的话语及其所构成的境界，是最明显也是最直接的体现。这种情况又可分为两类，一类出现在判词或韵文中，另一类出现在小说行文中，成为小说情节或意境的有机组成部分。

判词和韵语时常表现出人生如梦、终归空无的禅意，其中许多均源于或受启发于佛禅典籍。

好便是了，了便是好；若不了，便不好；若要好，须是了。②

（东观主人：“醒世语，却以禅机出之，令人猛省。” 姚燮：“天下事无好而不了者，此言大有禅意。”）

因嫌纱帽小，致使锁枷杠；昨怜破袄寒，今嫌紫蟒长：乱烘烘你方唱罢我登场，反认他乡是故乡。甚荒唐，到头来都是为他人作嫁衣裳！③

欲洁何曾洁，云空未必空。可怜金玉质，终陷淖泥中。④

（《大般若波罗蜜多经》：“本性空，自相空，共相空，一切

---

① 洪修平：《略论禅宗的中国化特色》，《世界宗教研究》1990年第1期。
② 〔清〕曹雪芹著、无名氏续：《红楼梦》，人民文学出版社，2008年第3版，第17页。
③ 〔清〕曹雪芹著、无名氏续：《红楼梦》，人民文学出版社，2008年第3版，第18页。
④ 〔清〕曹雪芹著、无名氏续：《红楼梦》，人民文学出版社，2008年第3版，第77页。

法空。”）

一个是水中月，一个是镜中花。想眼中能有多少泪珠儿，怎经得秋流到冬尽，春流到夏！①

（《摩诃般若波罗蜜经》：“解了诸法，如幻如焰，如水月，……如梦如影，如镜中像。”《维摩诘所说经》：“有以梦、幻、影、响、镜中像、水中月、热时焰，如是等喻而作佛事。” 云居元祐禅师偈：“凡见圣见，春云掣电。真说妄说，空华水月。”）

生前心已碎，死后性空灵。家富人宁，终有个家亡人散各奔腾。枉费了，意悬悬半世心；好一似，荡悠悠三更梦。忽喇喇似大厦倾，昏惨惨似灯将尽。呀！ 一场欢喜忽悲辛。叹人世，终难定！②

好一似食尽鸟投林，落了片白茫茫大地真干净！③

（《黄檗断际禅师宛陵录》：“凡有所相，皆是虚妄，若见诸相非相，即见如来。”）

曹雪芹大多能将禅语自然融入判词、韵语当中，使之与其他文字融合无碍，运用较易理解的意象（如“水月镜花”“食尽鸟投林”等）传达出背后的深意。人物的判词则带有宿命论的倾向，体现出一种极具神秘色彩的禅意。这些判词和韵语均含有“明心见性”、对“本心”的追寻这一禅宗的终极目的，如“好、了”所体现出的开悟论，“反认他乡是故乡”所体现出的迷失论，以及下文论及的宝玉受魇魔法时一僧一道“时时勤拂拭”的本心论。这些具体的笔墨和情节于点滴之中构建出全书的禅意。而作者不止于此，他还常以诗意的笔调写出禅境，如小说多次出现的与桃花相关的情节与意境：

① 〔清〕曹雪芹著、无名氏续：《红楼梦》，人民文学出版社，2008年第3版，第82页。
② 〔清〕曹雪芹著、无名氏续：《红楼梦》，人民文学出版社，2008年第3版，第85页。
③ 〔清〕曹雪芹著、无名氏续：《红楼梦》，人民文学出版社，2008年第3版，第86页。

（宝玉）正看到“落红成阵”，只见一阵风过，把树头上桃花吹下一大半来，落的满身满书满地皆是。宝玉要抖将下来，恐怕脚步践踏了，只得兜了那花瓣，来至池边，抖在池内。那花瓣浮在水面，飘飘荡荡，竟流出沁芳闸去了。①（第二十三回）

都走来看时，果见湘云卧于山石僻处一个石凳子上，业经香梦沉酣，四面芍药花飞了一身，满头脸衣襟上皆是红香散乱，手中的扇子在地下，也半被落花埋了，一群蜂蝶闹穰穰的围着他……②（第六十二回）

泪眼观花泪易干，泪干春尽花憔悴。憔悴花遮憔悴人，花飞人倦易黄昏。一声杜宇春归尽，寂寞帘栊空月痕！③ （第七十回）

桃花这一意象具有其作为花卉的独特性，即盛开时极其绚烂，但转瞬即逝，迅速凋零，极易使禅僧联想到“色空相即”“诸法空相”的意旨，因此桃花多出现于禅宗典籍中。其中最著名的是灵云志勤禅师见桃花而开悟：

（灵云和尚初参沩山时）闻其示教，昼夜亡疲，如丧考妣，莫能为喻。偶睹春时花蕊繁花，忽然发悟，喜不自胜。乃作一偈曰：“三十年来寻剑客，几逢花发几抽枝。自从一见桃花后，直至如今更不疑。”因白沩山和尚，说其悟旨。沩山曰：“从缘悟达，永无退失。汝今既尔，善自护持。”④

灵云志勤禅师见桃花而遇机缘，刹那间心扉洞开，遂作偈表达了其求

① 〔清〕曹雪芹著、无名氏续：《红楼梦》，人民文学出版社，2008 年第 3 版，第 314 页。
② 〔清〕曹雪芹著、无名氏续：《红楼梦》，人民文学出版社，2008 年第 3 版，第 855 页。
③ 〔清〕曹雪芹著、无名氏续：《红楼梦》，人民文学出版社，2008 年第 3 版，第 967 页。
④ 〔南唐〕静、筠禅僧编：《祖堂集》，张华点校，中州古籍出版社，2001 年版，第 629 页。

道多年、一朝开悟的惊喜。这一公案影响深远，如觉海法因庵主、何山守珣禅师就是由灵云志勤桃花公案而悟道的。此外如《鹤林玉露》载，唐代一比丘尼寻道久而未得，遇梅花而悟，遂写下“尽日寻春不见春，芒鞋踏遍陇头云。归来笑捻梅花嗅，春在枝头已十分”的名偈。灵云的经历与此颇为相似，都表达出了竟日参禅无果，由见花开得遇机缘，冲破牢关、得大自在的欢喜。

桃花的意象和见桃花参悟的公案对后世文学均产生了影响。首先是诗歌领域，如宋人黄庭坚诗中就常出现“流水桃花”的主题，如《题王居士所藏王友画桃杏花二首》其一云：“灵云一笑见桃花，三十年来始到家。从此春风春雨后，乱随游水到天涯。”再如《渔家傲》：“三十年来无孔窍，几回得眼还迷照。一见桃花参学了。……今后水云人欲晓。非玄妙。灵云合破桃花笑。”①前者以桃花流水的意象，抒发随缘自适之心态，亦不无天涯沦落的飘零之感；而后者径写灵云开悟公案。从桃花与灵云公案中，黄庭坚领悟到的是摆脱迷乱障碍，复归心性本来面目的禅意。这也正是禅宗里以桃花为代表的意象激发后世文学的灵感之源。《红楼梦》中通过活泼细腻的生活化场景，将禅意融会其中，创造出了兼具“诗、哲、活”三者的禅境。正如方立天所说：“透过文学而表达佛法的最高境界就是禅。在文学与艺术的意境中领悟深刻的哲学思想，正是禅宗追求的智慧精髓。”②这一精髓通过禅语和禅境，进一步内化于作品主旨之中。

二、禅意与作品主旨

当明清小说的作者跳出故事叙述，对笔下的人物情节进行总结，意旨加以升华时，佛禅思想常常会为其所用。这在小说中的运用不始于《红楼

① 朱安群等译注：《黄庭坚诗文选译》，巴蜀书社，1991 年版，第 138 页。

② 吴言生著：“禅学三书”（《禅宗思想渊源》《禅宗哲学象征》《禅宗诗歌境界》），方立天序，中华书局，2001 年版。

梦》，但《红楼梦》确为其中佼佼者，曹雪芹吸收了佛禅思想当中“色空不二”的观念，使下笔有别于一般作品将这两者对立看待的做法，《红楼梦》的思想深度由此得以强化。

色空是大乘佛教空宗理论的核心要义，《摩诃般若波罗蜜多心经》有经典概括：“色不异空，空不异色，色即是空，空即是色。”“受、想、行、识，亦复如是。”①《金刚经》谓：“一切有为法，如梦幻泡影，如露亦如电，应作如是观。”②《维摩诘所说经》谓：“一切法生灭不住，如幻如电；诸法不相待，乃至一念不住。诸法皆妄见，如梦如焰，如水中月，如镜中像，以妄想生。”③值得注意的是，“色即是空”的“空”，并非绝对的空虚、无有，而是如梦幻般的“无”。僧肇《不真空论》中有言：“虽有而无，所谓非有；虽无而有，所谓非无。如此，则非无物也，物非真物。物非真物，故于何而可物？ 故经云：‘色之性空，非色败空。’”④世间形形色色，其性为空。当色空观念进入小说作者观念后，很自然地成为其审视纷繁世事的思想手段，这在明清小说当中不胜枚举。作者往往在开头和结尾以色空观念，构建出一个带有浓郁空幻色彩的叙事模式。如崇祯本《金瓶梅》开篇即说：

> 这“财色”二字，从来只没有看得破的。若有那看得破的，便见得堆金积玉，是棺材内带不去的瓦砾泥沙；贯朽粟红，是皮囊内装不尽的臭淤粪土。高堂广厦，玉宇琼楼，是坟山上起不得的享堂；锦衣绣袄，狐服貂裘，是骷髅上裹不了的败絮。即如那妖姬艳女，献媚工妍，看得破的，却如交锋阵上将军叱咤献威风；朱唇皓齿，掩袖回眸，懂得来时，便是阎罗殿前鬼判夜叉增恶态。罗袜一弯，金莲三

① 陈秋平、尚荣译注：《心经》，中华书局，2016年版，第113页。

② 〔明〕朱棣集注：《金刚经集注》，一苇校点，齐鲁书社，2010年版，第201页。

③ 赖永海主编，高永旺、张仲娟译注：《维摩诘经》，齐鲁书社，2010年版，第96页。

④ 〔东晋〕僧肇：《不真空论》，陈洪主编《诸子百家作品经典》，大连出版社，1994年版，第500页。

寸，是砌坟时破土的锹锄；枕上绸缪，被中恩爱，是五殿下油锅中生活。只有那《金刚经》上两句说得好，他说道："如梦幻泡影，如电复如露。"①

结尾则以普静度化孝哥、点破因缘，西门庆家族衰败终结。历史演义如毛氏父子评本《三国演义》同样以杨慎"是非成败转头空，青山依旧在，几度夕阳红"这一幻生幻灭的慨叹开端，以"鼎足三分已成梦，后人凭吊空牢骚"的落寞感伤之语终结。这些作品体会到了富贵繁华不可久持，色终将归于空的层次，其实质是将色与空两个概念对立看待。这种人生态度在中国古代小说中有着相当普遍的存在。《林兰香》的总体视角也是着眼于一切人物繁华化为灰烬后，其无尽的虚无和幻灭之感，如作品所云："天地逆旅，光阴过客，后之视今，今之视昔，不过一梨园、一弹词、一梦幻而已。"②这自然首先来自作者亲身经历的世事无常和天崩地坼。雷勇先生指出："明末翻天覆地的大动乱，不仅仅使政权发生了更替，而且也使一代文人的心灵受到了强烈的震撼，这时期，笼罩着文人心灵的是一种铭心刻骨的幻灭感和感伤情绪。"③而从深一层看，则是这种经历给作者带来的深刻的、痛苦的反思，这种反思正来源于佛教的"色空"观念，使作者有可能从佛教角度对现世人生的悲喜实现冷静的思考，遂成为小说意识形态的重要组成部分。

作为清代小说家的杰出代表，特别是同样品尝过"由小康之家坠入困顿"的人生况味的曹雪芹，对色空的领悟、对人生如梦的勘破，亦深有体会和感触，所以小说第一回便说："凡用'梦'用'幻'等字，是提醒阅者眼目，亦是此书立意本旨。"④全书开篇处述空空道人阅览过《红楼梦》后

---

① 〔明〕兰陵笑笑生著：《新刻绣像批评〈金瓶梅〉》，齐烟、汝梅校点，齐鲁书社，1989年版，第11页。

② 〔清〕随缘下士编辑：《林兰香》，丁植元校点，春风文艺出版社，1985年版，第2页。

③ 雷勇：《明末清初世情小说对才女命运的观照与反思》，《明清小说研究》1998年第4期。

④ 〔清〕曹雪芹著、无名氏续：《红楼梦》，人民文学出版社，2008年第3版，第2页。

“因空见色，由色生情，传情入色，自色悟空。遂易名为情僧，改《石头记》为《情僧录》”。“因空见色”等十六字被俞平伯称为全书“点睛之笔”。《红楼梦》在吸纳前人对色空的处理上，又有自己的创新和突破，这就是作者对“色空不二”观念的接收与内化。

“色空不二”的观念可追溯至中观学派这一印度大乘佛教的主要派别之一，中国一般称为空宗，因其宣扬 2 至 3 世纪龙树的中道思想而得名，但作为一个学派，则出现于 6 世纪的大乘佛教末期。被称为“中华解空第一人”的东晋僧人僧肇曾做《不真空论》，对龙树的学说做了深刻的阐述。其中说道：“非无物也，物非真物。物非真物，故于何而可物？ 故经云：‘色之性空，非色败空。’以明夫圣人之于物也，即万物之自虚，岂待宰割以求通哉？”①“非色败空”，是说并非“色”败亡消灭后才有了“空”，而是“色之性空”，“色”相的性本就为“空”，但不是完全彻底的虚无，而是如梦幻般的“无”之现象。这就是所谓“色空相即”的观念，它吸收了般若空观的精神，从而没有将色、空视作绝对对立，而是在看到了“色即是空”的同时，也看到“空即是色”，看到了“空”中所蕴含的生命和力量。因此，“色空不二”的观念既有以大智慧认清世间一切法后所看到的“空”，又能认识到“空”在消除了妄念的同时也有可能将本应存在的活力一并消除，这自然有矫枉过正之嫌。因此，体认“色”“空”是相即相入、并非对立的存在，以“任运天真”的达观态度处世，方为佛禅的真正精神所在。

所以，禅宗从不主张脱离现实，而是恰恰要从凡俗世界入手，才有可能达到禅悟的境界。洪州宗马祖道一说：“道不用修，但莫污染。何为污染？ 但有生死心，造作趣向，皆是污染。若欲直会其道，平常心是道，谓平常心无造作、无是非、无取舍、无断常、无凡无圣。……只如今行住坐

① 〔东晋〕僧肇：《不真空论》，陈洪主编《诸子百家作品经典》，大连出版社，1994 年版，第 499 页。

卧，应机接物，尽是道。道即是法界，乃至河沙妙用，不出法界。”①禅就体现在日常的起居住行、饮食生活当中。这是禅宗的主要特色，也是般若空观“色空不二”“色空相即”的意义所在。“色空不二”的观念对晚明士人影响颇大，如李贽说“天下宁有人外之佛，佛外之人乎？”。他认为入世和成佛并不冲突，所以他“一方面辞官不做，隐居龙潭，完全是出世的姿态；另一方面激扬文字，高树异帜，完全是入世的举动”②。体证色空相即，正如有论者认为有几重积极意义，即消除无明烦恼及其滋生的恶业、避免陷溺于枯木顽空。

晚明以李贽、公安派为代表的文人高张“性灵”之说，摒弃外在修齐治平的儒家规范路径，转而追寻庄禅自适其适的人生境界。曹雪芹在“历过一番梦幻之后”，其创作观念中“空”的意味是很浓重的，因此第一回就明告读者“此回中凡用‘梦’用‘幻’等字，是提醒阅者眼目，亦是此书立意本旨”。但其流程是“因空见色，由色生情，传情入色，自色悟空”。书中的宝玉体悟到人生无常的空幻之感，并不是在经历完了富贵繁华之后的感慨，而是每每自身恰处在富贵温柔乡中所感受到的：

> 只见柳垂金线，桃吐丹霞，山石之后，一株大杏树，花已全落，叶稠阴翠，上面已结了豆子大小的许多小杏。宝玉因想道：“能病了几天，竟把杏花辜负了！不觉已到‘绿叶成荫子满枝’了！”因此仰望杏子不舍。又想起邢岫烟已择了夫婿一事，虽说是男女大事，不可不行，但未免又少了一个好女儿。不过两年，便也要“绿叶成荫子满枝”了。再过几日，这杏树子落枝空，再几年，岫烟未免乌发如银，红颜似槁了，因此不免伤心，只管对杏流泪叹息。③

---

① 苏树华著：《洪州禅》，宗教文化出版社，2005 年版，第 15 页。
② 陈洪著：《中国小说理论史（修订本）》，天津教育出版社，2005 年版，第 56 页。
③ 〔清〕曹雪芹著、无名氏续：《红楼梦》，人民文学出版社，2008 年第 3 版，第 800 页。

大好春色之中，宝玉感受到的却是人生无常、岁月不居、空幻常在的永恒命题，并最终由此一步步走向了“以情入禅”。而“情与禅，表面上是互相扞格的，前者沉溺于情，后者似乎超脱了情。但实际上，它们又是相反相成的，因为无论情与禅，都与诗、哲相邻”①。因此，曹雪芹透过红楼故事所最终传达出的就已不只是单一的空幻与离世。有论者认为：“后四十回这样的情节发展，正是对前面第二十二回宝玉悟禅的‘顺接’——肯定了顽空。而事实上，曹雪芹却是要‘逆接’的，即要否定空而肯定情的。”②此说稍有绝对之嫌，或曰只说对了一半。曹雪芹肯定真情固然是题中应有之义，但是否他的原意就是要“否定空”呢？ 从全书的构思与描写来看，实未尽然。因为虽然作品的总体框架、立意起点确实是对红尘、对情愫的否定，但是在具体行文中，理论上要否定的却被行动上的深情笔调所衬出，因此最终形成了秉承禅宗“色空不二”思想的作者更加矛盾复杂的心态：理性上否定情、向往空；而感性上，实际上，又写出了对红尘、对真情、对人世的深切留恋。因此就不宜简单地说曹雪芹肯定或否定了什么。通过“以情悟禅”及书中的种种富有禅意的情节，可以说，作者写出的是入世的眷恋和出世的幻灭之间的矛盾所造成的更深层次的矛盾与痛苦。正是这种矛盾和痛苦，使《红楼梦》有别于一般以“出家解脱”为结尾的小说路数，而具有思想上的张力和广阔的解读空间。黄南珊认为：“曹雪芹赋予贾宝玉‘情僧’的荒唐意味和‘情不情’的荒诞色彩，在于通过这种禅化的意象和境界，表现出自己对情的终极关怀和本体思考,显示了博大的人道主义情怀。”③确乎如此，这正是曹雪芹写禅用禅的终极目的。当明确这一点后，重新再来看待原作和续书中的两段谈禅描写，便不难分辨其差异所在了。

---

① 梁归智著:《禅在红楼第几层》，中国人民大学出版社，2007 年版，第 45 页。

② 梁归智著:《禅在红楼第几层》，中国人民大学出版社，2007 年版，第 119 页。

③ 黄南珊:《论曹雪芹的情禅思想》，《红楼梦学刊》1992 年第 4 期。

三、谈禅的情节

清初，佛学衰微，唯于文人当中尚多见讨论。梁启超《清代学术概论》中说：

> 前清佛学极衰微，高僧已不多，即有，亦于思想界无关系。其在居士中，清初王夫之颇治相宗，然非其专好。至乾隆时，则有彭绍升、罗有高，笃志信仰。绍升尝与戴震往复辨难。其后龚自珍受佛学于绍升。知归子即绍升，晚受菩萨戒。魏源亦然，晚受菩萨戒，易名承贯，著《无量寿经会译》等书。龚、魏为今文学家所推奖，故今文学家多兼治佛学。①

清初文人沉湎佛学，与改朝换代、心灵上所受冲击颇大不无关系，在万念俱灰、感伤空幻之际，便容易倾注佛学寻求心灵上的解脱。加之前期特别是康熙、雍正朝上层争斗愈烈，士大夫多惮于此。种种这些自然容易使清初士大夫选择将经历转向对佛学的研读探讨中，其中包括如八大山人、石涛、函可等大量明宗室或仕宦成员。黄宗羲《南雷文案》中有《七怪》，其中之一便是："近年以来，士之志节者，多逃之释氏。"邵廷采《明遗民所知录》更是指出这种现象始自明末："明之季年，故臣庄士，往往避于浮屠，以贞厥志。非是，则有出而仕者矣。僧之中多遗民，自明季始也。"因此形成了清前期"能文之僧与谈空之士的数量便远迈前代，从而在佛学与文学之间增加了沟通渠道、联系纽带"②的文化史现象。反映在小说中，其直接的表现便是融会了禅学思想后的作者，直接催生出了小说中以人物之口谈禅的情节。明清小说中，此种描写典型者当推《红楼梦》和

---

① 梁启超著：《清代学术概论》，朱维铮校订，中华书局，2016年版，第149页。

② 陈洪：《清初文论中的佛学影响》，《南开学报》1996年第6期。

《老残游记》。

《红楼梦》的谈禅情节主要有两段，分别位于第二十二回和续书的第九十一回。第二十二回“听曲文宝玉悟禅机”，述宝钗生日时她与宝玉交谈中对《鲁智深醉闹五台山》中《寄生草》的曲词大加赞扬，令宝玉称快。随之，黛玉因王熙凤“戏子”之戏谑、史湘云无心之说破而不快，宝玉的小心回护反而使林、史二人都恼了他。于是宝玉由鲁智深的唱词（“赤条条来去无牵挂”）开悟：

> 宝玉细想这句意味，不禁大哭起来，翻身起来至案，遂提笔立占一偈云：
>
> 你证我证，心证意证。
>
> 是无有证，斯可云证。
>
> 无可云证，是立足境。
>
> 写毕，自虽解悟，又恐人看此不解，因此亦填一支《寄生草》，也写在偈后。自己又念一遍，自觉无挂碍，中心自得，便上床睡了。
>
> ……宝钗看其词曰：
>
> 无我原非你，从他不解伊。肆行无碍凭来去。茫茫着甚悲愁喜，纷纷说甚亲疏密。从前碌碌却因何，到如今回头试想真无趣！①

此是这段谈禅情节的诱因。看到宝玉偈、曲的钗黛二人找到宝玉，便开始了本回的中心故事——“谈禅”。由黛玉“至贵者是‘宝’，至坚者是‘玉’。尔有何贵？尔有何坚？”的机锋开始，接着她改宝玉的偈语“无可云证，是立足境”为“无立足境，是方干净”，最后以宝钗讲述惠能得五祖衣钵为终。这段谈禅的描写，可以说既是典型的，又是成功的。其典型在于，禅学和禅宗的几个主要命题如著名公案、解脱境界、机锋问答均有涉

① 〔清〕曹雪芹著、无名氏续：《红楼梦》，人民文学出版社，2008年第3版，第297—298页。

及，这些前人已多有论述；其成功在于，紧密而自然地与作品融合，人物性格从中得以刻绘，在情节发展上也是宝玉“由色悟空”的重要步骤，是借禅谈情的典型表现。无论是宝玉、黛玉还是宝钗，虽然都不乏慧根，但在情感羁绊中都没有得到真正的解脱，因而更是“色空不二”观念统摄下作者心中执着和超脱之间矛盾的深刻映射。从这个角度看待后四十回描写的“宝玉出家”，或许可以有不同的理解。历来评点者对续书的这段描写甚为诟病，其中最典型者当推鲁迅《〈绛洞花主〉小引》所说：“即使出于续作，想来未必与作者本意大相悬殊。惟披了大红猩猩毡斗篷来拜他的父亲，却令人觉得诧异。”①先生想来是因这段颇具庸俗化的处理而不满。但换一角度考量，结合宝玉此处“只不言语，似喜似悲”的描写，以及已是出家之人却身披富贵衣裳的强烈对比，也未尝不可说这里仍然延续了原作中“色空不二”的佛教观念，仍然写出了宝玉（以及作者）在出世和入世之间挣扎的深刻矛盾与痛苦。

但这种延续性描写，似并未在续书中得到始终的贯彻。续书第九十一回“布疑阵宝玉妄谈禅”，也有一段宝玉和黛玉机锋对答的描写：

> 宝玉呆了半晌，忽然大笑道：“任凭弱水三千，我只取一瓢饮。”黛玉道：“瓢之漂水奈何？”宝玉道：“非瓢漂水，水自流，瓢自漂耳！”黛玉道：“水止珠沉，奈何？”宝玉道：“禅心已作沾泥絮，莫向春风舞鹧鸪。”黛玉道：“禅门第一戒是不打诳语的。”宝玉道：“有如三宝。”黛玉低头不语。
>
> 只听见檐外老鸹呱呱的叫了几声，便飞向东南上去，宝玉道：“不知主何吉凶。”黛玉道：“人有吉凶事，不在鸟音中。”②

对比原作，我们可以发现这两处的几点不同：第一，从风格看，原作

① 《鲁迅全集》第八卷，人民文学出版社，2005 年版，第 225 页。
② 〔清〕曹雪芹著、无名氏续：《红楼梦》，人民文学出版社，2008 年第 3 版，第 1269 页。

谈禅，其韵致空灵、自如，作者是以一种游刃有余、极富生活化色彩的笔墨出之，可以说深得禅宗“平常心是道”、认为禅在挑水劈柴中的观念的熏陶。而续作则全为二人一问一答，文风则显得颇为紧促和急迫，跳跃性过强，以至于连人物的情绪口吻等重要细节都缺乏必要的点染，这些都导致这段描写的文学意味大不如原作。第二，从观念看，如前所述，原作虽写谈禅，但实则是借禅谈情，目的仍是推进情节发展、塑造人物形象，并呼应“色空相即”的整体观念。续作则未能完全及此层次，而是单纯地否定情痴，执着于空相表面，不仅未能真正参透禅的精神，而且亦不合曹雪芹原意。第三，从内容看，续作的二人谈论老鸹主何吉凶的情节既不符合宝黛的精神气质，也与曹雪芹不喜谈占卜的写作常规格格不入。因此，两段谈禅描写显著的差别，显示出的是续作者和曹雪芹在精神境界与文学功底两方面的悬殊。

原作者曹雪芹善于把禅意水乳交融地化入情节之中，除谈禅的描写外，还体现在其他具体情节中。其中典型者如第二十五回“魇魔法姊弟逢五鬼”，宝玉、凤姐为马道婆所魇，情况危急之际，一僧一道骤至，“就地取材”治好了二人：

> 那僧道：“长官你那里知道那物的妙用。只因他如今被声色货利所迷，故不灵验了。你今且取他出来，待我们持诵持诵，只怕就好了。”
>
> 贾政听说，便向宝玉项上取下那玉来递与他二人。那和尚接了过来，擎在掌上，长叹一声道：“青埂峰一别，展眼已过十三载矣！人世光阴，如此迅速，尘缘满日，若似弹指！可羡你当时的那段好处：
>
> 天不拘兮地不羁，心头无喜亦无悲；
>
> 却因锻炼通灵后，便向人间觅是非。
>
> 可叹你今日这番经历：
>
> 粉渍脂痕污宝光，绮栊昼夜困鸳鸯。
>
> 沉酣一梦终须醒，冤孽偿清好散场！”

念毕，又摩弄一回，说了些疯话，递与贾政道："此物已灵，不可亵渎……"①

主人公所佩的宝玉"如今被声色货利所迷，故不灵验了"，待摩弄点化之后，方灵验如初。这正是禅宗修习方式的化用。中国禅宗按修习方式分渐、顿两派，北宗神秀和南宗惠能分别是两派的代表，其著名偈语分别为"时时勤拂拭，勿使惹尘埃"和"佛性常清净，何处惹尘埃"。从中即可看出，神秀的北宗禅法认为人生来具有本来清净的佛性，只是因为声色欲利所迷，佛性才蒙上了尘垢。因此需要专心修行，扫除杂念魔障，使清净佛性重现，从而得到真正的解脱：

一切相，总不得取，所以《金刚经》云：凡所有相，皆是虚妄。看心若净，名净心地，莫卷缩身心，舒展身心，放旷远看，平等看，尽虚空看。……虚空无一物，清净无有相，常令不间断，从此永离障。眼根清净，眼根离障。耳根清净，耳根离障。如是乃至六根清净，六根离障。一切无碍，是即解脱。②

认为人人皆可觉悟，对先天清净的佛性应当"常令不间断"地修行，方能"从此永离障"，六根清净。而惠能则以"识心见性"为修行的总原则，在其禅法体系中，净心方能识其性，强调的是立足于自身的、当下的

---

① 〔清〕曹雪芹著、无名氏续：《红楼梦》，人民文学出版社，2008年第3版，第346—347页。

② 林世田、刘燕远、申国美编：《敦煌禅宗文献集成》第1卷，中华全国图书馆文献缩微复制中心，1998年版，第598页。

无杂念之心，是对于自我心性的体证，所谓“若识自性，一悟即至佛地”。①而后世将两者综合起来，就有了“顿悟渐修”的主张。《红楼梦》中的一僧一道通过摩挲、点化，使宝玉恢复清净的灵性，重新复归正轨，其实就是对禅宗南、北宗修习方式的一种巧妙融合，因其与前面的谈禅片段一样，完全融入情节，与故事叙事融合无碍，因此不仅不突兀反而起到了很好的艺术效果，也深化了作品的宗教意蕴。

① 南、北宗的差别，学界也有人认为并非很大。如任继愈先生就认为：“学术界长期误认为，南北两宗的宗旨相去天悬地隔，南宗重言下顿悟，北宗重渐次修习；南宗重慧解，北宗尚禅行。这恐怕是一种误解。北宗禅法不是不重义解，也不是不重顿悟，其中有些警辟见解，与南宗禅几乎没有什么差别。……神秀、惠能时代，南北两宗都有顿悟、渐修的思想。……禅宗南北两派的差别是存在的，但不很大。”详见其《神秀北宗禅法》一文。

第五章

明清世情小说佛教书写的整体观照

第一节　与明清其他题材长篇小说佛教书写的对比

作为中国传统社会中影响最大的宗教之一，佛教书写在明清时期各种题材的小说中都普遍存在，但由于作品题材、成熟背景、作者风格等方面的差异，不同作品的佛教书写既有共性又有差别。本章对明清世情小说中的佛教书写进行整体观照，拟从两个层面把握：一是通过对比研究，总结明清世情小说佛教书写的整体特征；二是从文学和文化的角度对其进行整体评价。由于中国宗教向来有三教合一、佛道杂糅的现象，因此本章的分析也会兼及作品中的道教书写。

作为明清长篇白话小说中的一类题材，世情小说的佛教书写与其他题材的作品自然有诸多相通、相似之处；但它毕竟有其自身的题材特征，因而在佛教书写上也自有其独特之处。通过与其他题材的白话长篇小说中的佛教书写的对比，更有利于我们把握世情小说佛教书写的整体特征。

一、相通之处

第一，在作品风格上，小说中的佛教书写多带有一定程度的神异色彩和世俗想象，显示出作者的创作意图。

除了与宗教关系非常直接的神魔小说与辅教之作外，无论历史演义、英雄传奇还是世情小说等题材，其共同特点是描写对象就整体而言还是面向现实世界的。因此，佛教书写给这些作品在增添现实中的神异色彩的同时，又带有作者根植于大众文化心理的世俗想象。吴光正指出，明清小说中的佛教描写有两类，“一个类别主要体现为宗教的超逸品格，一个类别主要体现为宗教的世俗存在。前者是为了表达创作意图而设计的，因而显得相对空灵相对超脱相对理想；后者则主要是为了体现作品中人物的实际宗教生活而创作的，因而显得相当实在相当功利相当现实”①。两类描写正与我们所讨论的神异色彩和世俗想象相对应。而作为文学作品，白话小说在具体行文中常常将两者杂糅而并非泾渭分明，因而小说中的佛教书写就呈现出带有世俗想象成分的神异色彩。这首先表现在多数明清白话长篇小说都会设置高于现实的宗教人物和宗教情节，他们为作品营造了非现实的氛围，但同时往往寄托了深刻的文人与民间情怀，这通过包括世情小说在内的多种题材中均可以看到。如《三国演义》中关羽身死成圣后，不仅通过附体杀死了仇人吕蒙，而且冥冥之中给予关兴指点。《水浒传》中行侠仗义的鲁智深一生凶险，最终却能安然圆寂。而神魔小说如《西游记》《封神演义》等更是在描写种种神仙佛道的神异法力的同时关注了浓郁的民间想象，世情小说中则同时存在神秘莫测的“超情节”僧道和恶俗的僧尼形象。可以说，白话长篇小说的佛教书写无不将其超逸品格与世俗存在相结合，最终使作品显现出神异奇幻色彩笼罩下的世俗面貌。

其次，明清白话长篇小说作者还经常秉持“空、幻”观念，通过形成鲜明对立的、带有象征性的意象来传达这种普适性的人生哲理。这些意象往往表现为小说作者对生命有限与时空无限、外在束缚与内心自由、名利短暂与道义长存等对比的思索。如毛氏父子将杨慎《临江仙》词搁至《三

① 吴光正著：《神道设教：明清章回小说叙事的民族传统》，武汉大学出版社，2012 年版，第 24 页。

国演义》开首，传达出的正是一种对历史深沉超脱的带有宗教意味的思省。《西游记》第一回中“争名夺利几时休？ 早起迟眠不自由！ 骑着驴骡思骏马，官居宰相望王侯。只愁衣食耽劳碌，何怕阎君就取勾？ 继子荫孙图富贵，更无一个肯回头”①的诗句，《红楼梦》中的《好了歌》及其注，都是作者通过宣扬宗教的生命伦理来抒发自我人生感悟的表现，它们深化了小说的哲理思考，也为作品的思想内涵注入了感伤蕴藉的情韵。

第二，在作品结构上，都或多或少地对结构和情节起着统摄性作用；都有利用神异描写，以“跨界”的手法安排出的“下凡—历劫—回归”的总体思路，从而将彼岸与此岸世界相勾连，拓展了小说的叙事和想象空间；并且最终往往会制作出一份“榜单”，对书中的主要人物及其性格命运做扼要的总结交代。前面已对此有所分析。

在《红楼梦》之前，已经有不少作品做出了相关的尝试，其中典型表现在神魔题材的小说中，《西游记》中唐僧五众取经的经历存在两重宗教框架：一是“赎罪”，即五众都是为了弥补偿还前世或早年犯下的错误，所以才接受了取经的艰巨任务，这一框架主要以观音菩萨的点化来统领；二是“修心”，即作者将取经的过程同时也看成是对五众心性的考验，这一框架以乌巢禅师授《心经》为主导，在全书则以“心猿归正”“二心搅乱大乾坤”等情节和师徒之间“心生种种魔生，心灭种种魔灭”等对话贯穿点缀，从而给予了唐僧取经的经历以结构齐整的指导思想。

英雄传奇类代表作《水浒传》中人物众多，线索庞杂，作者以宗教框架对其进行了归拢，他以三次大的佛教描写——第一回的“洪太尉误走妖魔”，第四十二回的“宋公明遇九天玄女”和第七十一回的“忠义堂石碣受天文”——完成了全书的宗教叙事结构，三次罗天大醮则是沟通此岸与彼岸的桥梁之一，其中尤以第七十一回的描写细致认真。这样的结构就通过佛教书写，实现了以天罡之首宋江为核心，逐渐集合起星散于天南海北的

① ［明］吴承恩著．《西游记》，李天飞校注，中华书局，2014年版，第11页。

各路好汉，最终完成天罡地煞星出世、历劫、复归天界的全书架构。

同为清代世情小说代表作的《儒林外史》的结构则是以王冕的“贯索犯文昌，一代文人有厄”为核心命题，叙写科举制度下文人的厄运。“贯索犯文昌”之后，“只见天上纷纷有百十个小星，都坠向东南角上去了。王冕道：‘天可怜见，降下这一伙星君去维持文运，我们是不及见了！’”①。其构思与《水浒传》的天罡地煞出世非常相似。作者以此虚构了一代文人的神界地位，在行文中则通过西湖、莺脰湖等聚会将他们逐步辐辏，最后祭泰伯祠则是类似“英雄排座次”似的降凡星君的大聚和他们维持文运的最重大的作为。在相关情节中，作者还精心设计了各种人物榜单，如《水浒传》的一百单八将、《红楼梦》的“情榜”、《儒林外史》的礼部榜文等。就这样，明清白话长篇小说作者通过佛道的转世历劫等设计，利用与他界的关联，将主要人物的命运做了统筹安排，拓展了全书的宏大叙事所需要的空间，为小说叙述提供了相当的自由度。

而除整体结构外，在具体运笔中，作者也常常通过谶语、预言、童谣等，“草蛇灰线”般地组织和暗示情节发展。历史演义小说的开山之作《三国演义》就常以谶语预示情节走向与人物命运，营造一种神秘化的叙事氛围。如第九回童谣“千里草，何青青，十日卜，不得生”预示董卓之死，“一凤并一龙，相将到蜀中。才到半路里，凤死落坡东”预示庞统之死，而“代汉者，当涂高也”“鬼在边，委相连；当代汉，无可言”等谶语则直接与政治格局挂钩。这些或为人们表达对奸雄的愤怒、对人才陨落的惋惜，或为对历史带有神异和荒诞色彩的反应与评述。英雄传奇类小说中也常见谶语以增小说神异奇幻的“天命”色彩之例，如《水浒传》中九天玄女对宋江有“遇宿重重喜，逢高不是凶。北幽南至睦，两处见奇功”后，梁山由宿元景斡旋得以招安，之后南征北战，平辽国和方腊，正应玄女所言。又有招安之际鲁智深拜望智真长老，长老给其“逢夏而擒，遇腊而执。听

① 〔清〕吴敬梓著：《儒林外史》，张慧剑校注，人民文学出版社，1958年版，第11页。

潮而圆，见信而寂”的偈子，罗真人赠予宋江“幽燕功毕，明月虚辉。如逢冬暮，鸿雁分飞。吴头楚尾，官禄同归”的法语，均与后面的情节相吻合。而《西游记》中乌巢禅师的嘱咐，《金瓶梅》中吴神仙的断语，《红楼梦》中由诗词、戏文、物件等更为多样也更为生活化的多种成分构成的谶验系统，也均是这一小说传统的延续。从全书来看，它们可以说是作品结构中宗教旨趣的彰示与落实，显露出古代小说作者对天命的敬畏，同时也照应作品具有民族特色的历史哲学与沟通天人的深层的宇宙观念。可以说，在富有神异色彩的宗教结构下，尽可能多地容纳谶语、神话、预言等多种元素的叙事手法，是古代白话小说的重要特征之一，世情小说的结构特征正是这一文体总特征的重要体现。

二、相异之处

除了上述相通之处，世情小说的佛教书写与其他题材作品相比，更多表现出的是差异性，这是由作者的创作意旨和作品的风格类型所决定的。

第一，在人物形象的塑造上，世情小说同其他题材小说在佛教书写方面的差异，首先体现在书中佛教人物的塑造与想象上。在其他题材的长篇小说中，佛教人物多为法力超群、德被苍生者，距离现实生活相对较远。世情小说虽然也存在为数不少的“超情节”人物，但基本上还是以俗化堕落的僧道为主体，这些在前文已多有分析。而有如《金瓶梅》中的普静、潘道士，《红楼梦》中的“一僧一道”等形象则是较常见于其他题材小说的。神魔小说自不必说，历史演义、英雄传奇中的僧道形象也多以此为主，这是由于这些作品的描写重点并不是日常生活、世态人情，因此对宗教人物的书写主要是利用他们超逸神异的权威定位，来配合和完成作者的叙事意图，表达作者的态度和倾向。《三国演义》中，伐吴是刘备的重大决策失误，是蜀汉集团由盛入衰的重要转折点，作为秉承“拥刘反曹”立场的作者，如何恰如其分地对刘备这一举动加以批评，是一个比较困难的处理。佛教书写在这里巧妙发挥了作用，作者在刘备伐吴之前写了一位能预知祸福吉凶的“当世神仙”李意，陈震亲自去邀请。书中写道：

> 震星夜到了本处，令乡人引入山谷深处，遥望仙庄，清云隐隐，瑞气非凡。忽见一小童来迎，曰：“来者莫非陈孝起乎？”震大惊曰：“仙童安知吾姓字耶？”童子曰：“吾师昨者有言，今日必有大蜀皇帝诏命至，使者必陈孝起。”震曰：“人言真神仙也，信不诬矣。”震愈加敬奉，拜伏于庄外。李意请入，震曰：“天子急欲见仙翁一面。”李意推老不行。震曰：“若仙翁不去，则某亦无归路矣。”再三哀请，李意方行。……先主再三求问，意乃索纸笔。先主亲奉之。意乃画兵马器械四十余张，画毕便以手一一扯碎。又画一大人仰卧于地上，傍边一人掘土埋之，上写一大“白”字，遂稽首而去。先主大不喜，言曰：“此狂士也！　何必信之。”即以火焚之，便催前进。①

小说作者没有对李意的言行做一字褒贬，但具体描写当中无不透露出对其法力本领的肯定，因此李意在这里实为代作者发声。换句话说，作者通过这个人物含蓄地表达了对刘备伐吴之举的批评。发挥类似作用的角色亦可在英雄传奇类题材小说中见到，如《水浒传》中的九天玄女、智真长老、罗真人等。因此，这些人物的言论其实是代作者言，他们在实际行文中构成一种权威化的叙事，“是配合作者用以传达创作意图的叙事权威”②。囿于题材的限制，历史演义、英雄传奇和神魔小说中的宗教人物往往多属此类，作者不可能也没有太多笔墨去描写世俗化的僧道形象，而世情小说的出现则很大程度上填充了长篇小说在这类人物描写上的空白。

第二，在法事描写方面的差异。由于题材的差异，世情小说对明清时

---

① 〔明〕罗贯中著：《三国演义》，人民文学出版社，1973 年版，第 666 页。

② 吴光正著：《神道设教：明清章回小说叙事的民族传统》，武汉大学出版社，2012 年版，第 28 页。

代的佛道法事多着意详细、具体的描写，写实性较强，是我们研究明清社会宗教生活的宝贵文本资料。以道教而论，《金瓶梅》的道教书写对明代道教相关的诸多方面，如观宇的陈设、道士的风貌、打醮的仪式乃至读诵的全文、斋坛的铺设等，都进行了翔实的还原，对我们了解明代道教世俗化大有裨益。有学者指出，“《金瓶梅》的作者对当时的道教正一派以符箓法事服务于民间的情况十分熟悉，并且在某种程度上具有虔敬的信心；也证明明世宗嘉靖皇帝崇信提倡道教的社会影响”①。以佛教而论，《金瓶梅》《红楼梦》等作品于明清世俗社会佛教生活的方方面面几乎均有涉及，其中既可以看到如水陆法会、放焰口、宣卷等常见的佛教法事，亦可以看到上至贾母、宝黛钗等贵族男女，下到吴月娘、潘金莲等普通家庭女性的宗教信仰情况，以及如薛姑子、净虚、张道士、王一帖等世俗僧尼道士的生存状态，堪称明清下层宗教生态的全景画卷，并且多带有文人的揭露与批判目的，这在其他题材的长篇小说中是难得一见的，如《水浒传》中罗天大醮等的描写毕竟数量较少，《西游记》《封神演义》中的斗法则多富于想象夸张，与世情小说中的写实性描写还是有差别的。

第三，在宗教生态的表现上，含有佛教书写内容的小说，多多少少都会对当时的宗教生态有一定的反映，但往往表现为不同的形式：世情小说的表现多为直接而现实的，神魔小说、英雄传奇等多为间接而充满传奇、浪漫色彩。

世情小说着力描写的对象是现实人生和平凡生活，而非宗教内容。但往往正是在这样的平铺直叙中，我们可以通过小说中的宗教人物的生存状态、法事的形态、寺院的盛衰等直观地觇见彼时的宗教生态。如《金瓶梅》中薛、王二姑子的活动，反映出明代佛教世俗化的趋势、斋醮法事的盛行，玉皇庙和永福寺的鲜明对比，反映出嘉靖时期道教炙手可热的现状，以及《醒世姻缘传》中山东地区民间对碧霞元君的崇拜，等等。这些

① 王尧：《〈金瓶梅〉与明代道教生活》，陈鼓应主编《道家文化研究》（第七辑），上海古籍出版社，1995 年版，第 373 页。

描写大多没有强烈的戏剧性，属于作者无意点染，或出于纯粹的特写宗教活动的考虑。

其他题材的长篇小说则可能用浓墨重彩的笔法直接书写佛、道冲突的宗教生态，这方面尤以神魔小说为甚。产生于宗教世俗性特征鲜明、佛与道冲突较为激烈的明代中后期的几部神魔小说《西游记》《封神演义》《三宝太监西洋记》等都有相关情节描写。如《西游记》中车迟国、比丘国、灭法国均涉及佛道冲突，其中以车迟国对道教的态度最为鄙夷：

> 这呆子有些夯力量，跳下来，把三个圣像拿在肩膊上，扛将出来。到那厢，用脚登开门看时，原来是个大东厕，笑道："这个弼马温着然会弄嘴弄舌！把个毛坑也与他起个道号，叫做甚么五谷轮回之所！"那呆子扛在肩上且不丢了去，口里啯啯哝哝的祷道："三清三清，我说你听：……你平日家受用无穷，做个清净道士；今日里不免享些秽物，也做个受臭气的天尊！"祝罢，烹的望里一捽，灒了半衣襟臭水，走上殿来。

> 行者坐在上面，听见说出这话儿来，已此识破了，道："……吾将真姓，说与你知。大唐僧众，奉旨来西。良宵无事，下降宫闱。吃了供养，闲坐嬉嬉。蒙你叩拜，何以答之？那里是甚么圣水，你们吃的都是我一溺之尿！"那道士闻得此言，拦住门，一齐动叉钯扫帚瓦块石头，没头没脸往里面乱打。①

这样的描写已属对道教非常不敬，它用夸张的、带有紧张戏剧冲突和漫画色彩的情节，曲折反映了明中后期由于嘉靖过度佞道所导致的社会宗教心态的逆反心理。类似者还有，比丘国时唐僧和鹿精的对话更直接地触

---

① 〔明〕吴承恩著：《西游记》，李天飞校注，中华书局，2014年版，第596、599页。

及佛道冲突：

那国丈闻言，付之一笑，用手指定唐僧道："呵！呵！呵！你这和尚满口胡柴！寂灭门中，须云认性，你不知那性从何而灭！枯坐参禅，尽是些盲修瞎炼。俗语云，'坐，坐，坐，你的屁股破！火熬煎，反成祸。'……三教之中无上品，古来惟道独称尊！"那国王听说，十分欢喜，满朝官都喝采道，"好个惟道独称尊！惟道独称尊！"长老见人都赞他，不胜羞愧。①

鹿精虽然逞一时口舌之利占了上风，但通过其欲吃小儿心肝的行径和同故事中唐僧仁慈悲悯的对比，以及他最后被孙悟空战胜收服的结局，作者的宗教倾向不言自明。同为神魔小说的《三宝太监西洋记》中张天师和金碧峰禅师的争斗也是始终不断，但次次争斗的结局都以金碧峰禅师取胜而告终。《封神演义》则一反前面两部作品，以扬道抑佛为主要倾向。这些神魔小说中佛、道二教的激烈冲突，正是明代中后期社会复杂宗教生态在小说中的复现，正是由于神魔小说拥有题材本身的奇幻性和故事的大开大合而具备可能性，而这也是在世情小说中所难得一见的。这是源于题材对描写内容所产生的影响。

第二节　明清世情小说佛教书写的总体评价

至此，我们可以从文化和文学两个维度对明清世情小说的佛教书写做一整体观照和评价。虽然这种总结无论对于所涉作品还是评价本身都难免

① 〔明〕吴承恩著：《西游记》，李天飞校注，中华书局，2014年版，第1004页。

挂一漏万，但作为整体性研究而言，这种总结仍然是必要的。

从文化意义来说，明清世情小说以形象化的笔法，在佛教人物、活动、场所、观念等多个方面为我们留下了宝贵的文化遗产，是今人探究明清佛教生态的重要文化史资料。明清佛教的重要特征是世俗化的走向，这就必然与下层民众的生活发生更加密切的联系。而白话小说特别是描摹平凡人生活的世情小说，在这方面具有重要的文献价值，如《金瓶梅》中的宣卷活动、佛道法事，《红楼梦》中的丧仪礼制，《儒林外史》《官场现形记》以及众多作品中对僧尼道士、寺院尼庵的描写，不仅在很大程度上填补了史料的相关空白，而且其渗透的作家主观意识，即他们是如何看待笔下的佛教内容的，这些也成为我们观照明清世人宗教心态的宝贵文化史料。以占卜这一传统民间宗教文化手段为例，"民间对于所信仰崇拜的对象，往往要采取一系列表示敬意、感恩和祈求的仪式、行动，使他们能够保佑和帮助自己，或试图借助他们的力量和自己一些神秘的做法来征服敌对的力量，于是便采用祭祀和占卜的方式达到上述目的。这一民俗文化也经常在古代小说中出现，是小说内容的重要组成部分"①。不仅是占卜，可以说相关的佛教描写、民俗文化，均为世情小说内容的重要组成部分，它们是我们研究作品时不可忽视的成分。

从文学意义来说，一方面，世情小说中的佛教书写对作品的情节、结构、人物塑造均有特殊的意义（详见第二章末节）；在发挥教化作用的同时，对小说的审美与反思功能亦有相当的影响。当佛教的因果轮回观念、神灵佛陀形象、曲折离奇情节为中土作家所吸纳后，他们再来观察现实人生和笔下人物时，就不再仅仅从儒家的伦理道德所生发的教化的角度去思考，而是为他们的构思与思维打开了更为广阔的空间，引发了他们审美趣味的拓展和反思力度的深化，并最终孕育出了《红楼梦》这样的带有突破意义的集大成之作。当然，另一方面，"色空"观念客观上往往容易导致小

① 王平等著：《明清小说与民俗文化研究》，山东教育出版社，2016 年版，第 6 页。

说观照与批判现实力度的削弱；因果观念主导的结构安排和世俗化想象的僧尼形象，也多有套路化倾向。当模式化的思维定式形成后，一切复杂的生活现象或历史难题，都可以委之以“报应”“天命”等观念时，作家的探索性思维很可能到此为止，这实际上对于广大小说作者特别是功力不逮者是一种思想上的束缚，直接限制了中国古代小说作者对现实人生与历史现象做出阐释时的广度与深度。凡此种种，这些都对小说的艺术价值产生了一定的副作用。

综上所述，佛教的影响对世情小说的创作可谓是一把双刃剑，既在文化与艺术方面为其增色良多，同时也在思维模式和创作手法上带来了模式化、套路化的弊端。今天，我们在重新审视明清世情小说乃至整个中国古代小说成就之时，对这类双重性影响都需要有清醒的认识。

参考文献

一、原典

[1] 张廷玉. 明史 [M]. 北京: 中华书局, 1974.
[2] 赵尔巽, 等. 清史稿 [M]. 北京: 中华书局, 1976.
[3] 绘图三教源流搜神大全 (外二种) [M]. 上海: 上海古籍出版社, 1990.
[4] 释慧皎. 高僧传 [M]. 汤用彤校注. 北京: 中华书局, 1992.
[5] 罗贯中. 三国志通俗演义 [M]. 上海: 上海古籍出版社, 1980.
[6] 罗贯中. 三国演义 [M]. 毛宗岗评点. 上海: 上海古籍出版社, 2010.
[7] 施耐庵. 水浒传 [M]. 北京: 人民文学出版社, 2004.
[8] 施耐庵. 水浒传 [M]. 金圣叹点评. 南京: 凤凰出版社, 2010.
[9] 吴承恩. 西游记 [M]. 李天飞校注. 北京: 中华书局, 2014.
[10] 兰陵笑笑生. 金瓶梅词话 [M]. 陶慕宁校注. 北京: 人民文学出版社, 2000.
[11] 兰陵笑笑生. 新刻绣像批评金瓶梅 [M]. 齐烟, 汝梅校点. 济南: 齐鲁书社, 1989.

[12] 冯梦龙原著，蔡元放改编. 东周列国志［M］. 孙通海点校. 北京：中华书局，2018.
[13] 许仲琳. 封神演义［M］. 北京：人民文学出版社，1988.
[14] 冯梦龙. 喻世明言［M］. 许政扬校注. 北京：人民文学出版社，2007.
[15] 冯梦龙. 警世通言［M］. 严敦易校注. 北京：人民文学出版社，2007.
[16] 冯梦龙. 醒世恒言［M］. 顾学颉校注. 北京：人民文学出版社，2007.
[17] 凌濛初. 初刻拍案惊奇［M］. 王古鲁注释. 上海：上海古籍出版社，1983.
[18] 凌濛初. 二刻拍案惊奇［M］. 王古鲁注释. 上海：上海古籍出版社，1983.
[19] 罗懋登. 西洋记［M］. 长沙：岳麓书社，1994.
[20] 清溪道人. 禅真逸史［M］. 兑玉校点. 济南：齐鲁书社，1986.
[21] 清溪道人. 禅真后史［M］. 余芳，麦笛校点. 济南：齐鲁书社，1988.
[22] 沈德符. 万历野获编［M］. 上海：上海古籍出版社，2012.
[23] 何良俊. 四友斋丛说［M］. 李剑雄校点. 上海：上海古籍出版社，2012.
[24] 天花藏主人. 平山冷燕［M］. 李致中校点. 沈阳：春风文艺出版社，1982.
[25] 名教中人. 好逑传［M］. 廖祖灿点校. 合肥：安徽文艺出版社，2005.
[26] 天花藏主人. 定情人［M］. 李落，苗壮校点. 沈阳：春风文艺出版社，1983.
[27] 青心才人. 金云翘传［M］. 李致忠校点. 沈阳：春风文艺出版社，1983.
[28] 西周生. 醒世姻缘传［M］. 袁世硕，邹宗良校注. 北京：人民文学出版社，2015.
[29] 丁耀亢. 续金瓶梅［M］//中国禁毁小说百部. 北京：中国戏剧出版社，2000.

[30] 随缘下士. 林兰香 [M]. 丁植元校点. 沈阳：春风文艺出版社，1985.
[31] 吴敬梓. 儒林外史 [M]. 张慧剑校注. 北京：人民文学出版社，1958.
[32] 曹雪芹，无名氏. 红楼梦 [M]. 北京：人民文学出版社，2008.
[33] 曹雪芹，脂砚斋. 脂砚斋重评石头记（庚辰本）[M]. 北京：人民文学出版社，2010.
[34] 李汝珍. 镜花缘 [M]. 北京：中华书局，2013.
[35] 三韩曹去晶. 姑妄言 [M]. 北京：中国戏剧出版社，2000.
[36] 钱彩. 说岳全传 [M]. 北京：中华书局，2009.
[37] 蒲松龄. 全校会注集评《聊斋志异》[M]. 任笃行辑校. 北京：人民文学出版社，2016.
[38] 纪昀. 阅微草堂笔记 [M]. 韩希明译注. 中华书局，2013.

二、今人专著

[39] 吕澂. 中国佛学源流略讲 [M]. 北京：中华书局，1979.
[40] 葛兆光. 禅宗与中国文化 [M]. 上海：上海人民出版社，1986.
[41] 葛兆光. 道教与中国文化 [M]. 上海：上海人民出版社，1987.
[42] 孙昌武. 佛教与中国文学 [M]. 上海：上海人民出版社，1988.
[43] 刘上生. 中国古代小说艺术史 [M]. 长沙：湖南师范大学出版社，1993.
[44] 刘世德. 中国古代小说百科全书 [M]. 北京：中国大百科全书出版社，1993.
[45] 李尚英. 中国清代宗教史 [M]. 北京：人民出版社，1994.
[46] 钱穆. 国史大纲（修订本）[M]. 北京：商务印书馆，1996.
[47] 向楷. 世情小说史 [M]. 杭州：浙江古籍出版社，1998.
[48] 王增斌. 明清世态人情小说史稿 [M]. 北京：中国文联出版公司，1998.

[49] 陈节. 中国人情小说通史 [M]. 南京: 江苏教育出版社, 1998.
[50] 游友基. 中国社会小说通史 [M]. 南京: 江苏教育出版社, 1999.
[51] 于本源. 清王朝的宗教政策 [M]. 北京: 中国社会科学出版社, 1999.
[52] 史小军. 复古与新变——明代文人心态史 [M]. 石家庄: 河北教育出版社, 2001.
[53] 侯杰, 范丽珠. 世俗与神圣: 中国民众宗教意识 [M]. 天津: 天津人民出版社, 2001.
[54] 陈洪. 中国小说理论史 (修订本) [M]. 天津: 天津教育出版社, 2005.
[55] 余英时. 红楼梦的两个世界 [M]. 上海: 上海社会科学院出版社, 2006.
[56] 陈国军. 明代志怪传奇小说研究 [M]. 天津: 天津古籍出版社, 2006.
[57] 杨义. 中国古典小说史论 (新版图志本) [M]. 北京: 中国社会科学出版社, 2006.
[58] 罗宗强. 明代后期士人心态研究 [M]. 天津: 南开大学出版社, 2006.
[59] 麻天祥. 中国宗教哲学史 [M]. 北京: 人民出版社, 2006.
[60] 洪修平. 中国禅学思想史 [M]. 北京: 中国人民大学出版社, 2007.
[61] 赵伟. 晚明狂禅思潮与文学思想研究 [M]. 成都: 巴蜀书社, 2007.
[62] 李剑国, 陈洪. 中国小说通史 [M]. 北京: 高等教育出版社, 2007.
[63] 陈大康. 明代小说史 [M]. 北京: 人民文学出版社, 2007.
[64] 黄海涛. 明清佛教发展新趋势 [M]. 昆明: 云南大学出版社, 2008.
[65] 左东岭. 李贽与晚明文学思想 [M]. 北京: 人民文学出版社, 2010.
[66] 詹石窗. 中国宗教思想通论 [M]. 北京: 人民出版社, 2011.
[67] 罗宗强. 明代文学思想史 [M]. 北京: 中华书局, 2013.

[68] 陈洪.“六大名著”导读 [M]. 北京：生活·读书·新知三联书店，2013.
[69] 葛兆光. 中国思想史 [M]. 上海：复旦大学出版社，2013.
[70] 何孝荣，等. 明朝宗教 [M]. 南京：南京出版社，2013.
[71] 左东岭. 明代文学思想研究 [M]. 北京：商务印书馆，2013.
[72] 魏道儒. 宋元明清佛教史卷 [M] // 季羡林，汤一介. 中华佛教史. 太原：山西教育出版社，2013.
[73] 左东岭. 王学与中晚明士人心态 [M]. 北京：商务印书馆，2014.
[74] 牟钟鉴，张践. 中国宗教通史 [M]. 北京：中国社会科学出版社，2014.
[75] 胡适. 中国旧小说考证 [M]. 北京：商务印书馆，2014.
[76] 袁行霈. 中国文学史（第三版）[M]. 北京：高等教育出版社，2014.
[77] 齐裕焜. 中国古代小说演变史 [M]. 北京：人民文学出版社，2015.
[78] 石昌渝. 中国小说源流论（修订版）[M]. 北京：生活·读书·新知三联书店，2015.
[79] 田晓菲. 秋水堂论金瓶梅 [M]. 天津：天津人民出版社，2016.
[80] 梁启超. 中国近三百年学术史 [M]. 朱维铮校注. 上海：复旦大学出版社，2016.
[81] 鲁迅. 中国小说史略. //鲁迅全集:第九卷. 北京：人民文学出版社，2017.
[82] 李泽厚. 中国古代思想史论 [M]. 北京：生活·读书·新知三联书店，2017.

后　记

本书是以笔者的博士论文为基础修改而成的。该书的选题与撰写，首先离不开恩师陈洪先生的悉心指导和诸多师友的帮助。在修改和出版过程中，西安建筑科技大学文学院的各位领导对该书给予了许多支持，陕西人民出版社编审彭莘细心专业的编辑加工更令本书增色不少。在此，谨向各位表示最诚挚的感谢。

文学与宗教的关系研究，内容庞杂、话题众多。即使将范围缩小至中国古代小说与宗教、世情小说与宗教的研究，其中值得详细分说的问题仍是非常多的。十余年前，陈洪先生在他的著作《结缘：文学与宗教》中曾有相关论述："宗教与文学的关联，是一个非常大的题目……二十年过来，无论是古代文学，还是现代文学；无论是中国文学，还是外国文学，从这个特定角度的研究，都有相当丰富的发现。"诚哉斯言。在面对前人与时贤已经十分丰硕的研究成果时，本书的粗疏浅陋之处一定不少，敬请学界同仁和读者朋友们批评指正。

在文史研究这条道路上，父母是我最早的也是最重要的老师，他们对阅读的热爱悄然而充分地滋养了我的人生。今年正逢他们六十寿辰，谨以这本小书向他们致以最深挚的感谢与祝福！

杨程远

2022 年初秋于西安乐游原